소설
동학
2

김동련
대하소설 **2**

소설 **동학**

나라는
것은
무엇인가? ——————— ②

모시는사람들

소설 동학 2

등록 1994.7.1 제1-1071
1쇄 발행 2022년 5월 31일

지은이 김동련
펴낸이 박길수
편집장 소경희
편 집 조영준
관 리 위현정
디자인 이주향
펴낸곳 도서출판 모시는사람들
　　　 03147 서울시 종로구 삼일대로 457(경운동 수운회관) 1207호
전 화 02-735-7173, 02-737-7173 / 팩스 02-730-7173

인 쇄 (주)성광인쇄(031-942-4814)
배 본 문화유통북스(031-937-6100)
홈페이지 http://www.mosinsaram.com/

값은 뒤표지에 있습니다.

ISBN　　 979-11-6629-109-8　　 04810
세트 ISBN 979-11-6629-107-4　　 04810

2___

나라는
것은
무엇인가?

②

46.

철종 5년, 갑인년, 1854년, 10월 15일.

왕이 대신과 비국 당상을 인견했을 때 영의정 김좌근이 말했다.

"삼도에 행차했던 암행어사가 차례로 돌아와 보고하며 고리 삭은 백성의 깊고 은밀한 원망과 탄식, 춥고 더움을, 마치 만 리 밖의 일을 섬돌 앞의 일인 것처럼 성상께 일일이 모두 진달했습니다.

탐묵한 수령에 대해 궁궐 문밖에 법령을 게시하여 백성에게 법령의 내용을 알게 하는 것은 비단 악을 징계하는 데에 그치지 않고 이로써 장차 민심을 달래고 습속을 바로잡으려는 것이니 이 밖의 다섯 도의 민정이 황급하여 고할 데가 없는 것은 이로써 모두 알 수가 있습니다.

대개 한 번 완급을 적절하게 조절하지 못하고 한 차례 울부짖는 소리를 살피지 못하면 도탄에 빠뜨리느냐 임석에 올려놓느냐 하는 것이 잠깐 사이에 판가름이 납니다. 참으로 여러 읍의 훼예를 살피고 우전의 출척을 밝히려 한다면 안렴하는 일을 계속 이어서 하지 않을 수 없다는 것이 분명합니다.

참으로 암행어사가 경내를 지나가고 나면 비록 어진 아전들이라 하더라도 해이해질 우려가 없을 수 없는데 더구나 이들보다 못하여 부정하게 비리를 저지르는 자들이야 무엇을 두려워하고 꺼리어 경계할 줄을 알겠습니까?

이러한 까닭으로 신은 나라를 다스릴 때 안렴하는 정사가 없어서는 안 된다고 생각합니다. 지금과 같이 예의염치가 무너진 때에는 더더욱 이런 거조가 없어서는 안 됩니다.

삼가 원하건대 성상께서 유념하시어 바람으로 경계하고 천둥을 쳐서 격려하는 것과 같이 묵묵히 조화를 운용하시면 간악과 거짓이 모두 사라지고 나라의 근본이 공고하게 될 것입니다.

이어 삼가 생각건대 이제 곧 여러 도에서 환곡을 사들이게 되는데 관리의 청렴과 탐오 및 백성들이 살찌고 마르는 것이 이 한 조목에 가장 크게 달려 있습니다. 그러므로 신이 연석에서 조목조목 신칙하기를 거듭 반복하여 아뢰었습니다.

만약 각도를 안렴하는 신하들이 상정의 항식을 엄격하게 지켜 가작하는 잘못된 전례를 답습하지 않는다면 바람에 풀이 눕듯이 백성이 잘 다스려져 모든 폐막이 씻은 듯이 깨끗하게 없어지기를 기약할 수 있습니다.

옛날의 유명한 석학들이 안찰사로 나가 있을 때 어찌 일찍이 따로 책면한 뒤에야 비로소 마음을 내서 직임을 다하였겠습니까? 재주와 덕망으로 다스리는 것은 참으로 옛날과 지금이 현격하게 다르긴 하지만 자신의 명예를 아끼는 마음은 어찌하여 스스로 지나치게 박하게 자처합니까?

또 이것은 행할 수 없을 만큼 고원한 일이 아닌데 굳이 모호하고 구차하게 하고자 하여 미봉책으로 이리저리 둘러대어 끝내 규정을 훼손시키고 백성의 바람을 저버렸으니 어찌 너무나도 깊이 한탄스럽지 않겠습니까?

청컨대 삼령 오신의 의의를 팔도의 신하에게 유시를 내리시어 실로 백성을 돌보는 급무로 삼게 하소서."

왕이 말했다.

"환곡을 가작하는 것은 실로 백성을 해치는 일이다. 전후하여 칙교를 내리고 연석에서 아뢰었던 것이 절엄했을 뿐만이 아니니 이번에 제칙한 뒤에 만약 다시 전같이 한다면 이것은 안전에 국법이 없는 것이다. 특별히 더 분부하여 실효가 있게 하도록 하라."

김좌근이 다시 말했다.

"호구는 왕정에서 중요히 여기는 바입니다.

주의 치세는 백성의 숫자를 상고하여 파악하는 데에서 시작하였고, 한의 왕업은 도적을 먼저 정리한 데에 기반을 두었으니 역대로 호구의 다과로서 그 흥망을 보지 않은 적이 없습니다.

우리나라에 봉해진 땅은 비록 매우 좁지만, 열성조께서 인자함과 은택을 깊게 두텁게 베푸시어 마치 우로가 생명을 휴양하게 하듯이 하셔서 깊은 산골 멀리 떨어진 외진 곳도 빽빽하게 번성하지 않은 곳이 없습니다.

그리하여 계유년에 총 호수가 이백칠십칠만이천사백 호나 되었습니다.

다만 옛날에 섬세하고 엄중했던 호적의 법규가 점차 해이해져서 크고 강력한 가문에서 호구 단자를 개수하는 것을 꺼리고 간교한 무리가 호구를 세우려 하지 않아 마침내 형식적인 일이 되었는데 잘못된 습속을 내버려 두어 나라를 다스리는 막대한 일이 이토록 너무도 심하게 쇠퇴하게 되었으니 어찌 한심하지 않겠습니까?

몇 년 전에 경조의 호적고에서 불이 나서 타 버린 권질을 비록 보철하였다고는 하지만 엉성하여 누락된 것이 없다고 보장하기 어렵습니다.

이번의 새로운 법식은 곧 옛 법을 손질하여 고치는 것이니 만약 다시 전

같이 모호하게 한다면 어떻게 뒷날 상고하는 근거로 삼을 수 있겠습니까? 이런 뜻으로 각별하게 팔도에 신칙하여 더 단속하여 일체 사목을 준수하여 대양하는 실효가 있게 해야 합니다.

또한 오 부의 관내의 경사와 서민들 가운데 번번이 단자를 빠뜨리는 자는 낱낱이 사실을 파헤쳐 일일이 수봉하여 지연되었다는 핑계를 댈 수 없도록 해야 합니다. 이같이 거듭 밝힌 뒤에도 다시 여전히 계속 어기면 해부에서 이름을 지적하여 낱낱이 경조에 보고하여 초기로 논감하게 하소서.

근래에 정비의 명색이 점점 범람하는 것은 전적으로 경조에서 정식을 준수하여 마감하지 않는 데에 기인하는데 영읍의 임장배들이 이를 빙자하여 토색하여 하지 않는 짓이 없습니다. 이것 또한 일체 엄히 신칙하여 깊이 두려운 마음으로 유념하게 하는 것이 어떻겠습니까?"

왕이 말했다.

"그리하라."

김좌근이 다시 말했다.

"병비의 초사를 왕왕 가설하는 것은 유월과 섣달에 응당 처리해야 하는 자리에 붙일 곳이 없기 때문이며 이것은 한때 어쩔 수 없어서 하는 일입니다. 그러므로 가설한 뒤에 자리가 나면 실직으로 올리는 것은 원래 바꿀 수 없는 법규입니다.

근래에 출신이 적체되었다는 이유만으로 전조에서 막힌 것을 소통시키는 정사를 하면서 규례를 제대로 살필 겨를도 없이 실직으로 올리고 있으니 관방으로 헤아려 볼 때 너무도 명분이 없습니다.

신의 생각에는 세 자리마다 반드시 가설로 실직으로 올리게 하여 혹시라도 위반하는 일이 없게 하고 유월과 십이월에 처리하면 굳이 구차한 규례를 답습하여 가설할 필요 없이 현재 관직에 있는 사람 가운데에서 삭수가 가장 오래된 자를 사과에 임시로 붙이고 그 후임을 채우며 임시로 사과에 붙인 자는 그 출륙 삭수를 계산하여 기한이 찬 뒤에 대정과 선정을 막론하고 자리가 나는 대로 육 품 직에 붙인다면 가설이 그대로 지나치게 많다는 탄식이 없어지게 되고 원래 벼슬을 하던 자가 산관이 되어 한가하게 될 근심도 없게 됩니다.

　　정식대로 영구히 시행하도록 분부하는 것이 어떻겠습니까?"

　　왕이 말했다.

　　"그리하라."

47.

철종 6년, 을묘년, 1855년, 3월 10일.

을묘년 봄. 제선은 머리를 식히려 밭에 나가 잡풀을 뽑았다.

마을 아랫길에서 스님 한 분이 올라왔다. 스님은 가까이 와 삿갓을 벗었다. 제선이 자세히 보니 계룡산에서 만났던 도성이었다.

도성은 용모가 이전과 달리 깨끗하고 맑았다. 차린 모양도 의젓했다.

"스님께서 어쩐 일이십니까?"

도성이 이마에 주름을 지으며 웃었다.

"하하, 거사는 그동안 잘 계셨습니까? 이 고붙이는 지금 금강산 유점사에 있습니다. 근래에 백일기도를 올리고 탑 아래에 잠들었다 눈을 떴더니 누가 곁에 앉아 있었습니다.

깜짝 놀라 자세히 보니 김광화 선사였습니다. 김 선사는 책 한 권을 나에게 주었습니다. 일부 선생께서 이 책을 쓰고 나서 세상을 떴다고 했습니다.

세상을 뜨면서 자기더러 경상도 경주에 사는 최 제선에게 책을 가져다 주라고 했답니다.

그는 지금 포졸에게 쫓겨 피신 중이라 소승더러 이 책을 최 선생에게 전해 달라 부탁했습니다. 그래서 여기까지 거사를 찾아오게 되었습니다."

"스승님께서 돌아가셨습니까?"

제선은 깜짝 놀랐다.

도성은 말없이 고개를 끄덕였다.

"그렇게 들었습니다."

제선은 잠시 망연해졌다. 스승이 베풀어 주던 은혜가 떠올라 심장이 아려 왔다. 그동안 스승이 비록 곁에 있지는 않았지만 어려울 때마다 스승의 존재 자체가 항상 큰 의지였다.

이제 스승이 없는 세상에서 누구에게 의지해 공부를 계속해 나간단 말인가? 큰 집이 무너졌는데 작은 기둥 하나로 어떻게 난세를 버티어 나간단 말인가?

'배우러 온 놈이 쌀도 안 가지고 콧구멍 두 개만 가지고 왔단 말이냐?'

처음 만났을 때 스승이 지르던 고함이 귀에 생생했다.

무과를 준비하라고 스승이 대책을 들려주던 모습이 바로 어제인 듯 눈앞에 삼삼했다.

한참을 상실감에 어쩔 줄 모르다가 겨우 눈물을 수습했다.

"그러나저러나 스님께서는 저를 어떻게 찾으셨습니까?"

도성은 또 웃었다.

"용 가는 데 구름 끼고 범 가는 데 바람 인답니다. 중이 늙으면 감만 남는답니다."

제선이 도성에게 책을 받아 앞장을 펼쳐 대강 읽어보았으나 도대체 무슨 말인지 풀기 어려웠다.

도성이 말했다.

"나는 일을 마쳤으니 이만 가 보겠습니다."

제선이 며칠 쉬어 가도록 만류했으나 도성은 바로 길을 떠나고 말았다.

제선은 방에 들어가 책을 읽기 시작했다. 무슨 뜻인지 완전히 이해하지 못한 채 마지막 장에 이르니 스승의 당부가 적혀 있었다.

'나는 흰 그늘의 새 의미를 천착하라는 스승의 숙제를 풀기 위해 『주역』을 연구했으나 실패했다.

나는 다시 우리 고대 선가가 남긴 『천부경』을 궁구했다.

여기서 나는 삼일태극의 이치를 발견했다.

삼일태극은 아래와 위가 더불어 사는 인간 지혜의 극치였다.

한족의 유학이나 도가 그리고 나아가 서방에서 들어온 불도는 삼일태극의 이치에서 다만 한 가닥씩 나누어 얻었을 뿐이다.

삼일태극은 이들 사유의 총체적인 근원이다.

삼국시대에 위정자들은 백성을 무시하고 그들의 권력을 공고히 하기 위해 유학과 불도를 중시했다.

고구려의 조의선인이나 신라의 화랑이 고대 선가의 맥을 이었으나 권력자에게 쓸모가 없어지자 배척 받고 사라졌다.

이에 삼일태극은 백성 속으로 들어가 명맥을 유지했다.

고려 시대에 묘청이 다시 삼일태극을 들고 나왔으나 유학자인 김부식에 의해 좌절되었다.

이후 삼일태극은 다시 백성 속으로 들어가 숨었다.

이제 세상은 다시 큰 변화에 직면했다.

변화의 시기에는 옛날의 지혜에 의존하면 좋다.

내가 여기에 우리 고대 선가 사유의 핵심인 삼일태극의 이치를 적어 놓았다.

이것을 깊이 이해하고 이 이치에 의지하여 기도한다면 어떤 결과를 기대할 수 있을 것이다.

고대 선가에서는 사십구 일 기도를 중시했다.

내 말을 참고해 열심히 정진하여 자네가 궁극의 진리와 만나기를 기원한다.'

제선은 한 달 동안 열심히 책을 읽었다.

그리고 철저하게 내용을 이해했다.

그는 스승이 이룬 경지를 수렴했다.

제선은 일어나 북쪽을 향해 절을 올렸다.

사색의 한계에 직면했던 그는 삼일태극 상제님에게 기도하는 수행으로 방법을 바꾸었다.

타력이 주는 신비한 통찰에서 새로운 틀을 깨달아 얻기를 기대했다.

타력이야말로 자력의 어머니이다.

결국 나의 본질에 대한 근원적인 해결과 개벽의 틀은 스승의 말대로 상제님을 직접 만나는 방법 외에 다른 길이 없다고 생각했다.

48.

철종 6년, 1855년, 을묘년, 4월 24일.

비변사에서 왕에게 보고했다.

"들으니 우포도청에 갇혀 있는 죄수 가운데 열일곱 명이 한꺼번에 도망 갔는데 이놈들은 모두 절도로 붙잡힌 놈들이라고 합니다.

도둑을 막고 지키는 것은 본래 엄밀해야 하는데 만약 평상시 조금 더 단단히 단속하여 자를 듯이 확실한 경계가 있도록 하였으면 어찌 이렇게 전례가 없는 일이 일어났겠습니까?

당해 대장 이희경은 우선 종중추고하고 당일 입직한 종사관은 해부에서 잡아들여 조처하며 수직한 장교와 나졸은 형조에 넘겨 보내서 놓치게 된 곡절을 끝까지 핵실해야 합니다.

그런 다음 모두 두 차례 엄중히 형신하고 원지로 정배하고 도망간 여러 죄수는 기한을 정해서 염탐하여 붙잡아서 기어이 법률로써 다스리라는 뜻으로 좌우 포도청에 분부하는 것이 어떻겠습니까?"

왕이 말했다.

"그리하라. 근래에 포도청에서 기찰을 잘못할 뿐 아니라 도리어 잡아 가둔 죄수를 놓치기까지 하니 법을 무엇에 쓰겠는가? 도망친 여러 놈들은 기한을 정해서 독촉하여 붙잡되 만약 전처럼 미적거리면 당해 포도대장은 단연코 중죄로 처벌할 것이다. 비록 일전에 초기한 일로 말하더라도 아랫

것들에게 속아 마치 비호하는 듯하여 도둑을 막는 정사가 이리 끌리고 저리 구애되도록 하였다. 지금부터는 누구를 막론하고 이러한 일에 간여하면 해청에서 비변사에 논보하고 비국에서는 초기하여 논죄하겠다는 내용으로 판에 게시하고 시행하는 것이 좋겠다."

49.

철종 6년, 1855년, 을묘년, 여름,

조령 산채는 어느덧 이백 명이 넘는 인원이 모였다.

산속 여러 곳을 경작해 수확을 보았다. 조령 양 입구에 주막을 경영해 수입을 올리고 고개를 넘는 사람들은 보호하는 유인막 포수를 보내 역시 수입이 짠짠했다.

가끔 산채를 떠나 백성의 원망이 자자한 고약한 부자나 관리를 징치하기만 해도 산채 인원이 가족을 부양하며 살아가는 데 부족하지 않았다.

김용권이 산채 사람들을 잘 통솔해 단합시켰다. 산채가 어느 정도 자리가 잡히자 박희성은 주로 한양을 드나들며 오 영에서 뜻을 같이하는 군관들과 접촉했다.

박희성은 필제가 자기 대신 만나보라던 북청 도가 행수도 찾아갔다. 김정태는 골방에서 홍선의 아들 이재면과 밀담을 나누고 있었다.

이야기가 끝나자 이재면은 서둘러 밖으로 나갔다. 김정태는 박희성을 가까이 불렀다.

"궐자는 누구시오?"

"이필제 소개를 받았소."

박희성의 입에서 필제라는 이름이 나오자

"그 사람이라면 내 아우 제선이 친구가 아니오? 제선이가 한 번 만나보라 하기에 사실은 은근히 기다리고 있었소이다.

그럼 당신은 필제와는 어떻게 아는 사이요?"

"필제는 산채에서 얻은 제 아우입니다."

"산채? 오라 그러면 당신은 산 사람이시군. 산 사람치고는 인물이 참 수려하오. 풍채도 당당하시고. 아무려면 어떻겠소. 어서 앉으시오."

김정태는 하마를 불러 합석시켰다.

"당신이 기다리는 동안 나와 이야기하다 나간 이는 대원위 대감 자제분이시오. 우리는 대원위 대감의 끈을 잡고 있소.

대원위 대감은 전위대를 만들고 있소. 꼭 필요할 때 앞장서 자신의 손발이 되어줄 사람을 모으는 중이오. 우리 한양 물도가 패로는 아무래도 힘이 약해요. 보부상 패도 원래가 장사치라 작은 이득에 오가는 자들이니 믿을 수 있는 놈들은 아니오.

산 사람이라면 의롭게 모인 분들이고 더구나 당신은 필제와 형제라니 내가 믿을 만한 사람인 것 같소. 내가 북청 도가의 명예를 걸고 말하겠소. 사람을 모아 잘 훈련시켜 두면 서로 필요할 때가 있을 거요.

때가 되면 대원위 대감께서 산 사람들을 불러 정식으로 관군에 편입시키고 당신을 영관으로 쓸 터이니 손해 보는 장사는 아니오.

어떻소? 우리와 한패가 될 의향이 있소?"

박희성은 김정태의 얼굴을 찬찬히 들여다보았다. 입에 발린 말로 사람을 속이는 표정은 아니었다. 하긴 그도 한 세력의 행수였다.

'필제가 사람을 바로 소개해 주었구나.'

박희성은 비로소 밝게 웃었다.

"새매는 본디부터 새를 채기 마련이고 고양이는 날 때부터 쥐를 잡게 마련이오. 오 영에도 나와 뜻을 같이하는 군관들이 있으니 우리가 아무리 산에서 사는 사람이라 하지만 결코 힘이 없는 사람들은 아니오.

행수의 말을 믿겠소."

박희성은 복권이 가능하다는 꿈을 가지고 와 김용권에게 전했다.

두 사람은 전에 없이 새로운 희망을 가슴 속에 안게 되었다.

산채는 하나의 군영으로 자리 잡았다.

박용권이 필제를 불렀다.

"자네가 긴히 할 일이 있네."

"일이야 형님들이 다 잘하시는데 제가 할 일이 뭐가 있습니까?"

박용권이 목소리를 낮추었다.

"내가 산채를 돌보고 희성이는 밖의 일을 잘 엮고 있네. 우리가 언제까지 조령에서 웅크리고 있으란 법은 없지. 때가 되면 다시 복직해 의미 있는 역할을 맡게 될 걸세.

그러나 한양 놈들 말이야 달기는 엿 파는 집 할매 손가락 같지만 세상에 원하는 것이 있으면 서운한 일도 생기는 법이지.

그러니 우리는 어떻게든 우리 힘을 길러 놓는 게 상수일세.

자네는 이제부터 조선 전 지역 산채를 찾아 그들과 연계하고 민간에서 백성들이 움직일 기미가 보이면 자네가 주도해 관을 흔들어 보게. 도중에 어려운 일이 생기면 언제라도 산채로 연락하게.

남정북벌에는 꼭 명장이 난다고 했으니 나가서 자네 뜻을 한번 거하게 펴보게."

한여름 무더위를 헤치며 필제는 고주귀신처럼 살천스럽고 당당하게 산 아래로 내려갔다.

필제는 지리산 화적패를 먼저 찾아갔다. 그들이 조령 산채와 맞먹는 세를 과시한다는 소문이 있었다.

점촌에서 영강을 따라 남쪽으로 길게 내려갔다. 주막에서 하룻밤 자고 다음 날 상주를 거쳐 김천에서 다시 하룻밤을 묵었다.

이튿날은 일찍 일어나 궁둥이에서 비파 소리가 나도록 걸었다. 함양을 거쳐 마천으로 들어갔다. 바람 폭포와 한신 폭포를 지나니 멀리 칠선봉이 보였다.

산채는 으늑한 골짜기에 숨어 있었는데 소문대로 규모가 여간 아니었다. 초가 수십 채가 병영 막사처럼 정연했다.

집마다 입구에 세운 색이 다른 깃발이 산바람에 나부끼는 모습이 마치 팔괘 진을 연상시켰다. 필제는 대낮에 도깨비에 홀린 기분이 들었다.

대장소 넓은 대청에 사내 여섯이 앉아 필제를 쳐다보았다.

"나는 조령 산채 김용권 형님을 모시는 사람이오. 지나던 길에 인사나 드리려 올라왔소."

사내 중 가장 나이가 들어 보이는 자가 일어났다. 오십 줄은 넘어 보였다.

"잘 왔소. 김 두령 소문은 익히 듣고 있소. 한양 군관 출신이라던데 조령에서 산신령 노릇으로 기반을 닦았다고 들었소."

"아이고 무슨 말씀입니까? 칠선봉에 비하면 우리는 더부살이도 못 되겠소. 산채가 장히 좋아 보입니다."

"대장을 잘 모신 덕이지요."

"제가 대장님께 인사를 드려도 되겠습니까?"

"일이 있어 잠시 산에서 내려갔으나 어두워지면 올라 올 거요. 그나저나 귀한 손님이 왔으니 술이나 들면서 세상 돌아가는 이야기나 합시다."

대청에 술상이 차려졌다. 포획해 두었던 멧돼지를 잡아 통째로 구웠다.

"우리는 한 아비 밑에서 난 형제들이오. 지금은 산신령 노릇을 하지만 우리 칠 남매도 처음에는 농사를 짓고 살았소."

과부 사정은 과부가 안다더니 산속에 숨어 화적질이나 하지만 가짓것 동병상련이라 필제는 사내들과 금방 말이 트였다.

술 순배가 여러 차례 돌았다. 어느덧 사위가 어두워져 대청에 횃불을 걸었다. 얼굴이 불콰해진 오십 줄 사내가 일어더니 노래를 시작했다.

'요내밭골 어서매고
임오밭골 마즈매세
청실홍실 군디봉에
임캉나캉 얼러띠어
떨어질가 염녀로다.'

다음 사내가 일어났다.

'석산에 남방초야
네멋하로 네나왔나
우리조선 과수많아
심회푸리 내가왔오
건너방에 건초롱은
같이타야 남이알제.'

드디어 형제가 모두 일어나 춤을 추었다.

'오호호호 허어허 헤야 들들래기요
어울러보세 어울러보세
들래기소리를 어울러보세
풍년이왔네 풍년이왔네
금년년도에 대풍년왔네
잘도헌다네 다 잘도 허네
우리 농군들 다 잘도 허네
홍이 났네 홍 홍이 났네
우리 농군들 홍 홍이 났네
날 오란다네 날 오란다네
산골 처녀가 날 오란다네
무엇을 허자고 날 오란당가
청장미 차조밥 새화젓 놓고

혼자서 먹기사 심삼타고서
둘이 먹자고 날 오란다네
얼시구 지화자 좋네'

필제가 질 수야 있나.
쩌렁쩌렁한 수리성이 터졌다.

'어럴럴럴 상사도야
삼백근 몽치가 공중에서 놀고
여기도 찧고 저기도나 찧세
간다간다 나는 간다
우리 님 따라서 나는 간다
허럴럴럴 상사도야
먼디 사람들 듣기도나 좋게
젙에 양반들 보기도나 좋게
잘도 헌다 다 잘도 헌다
가만히 들었다 콰쾅쾅놓소
말을 가자고 니굽을 친데
우리님 나만 잡고 낙루만헌다
잎은 피어 청산이나 되고
꽃은 치어서 화산이 된다
이꽃 저꽃 꺾어야 들고

산으로 올라서 들놀이 가세'

갑자기 마당에서 여인의 옥을 구르는 맑은 목소리가 들렸다.

"오라버니들 오늘 기분이 좋으시군요."

하도 혼을 찌르도록 아름다운 목소리에 필제는 술이 다 깨는 듯 했다.

세동이 알맞은 젊은 여인이 활짝 웃으며 술자리로 다가왔다.

"막내야 오늘 조령에서 손님이 찾아왔다."

여인은 필제를 힐끗 보더니 방긋 웃었다. 마치 밤에 핀 작약 같았다.

"나는 남도에서 이름난 소리꾼이 온줄 알았어요."

필제가 엉거주춤 일어나 허리를 숙였다.

여인은 횡하니 안채로 들어가 버렸다.

"누구십니까?"

필제가 문자 오십 줄이 말했다.

"저 아이가 우리 막내라오. 편작과 화타가 울고 갈 의술을 가지고 있소. 우리가 모시는 대장님이기도 하지요."

"저렇게 가녀리고 아름다운 여인이 칠성봉 산채 대장이란 말입니까?"

사내들이 웃었다.

"당신이 아직 몰라서 그렇소. 얼마나 당찬 아인지 겪어 보지 않으면 알 수가 없지."

오십 줄이 갑자기 생각난 듯 물었다.

"대장을 만나보고 싶소?"

필제가 얼굴을 붉혔다.

"아니요. 저는 형제분만 알아도 충분합니다."

오십 줄이 말했다.

"아이고 얼굴에 다 쓰여 있구만. 뺀다고 우리가 모를 줄 아시오?"

형제들이 와르르 웃었다.

"우리 대장을 만나려면 조건이 있소. 들어보겠소?"

도깨비 대동강 건너는 소리를 필제가 덥석 물었다.

"말해 보시오."

"내 셋째 동생과 팔씨름을 해 당신이 이기면 누이를 술상에 불러오겠소. 어떻소? 해 보겠소?"

필제가 셋째 동생이라는 사내를 보니 체격은 그냥 보통 체격이라 일단 마음을 놓았다. 그래도 자세히 보니 얼굴 한가운데 칠선봉만큼이나 높은 매부리코가 달리고 그 위에 돌담 구멍에 박힌 족제비 눈깔을 두 개 붙이고 있었다.

이런 조건이라면 덮어놓고 열넉 냥이다. 필제는 소매부터 걷어 올렸다.

술상 옆에 탁자를 가져다 놓고 두 사람이 맞붙었다.

사내들은 탁자를 빙 둘러싸고 노래를 불렀다.

'이 굿이 뉘 굿이냐

아황여영 굿이로다

뎨석님 본을 풀면

게 어듸가 본일는야'

오십 줄이 술잔에 술을 가득 따라 들고 말했다.

"내가 이 술을 다 마시고 술잔을 탁자에 놓은 순간 시작하게."

오십 줄은 조금 뜸을 들이며 분위기를 즐겼다.

그러더니 단숨에 술을 마시고 딱 소리를 내며 술잔을 탁자 위에 놓았다.

필제는 흐뭇한 심정으로 손아귀와 팔에 힘을 뺀 채로 기다리다가 딱 소리가 나는 순간 지긋하게 힘을 넣었다.

그런데 어렵소! 아이고 이 일을 어쩔꼬? 무슨 경복궁 돌을 기둥인지 대갓집 방아 찧던 돌절구인지 셋째의 팔은 태산 꼭대기에 박힌 여의봉처럼 꼼짝도 하지 않았다.

셋째는 너 오늘 임자 만났다는 듯이 필제를 바라보며 동방삭이 인절미 먹듯 느긋하게 웃었다.

필제의 이마에 힘줄이 맺히더니 땀이 솟기 시작했다. 어찌나 용을 썼는지 뱃가죽이 뒤틀리며 막창자 끝에서 노란 물이 찔끔 새 나갔다.

눈물인지 콧물인지 땀에 섞여 흘러 얼굴에서 망둥이가 튀어나오려 했다.

형제들이 손뼉을 치며 놀렸다.

"조령 새재가 무너지는가? 지리산 칠선봉이 무너지는가?"

그때 그사이 평복으로 갈아입은 여인이 대청으로 나왔다.

"세상에 셋째 오라비에게 팔씨름으로 버티는 사람은 처음 보겠네."

옥을 굴리는 목소리에 필제는 갑자기 동풍 맞은 익모초 흉내를 냈다.

"어라차차차!"

어렵사리 수리성을 짜내자 눈알까지 퉁방울이 되었다.

여인이 살며시 이마를 찌푸리더니 슬며시 셋째 오라비 뒤로 가 갑자기 소리를 질렀다.

"아야! 아이고 아파."

누이의 비명에 저승사자 같던 셋째가 깜짝 놀라 고개를 돌렸다. 그 순간을 놓치지 않고 필제가 셋째의 팔을 꺾어 버렸다.

오십 줄이 너털너털 웃었다.

"우리 막내가 새재 체면을 살렸구나. 이러나저러나 어쨌든 객이 이겼으니 너를 만날 자격을 얻었다."

여인이 배시시 웃었다.

"먼 데서 오신 분이니 만나 드려야지요."

여인은 필제 옆에 다가가 그림처럼 앉았다. 연한 분 냄새가 아련하게 풍겼다.

필제는 이번에는 정신이 아찔하고 심장이 두근거려 숨을 제대로 쉴 수 없었다.

그래도 정신을 가다듬어 여인을 바라보았다.

화월용태라더니 여인이 모습이 그러했다. 얼굴 전체가 한 번에 눈에 들어오지 않았다. 아름답기는 지극히 아름다웠으나 어디가 얼마나 아름다운지를 형용하기 어려웠다.

사내들이 흥미진진한 눈빛으로 두 사람을 지켜보았다.

필제는 겨우 용기를 내 입술을 떼었다.

"술 마실 줄 아신다면 제가 한 잔 올리겠습니다."

여인은 작은 소리로 말했다.

"저도 한 잔은 한답니다."

그리고 더 작은 소리로 말했다.

"큰 독으로….."

여인의 매력에 푹 빠진 필제는 여인이 속삭이듯 내뱉은 작은 소리를 알아듣지 못했다.

그리고 이 회전이 시작되었다는 것도 알아채지 못했다.

술잔이 돌기 시작했다.

여인에게 갔던 술잔은 망석중 놀리듯 필제에게 돌아왔다. 여인은 밑 빠진 항아리에 물 붓듯 술을 마셨다.

여인이 문득 일어나 춤을 추며 노래를 불렀다.

'매버들 갈해 것거 보내노라 님의 손대

자시난 창 밧긔 심거 두고 보쇼셔

밤비예 새 닙곳 나거든 날인가도 너기쇼셔.'

옥이 구르는 목소리에 원앙이 나부끼는 듯 자태가 황홀했다.

노래를 마치자 여인은 나비처럼 날아 필제 옆에 앉았다.

필제는 목구멍으로 술을 부었다.

승부는 금방 끝났다.

이미 취기가 있던 필제는 얼마 못 버티고 술상 위에 코를 박고 정신을 잃고 말았다.

다음 날 늦은 아침에 필제는 겨우 일어났다.

문득 오른쪽에 통증이 있어 살펴보았더니 어깨서부터 손가락 끝까지 퉁퉁 부어 있었다. 팔꿈치를 구부리지 못했다.

겨우 방문을 열고 밖으로 나가니 햇살에 눈이 부셨다.

필제는 대청으로 갔다. 술상이 깨끗이 치워진 자리에 사내들이 서서 웃었다. 여인의 모습은 보이지 않았다.

"대접을 잘 받았습니다. 인사를 드렸으니 채비해 내려갈까 합니다."

오십 줄이 말했다.

"조령 김 행수의 뜻은 잘 접수했습니다. 언제라도 서로 도울 일이 있으면 그렇게 합시다. 대접이 소홀해서 미안합니다. 팔씨름이나 술 생각이 나면 언제라도 오셔도 됩니다."

"고맙습니다."

필제는 그러면서도 고개를 돌려 사방을 보았으나 여인은 보이지 않았다. 무언가 허전하고 섭섭한 마음을 달래며 산에서 내려갔다.

몇 번이나 뒤를 돌아보았으나 화사한 햇발 속을 바람만 살랑 지나갔다.

문득 산기슭 풀숲이 흔들리더니 여인이 불쑥 나타났다.

옥같은 얼굴이 조금 상기되어 있었다.

"제 이름은 여옥이랍니다."

여인이 필제를 향해 한 번 방긋 웃었는데 필제는 간이 다 녹고 말았다. 여인이 품속에서 무엇을 꺼내 필제에게 툭 던지더니 다시 풀숲으로 사슴처럼 사라졌다.

필제가 여옥이 던진 것을 살펴보니 옥으로 만든 빗 반쪽이었다.

"과연 칠선봉이었군."

필제는 입을 귀에 걸고 발걸음에 힘을 주어 탕탕탕 걸었다.

온 세상을 다 얻은 듯 허파가 부풀어 올랐다.

50.

철종 7년, 병신년, 1856년, 봄.

제선은 집에서 기도하는 것보다 인근 산에 들어가 전념하면 더 진전이 있지 않을까 생각했다.

이곳저곳을 물색하던 중 오촌 당숙 최재건이 찾아왔다. 일가붙이들이 제선을 뒤웅박 차고 바람 잡는 사람 취급할 때 그래도 제선을 인정해 뒤를 돌보아 주는 몇 안 되는 인척 중 한 사람이었다.

그는 양산 천성산 내원암에 한 번 가보라 일러주었다. 내원암은 통도사 말사로 주변 경치가 매우 아름다워 금강산에 견주어도 모자라지 않는 곳이라 했다.

사월에 폐백과 식량을 준비했다.

마침 최재건이 같이 가겠다고 해 그의 안내를 받아 내원암으로 올라갔다. 언양을 거쳐 통도사 앞 신평리에서 용연 마을로 올라가 마을 뒤 골짜기로 들어갔다.

비탈길을 조금 올라가니 삼신각이 나왔다 삼신각 오른쪽 계곡을 따라 수풀이 우거지고 맑은 물이 흘렀다.

두 사람 모두 짐을 잔뜩 짊어지고 있어 걸음이 느렸다. 여기서 약 십 리 정도 더 들어가니 내원암이 보였다.

두 사람은 땀투성이가 되어 골짜기 냇물에 몸을 씻었다.

절은 비어 있었다.

제선은 최재건에게 사례하여 보내고 나서 바로 제단을 쌓았다. 삼층 제단이 완성되자 그 앞에 폐백을 드리고 향을 피웠다.

스승이 제시한 사십구 일 기도를 서원했다. 그동안의 경험을 다시 정리하고 몸과 마음을 맑고 고요하게 만들어 상제님을 만나는 이적을 기원했다.

대강 밥을 지어 저녁을 먹자 곧 어둠이 내렸다.

사월이지만 밤바람은 서늘했다.

복장을 편안하게 했다.

제선은 대웅전 문을 열고 밖을 향해 앉았다.

하늘에 무수한 별이 그를 내려다보았다.

가부좌를 틀고 앉아 허리를 곧게 폈다.

마음을 고요하게 만들어 명상에 들어갔다.

바람이 불 때마다 나뭇잎이 고주리미주리 서걱거렸다.

얼마나 지났을까?

문득 친한 박수가 하던 말이 떠올랐다. 그는 도력이 떨어지면 지리산으로 들어가 작은 토굴에서 며칠 기도한다고 했다.

한밤중에 기도하다 서늘하고 무거운 기운이 느껴져 옆을 보면 귀신이 코끝이 마주 닿을 바로 눈앞에서 자기를 빤히 쳐다보고 있단다.

처음에는 놀라서 기절할 뻔했단다. 그런데 그것도 자주 당하다 보니 요즘은 장면이 바뀌어 서로 속이며 같이 논단다.

한밤중 서늘한 기운이 느껴지면 모르는 채 가만히 시침을 떼다가 갑자기 돌아보며 소리를 꽥하고 지르면 오히려 귀신이 깜짝 놀라서 도망간단다.

입가에 미소가 지어졌다.

'그래, 나도 아쉬운 대로 그런 소소한 귀신이라도 만나고 싶다. 일단 사람이 아닌 존재와 만나다 보면 상제님에게도 조금씩 다가갈 수 있지 않을까?'

제선은 호흡을 가지런히 하며 세었다. 시간은 학을 삶고 거문고를 불태웠다. 바람이 불어도 나무가 흔들리지 않고 삿대질해도 배가 움직이지 않았다.

밤새 아무도 나오지 않았다.

소쩍새 소리가 그치자 날이 밝았다.

다음 날은 주변을 정리하고 오후부터 자리에 앉았다.

첫날 같은 망념이 일어나지 않도록 마음을 오직 상제님을 만나겠다는 한 곳에 집중했다. 마음의 깊은 세계를 관조했다.

상제님을 꼭 만나리라고 철저하게 믿었다.

며칠이 지났다.

제선은 사흘에 한 번 밥을 지어 하루에 한 끼만 먹었다.

잠을 자지 않고 기도했다. 절대로 등을 바닥에 붙이지 않겠다고 결심했다.

열흘이 지나자 몸이 굳어 버렸다.

몸이 굳자 근육이 주는 고통에 온통 부대끼다 보니 바른 생각을 할 수 없었다. 할 수 없이 낮에 세 시간 정도 앉은 채로 눈을 붙였다.

밤에는 불을 켜지 않았다. 캄캄한 허공 속에서 내면으로 깊이 들어갔다.

밝은 빛으로 된 점들이 반복해서 다가오는 경험을 했다. 또는 아름다운 풍경들이 순간순간 수없이 바뀌며 지나갔다.

무릎이 굳어 밥을 지을 때는 기어서 나갔다.

스무날이 지났다.

무겁던 몸이 어느새 가뜬해지고 무릎이 풀려 용변을 볼 때 일어설 수 있었다. 앉아 있으면 시간이 제 스스로 흘러갔다.

배가 고파 문득 눈을 떴으나 며칠 낮과 밤이 지나갔는지 알 수 없었다.

그런 일이 반복되었다.

누가 어깨를 툭 치는 바람에 제선은 눈을 떴다.

같이 내원암에 올라왔던 최재건이 그를 내려 보고 있었다. 온 정신으로 돌아오는 데 조금 시간이 걸렸다.

"여기 무슨 일로 오셨습니까?"

최재건은 제선의 모습을 측은한 눈으로 바라보았다. 제선은 얼굴에 수염이 더부룩하고 몸을 씻지 않아 머리에서 썩는 냄새가 났다. 도시 사람의 모양이 아니었다. 몸에 살이 빠져 배가 홀쭉했다.

최재건이 조용히 알려주었다.

"자네 숙부가 어제 세상을 떴네."

제선에게는 남의 일처럼 들렸다.

"오늘이 며칠입니까?"

"자네가 산에 들어온 지 사십칠 일이 지났네."

숙부는 거의 팔십에 이른 분이었다.

제선은 나머지 이틀을 채우지 못하고 산에서 내려왔다. 숙부 장례를 치르고 집에서 일 년 동안 복상을 했다.

51.

철종 7년, 1856년, 병신년, 6월 27일.

윤음

'경상감사 신석우는 들어라.

영남의 수재가 이같이 매우 심했다고 하니 온 마음에 놀랍고 두려워서
침식도 편안히 할 수가 없다.

밭두둑이 방대하게 무너지고 가호가 표류하고 넘어진 것이야 다시 세울
수 있다 하지만 저 애통하게 익사한 인명은 무슨 죄로 그렇게 되었겠는가?

본도는 연전에 큰 흉년을 겪은 이후로부터 비록 다행히 소강을 만났을
지라도 베틀의 북이 텅 비게 되고 곡식을 담는 단지와 항아리가 밑바닥을
다 드러냈으니 소생하여 안보하기는 아직도 묘연하다고 할 수 있는데 하
물며 이러한 큰물이 창일하여 산과 언덕을 둘러싸 수습할 수 없는 낭패의
지역에 이르렀으니 버티어 보존해 나갈 수가 없을 것이다.

좌부승지 신석희를 위유사로 구전으로 임명하니 며칠 안에 출발하여 재
민을 모아서 이 윤지를 선포하게 하라.

익사한 사람의 환곡과 군포는 탕감해 주되 이로부터 행해야 할 은전으
로는 건져낸 자를 장사지내어 매장하는 물자와, 표류하고 넘어진 집을 마
련해 주는 일들을 적당히 헤아려서 도와준 뒤에 공곡으로써 받을 것과 줄
것을 상쇄하여 회계 처리하게 하고 이 밖에 달리 회휼하고 안집할 방책은

도신과 더불어 난만하게 상의하여 사유를 갖추어 알리게 하라.

익사한 사람을 설단하여 제사 지내는 일은 을사년에 청천강 이북과 갑인년에 호남의 예에 준해 시행하라.

무릇 수재 한재의 유행은 없을 수 없다고 말하지마는 애통한 우리 백성의 흩어지고 정처 없이 떠돌아다니게 된 것은 어찌 과궁의 허물이 아니겠는가?

그러나 안정된 곳으로 다시 옮긴 후에야 타향에서 가난하고 의지할 곳이 없는 근심을 면할 수 있을 것이니 절대로 경솔히 움직이지 말고 조가에서 비부하는 뜻으로 기다리도록 하라. 여러 방면에 제유함에 나의 섬돌 앞에 있는 일처럼 하라고 위유사에게 분부하라.'

52.

철종 7년, 1856년, 병신년, 초여름.

삼경이 지났을 것이다.

남편은 오늘도 뒤채에서 새로 들인 첩을 끼고 두꺼비처럼 고요하다. 오랫동안 버무리던 작정을 오늘은 마무리하자. 저고리에서 댕기를 떼어 소반 위에 얹었다. 이것으로 덧거치지 않게 남편에게 이혼을 표시했다.

은영은 무명 보자기로 머리와 상반신을 가렸다. 무명 보자기를 두르면 스스로 나서서 남편과 이혼한 여인이라는 것을 여러 사람에게 알릴 수 있었다.

보자기는 머리에 두르면 두건이 되고 목에 두르면 목도리가 되고 허리에 두르면 앞치마가 된다. 닦으면 수건이 되고 묶으면 끈이 되고 깔면 방석이 되고 가리면 장막이 되고 업으면 띠가 되고 안으면 포대기가 된다.

임 보고 흔들면 정이 되고 대들보에 걸면 목을 맬 수 있다.

보자기 가운데 가장 큰 것이 보쌈 보자기이다. 과부 약탈할 때 싸 둘러메는 용도다. 가장 작은 보자기는 엽전보이다.

남편에게 억눌려 살았던 어머니들은 괴로운 일이 있을 때마다 엽전을 꺼내어 돈에 새겨진 글씨가 닳아 문드러지도록 외로 굴리고 바로 굴림으로써 그 고통을 참았다. 이 엽전을 인고전이라 했다.

이 인고전을 싸두는 겹보자기가 엽전보다 가로세로 반 뼘 남짓한 작은 보자기이긴 하지만 여성이 일생 아팠던 그 엄청난 고통의 응어리를 싸 내려온 보자기였다.

은영이 쓴 무명 보자기는 엽전보를 깨어 버린 여성의 기개였다.

무명 보자기는 새 낭군을 만나면 건네주게 된다.

금붙이를 싼 꾸러미를 집어 허리에 두르고 살며시 방을 나왔다. 달이 무심하게 밝았다. 주변은 고요해 풀벌레조차 잠든 듯했다.

사람의 기척이 없는 것을 다시 확인하고 발끝으로 걸어가 뒷담을 넘었다. 낮에 미리 담장 밑에 장독을 받쳐놓아 넘기가 수월했다. 쿵! 하고 땅을 디딜 때 나는 소리가 하마 가슴속에서 울려 나오는 것 같았다.

폐병을 앓으면서도 남편은 수시로 첩을 들였다. 약한 몸으로 도박에 몰두하고 과음을 일삼았다.

첫해는 서로가 부부의 흉내를 내며 살았다. 부유한 상인의 자식인 남편은 관직을 사 벼슬길에 나가기를 원했다. 그러나 청백리였던 아버지가 모함으로 귀양길에 오르면서 은영은 시집에서 애물단지가 되어 버렸다.

장사로 일어난 집안이라 이득에 따라 사람을 취급했다. 죄인의 사위가 되어 버린 남편은 그날부터 은영 방에 발길을 끊었다. 시댁 부모들은 아침 저녁 인사도 받지 않았다.

조금 지나자 종년과 하인들조차 은영을 먼산 보듯 무시했다.

"어쩌다 저런 아이가 들어왔을꼬. 듣보기장사 애 말라 죽겠다."

들은 귀는 천년이고 한 입은 사흘이라 시어머니의 모진 말은 두고두고 가슴을 후려 패었다.

시아버지 표정도 딱딱하기가 삼 년 묵은 물박달나무 같아 펴지지 않았다.

귀신이 된 느낌이었다.

은영은 나이 스물에 소박데기가 되었다. 친정으로 돌아갈까 하고 몇 번이나 입술을 깨물었는지 모른다.

그러나 풍비박산이 된 친정에 돌아간들 무에 그리 마음이 편하겠는가. 자리를 펴고 누운 어머님 곁에서 궁상을 떨 자신의 모습이 연상되자 진저리가 쳐졌다. 그렇다고 이 집 기둥을 계속 잡고 버티기에도 자존심이 허락하지 않았다.

점점 힘이 빠져갔다.

대들보에 목을 매어 버릴까? 그러기에는 자신이 너무 젊었다. 처녀 때부터 지닌 미모와 슬기가 아까웠다.

그녀는 뒷간에서 개구리에게 하문을 물리고 조바심 내는 그런 부류의 여인이 아니었다.

골목길로 나오자 어느새 등에 땀이 났다.

달빛을 받아 주위가 별천지 같았다. 은영은 미리 정해둔 곳을 향해 조심스럽게 걸었다.

'새로운 삶을 찾으리라.

예측하지 못한 어떤 삶이 기다리고 있더라도 기꺼이 달게 받아들이리라.

가난이야 얼마든지 겪으리라.

이런 소인배들에게 받는 천대보다는 백번 나으리라.

천지신명이시여. 저를 돌보아 좋은 사람을 만나게 해주소서.'

가마 타고 시집오던 시오리 길을 거꾸로 걸어 고갯마루에 이르렀다. 그곳에 할미당이 있었다. 신수가 된 늙은 느티나무 아래 오가던 사람들이 던져 놓은 돌무더기가 보였다. 나뭇가지에 걸린 헝겊 조각이 달빛을 받아 눈부셨다.

바람도 없는 밤이었다.

상인들이 이재를 기원해 달아 놓은 짚세기를 보고 은영은 심장이 아려 잠시 미간을 찌푸렸다.

아뿔싸! 늘어진 헝겊 조각 중에서 시집올 때 집안의 가신이 따라오지 말라고 자신이 직접 찢어 걸어둔 치맛단이 보였다.

실소가 나왔다. 무슨 부질없는 짓이었나.

길을 배회하는 악령의 해를 피하고자 주변을 살펴 적당한 돌을 집어 돌무더기에 던지고 침을 뱉었다. 그리고 할미당 뒤편 그늘진 곳으로 들어갔다. 어두운 곳에 앉아 있기에 적당한 바위가 있었다.

'여기 앉아 나를 데려갈 사람을 기다리자.'

이 밤이 새는 첫새벽에 첫 번째로 할미당 앞을 지나가는 남정네는 그곳에서 무명 보자기를 두르고 서성이는 여인을 거두어줄 의무가 있다.

사내는 그 여인이 기혼이건 미혼이건, 미색이건 추하건, 늙었건 젊었건, 양반이건 노비건 따질 수가 없다.

무조건 거두어야 한다.

마찬가지로 여인도 그 남자가 기혼이건 미혼이건. 잘났건 못났건. 젊었건 늙었건. 나그네이건 거지건 따질 수가 없다.

그냥 그 남정네 뒤를 따라가야 한다.

드물게는 낙향하는 귀인이나 어사를 만나 귀첩으로 팔자를 고치는 아낙도 있다고 들었지만 그런 행운을 바라지는 않았다.

다만 몸이 건강하고 마음이 자상해서 나를 다정히 대해 줄 수 있는 남정네라면 그가 어떤 사람이라도 가리지 않고 남은 생을 정성을 다해 그를 섬기며 살리라 결심했다.

새벽이 밝아오기 시작했다. 달이 지자 미세한 여명이 다가왔다.

멀리서 사람 발자국 소리가 들렸다. 턱턱턱 발소리가 무거운 것을 보아 남정네가 분명했다.

은영은 바위에서 벌떡 일어났다. 조이고 있던 가슴이 더 갑갑했다.

'아 하늘이시여. 나에게 어떤 운명을 점지하시렵니까.'

은영은 할미당 앞으로 천천히 걸어 나갔다. 남정네는 멀찌감치서 무명천을 두르고 서 있는 은영을 발견했다. 조금 놀라는 듯하였으나 무명천으로 몸을 가린 것을 확인하자 곧 진정하고 가까이 와 따라오라는 손짓을 하고 앞서 걸었다.

은영은 몇 발자국 떨어져 덧들이지 않도록 묵묵히 그의 뒤를 따라갔다.

어스름한 새벽길을 두 사람은 걸어갔다.

남정네는 헌칠민듯했다. 그러나 입성을 보니 지체가 높은 사람 같지는 않았다. 지체 높은 사람이 새벽길을 홀로 갈 리는 없다.

나그네도 아닌 것 같았다. 봇짐이 없었다.

'가뜬한 차림으로 새벽을 열고 가는 저 사람은 과연 무엇을 하는 사람일까?'

시종 과묵한 것은 은영의 마음에 들었다. 걸음걸이가 당당하고 힘이 있는 것을 보니 서른을 넘기지 않은 젊은 사내 같았다.

이윽고 은영은 자그마한 마을 어귀에 도착했다.

마을은 이제 막 깨어나고 있었다. 멀리서 가까이서 소 우는 소리가 들렸다.

'아아! 하늘이시여.'

그곳은 백정 촌 입구였다. 은영을 데리고 온 남정네는 백정이었다.

은영은 이상한 생각이 들었다.

'그런데 이 사람은 왜 백정이면서 왜 평량갓을 쓰지 않았을까?'

촌 입구에 사내의 거처가 있었다. 사내는 우선 은영을 자신의 작업장으로 데리고 갔다. 날카로운 연장들이 벽에 걸려 분위기가 어수선했다. 구석구석에서 피비린내가 배어났다.

사내는 입구에 있는 탁자 옆으로 가 먼저 의자에 앉았다.

"우선 여기 좀 앉으시오."

굵고 부드러운 목소리였다. 은영은 조금 마음이 놓였다. 조심스럽게 맞은편 의자에 앉았다.

"이제는 무명천을 벗어도 됩니다."

은영은 고개를 들고 천천히 무명천을 벗어 손에 들었다. 젊고 현숙한 얼굴이 나타나자 사내는 깜짝 놀랐다.

"혹시 후전 마을 장부자 댁 며느리 아니십니까?"

은영은 고개를 다시 숙였다. 슬픔이 맺힌 덩어리가 울컥 솟았다. 저도 모르게 눈물이 흘러내렸다.

'이렇게 약한 모습을 보이기는 싫었는데.'

고개를 숙인 채로 몇 번 끄덕여 주었다.

사내의 한숨 소리가 들렸다.

"이야기는 들어서 대강 알고 있습니다만 큰 용기를 내셨군요."

잠시 침묵이 흘렀다. 사내는 생각에 잠겼다.

'아름다운 여인이다.

저런 여인이 어떻게 내게 다가왔을까?

거두어 품어 주고 싶은 마음이야 굴뚝같으나 과연 귀하게 자라 고생을 모르고 가냘파 연약해 보이는 여인이 백정 촌의 거친 일을 감당해 나갈 수 있을까?

그리고 결국 소문이 날 터인데 장부자 집에서 이 일을 알면 가만있을까?'

사내가 조용하자 은영은 비로소 고개를 들어 사내를 자세히 보았다.

잘생긴 사내였다. 눈썹이 짙고 넓은 이마에 따뜻한 기운이 서려 있었다. 꽉 다물고 있는 입술과 떡 벌어진 어깨가 믿음직스러웠다.

이윽고 사내는 작심한 듯 일어서더니 작업장에서 바로 이어진 부엌으로 들어가 따뜻한 물을 담은 주전자를 가지고 왔다. 그리고 잔에 물을 따랐다.

"드시지요."

은영은 잔을 잡았다. 따뜻한 기운이 손을 통해 심장으로 퍼졌다. 그러나 물을 마실 용기가 나지는 않았다.

사내는 물을 조금 마시고 은영의 눈을 똑바로 응시했다. 은영은 부끄러워 고개를 숙였다. 사내는 기침을 한 번 하더니 표정을 진지하게 가다듬었다.

"저는 만덕이라고 합니다. 올해 스물여덟입니다. 아직 장가는 못 들었습니다. 아가씨는 저하고 신분이 달라 제가 비록 서낭당에서 모시고 왔으나 제가 함부로 이래라저래라 할 수 있는 분이 아닙니다.

더욱이나 여기는 가장 천한 사람들이 모여 사는 곳입니다. 아가씨처럼 지체 높은 분이 사실 곳은 못 됩니다.

새벽에 일어난 일은 없는 것으로 해 드릴 터이니 아가씨께서는 다른 길을 찾아보시는 것이 어떻겠습니까?"

고마운 말이었다. 그의 진정이 마음에 느껴졌다. 오랜만에 사람의 향기를 맡는 듯했다.

'이런 대화를 나눈 것이 얼마만이지?'

시집온 이후 시집 사람들과 나눈 대화는 대개 형식이 앞서 온기가 적었다. 아버지가 유배를 떠난 이후는 더 말할 것도 없다.

은영은 그 말이 주는 온기에 젖어 잠시 자신을 잊었다.

이미 날이 밝았다.

'사위가 투명한데 여기서 나간다면 또 어디로 가야 할 것인가?

할미당으로 나가는 행동은 이미 남은 생을 하늘에 맡겨 버리자는 것이 아니었던가?

그것을 다시 번복할 수는 없다.

이곳이 세상에서 가장 낮은 곳이라지만 높은 곳에서 찾기 어려운 다소

곳한 정이 흐르고 있다.

　나는 이곳을 놓치고 싶지 않다.'

　그녀는 고개를 들었다.

　"저는 양반집 여식이었으나 이미 상인과 결혼했고, 그 집을 견디지 못하고 스스로 나왔으니 이제는 지체를 이야기할 형편은 아니 됩니다. 다행히 몸은 아직 건강하니 거두어만 주신다면 당신을 신명을 다해 섬기겠습니다."

　사람의 일이란 참으로 한 치 앞을 알 수가 없다.

　더욱이 남녀 사이의 정분은 참으로 알기가 어렵다. 첫 새벽 여명 속에서 만난 지 불과 몇 시간이 지났고, 죽은 짐승들의 혼이 오가는 도솔천에서 서로 고작 몇 마디를 나누었을 뿐이지만 서서히 두 사람의 마음이 하나로 합쳐지고 있으니, 이것이 하늘의 뜻이 아니라 누가 감히 부정할 수 있겠는가.

　만덕은 자리에서 일어났다.

　"아가씨! 아가씨 마음이 정 그렇다면 제가 성심으로 보살피겠습니다."

　만덕은 은영의 손에서 얼굴을 가렸던 무명천을 건네받았다. 그리고 그녀를 가슴에 깊이 안았다.

　그날 저녁 만덕이 은영에게 물었다.

　"우리가 이렇게 만났으니 간소하게 예식을 올리겠다고 마을 어른의 허락을 받았습니다. 예식을 올리는 것은 마을에 우리가 부부가 되었다는 것을 알리고 뒤에 있을 수 있는 걱정을 미리 준비하려는 뜻도 있습니다."

"뒤에 올 수 있는 걱정이라니요?"

"얼마 가지 않아 장부자 댁에도 알려질 겁니다. 그들이 어떤 행패를 부리더라도 물리칠 수 있는 준비를 해 놓아야 합니다."

"그것은 걱정할 필요가 없습니다. 법전에 있는 규정이므로 제가 제 의견을 명확하게 밝히면 그들이 우리에게 행패를 부리지는 못합니다."

"가진 자들이 무슨 행패를 못 저지르겠습니까? 겸사겸사해 예식을 올리려고 합니다. 구매혼인이지만 우리가 올릴 수 있는 예식 방법이 세 가지 있습니다. 아가씨가 선택해 주면 그대로 따르겠습니다."

은영의 얼굴에 홍조가 돌았다. 이렇게 행복한 느낌을 가져 본 지가 까마득했다.

"그 세 가지가 무엇인가요?"

"예. 한 가지는 복수 결혼입니다.

혼담이 성립되고 양가에서 날을 잡으면 혼례 전날 밤에 신부는 댕기 머리를 자르고 귀밑머리는 땋아 쪽을 집니다. 신랑도 댕기 머리를 자르고 상투를 틉니다. 쪽을 지고 상투를 트는 사람을 '복을 부른다.' 하여 복수라 합니다.

혼삿날 밥상에 찬물을 한 그릇을 떠 놓고 신랑이 신부의 귀밑머리를 얹어 주고 신부가 신랑의 상투에 동곳을 꽂아주면 혼사가 끝납니다.

또 한 가지는 화촉 결혼입니다.

혼삿날 신랑과 신부 사이에 무거운 촛대를 좌우에 세워 놓습니다. 마을에서 덕망이 높고 자손이 많고 부유한 어른을 모셔 이분이 좌측 촛대에 불을 켜고, 아들딸 많이 낳고 살림 잘하며 정숙한 부인을 모셔 이분이 우측 촛대에 불을 켭니다.

그다음 신랑과 신부가 서로 마주 절을 하면 식이 끝납니다. 모서온 두 분은 신혼부부의 정신적인 지주로 평생 인연을 같이 합니다.

마지막으로 합근 혼례입니다.

표주박 시집이라고도 하는데 표주박을 갈라 술잔 두 개를 만듭니다. 하나는 청실 술을 달아 청실박 잔이라 하고 하나는 홍실 술을 달아 홍실박 잔이라 합니다.

혼례 때 신랑은 청실박 잔에 술을 따라 신부 입에 대어주고, 신부는 홍실박 잔에 술을 따라 신랑 입에 대어줍니다. 서로 청실, 홍실박 잔으로 입을 맞추면서 백년해로를 약속하는 것입니다.

혼례가 끝나면 두 박 잔을 맞추어 신방의 천장에 걸어둡니다.

아가씨가 선택해 주십시오. 나는 그대로 준비하겠습니다."

은영은 만복의 손을 잡았다.

"저는 합근 혼례가 마음에 들어요."

만덕은 은영의 손을 당겨 가슴에 품었다.

은영은 살며시 빠져나가 금붙이가 든 꾸러미를 찾아 만덕에게 주었다. 만덕은 그 꾸러미를 펴 살펴보더니 다시 은영에게 돌려주었다.

"나는 가난하지 않습니다. 준비는 내가 모두 하겠습니다. 그것은 아가씨가 가지고 계세요."

은영이 주저하다 조심스럽게 물었다.

"그런데 낭군은 왜 평량갓을 쓰지 않나요?"

평량갓은 백정이 써 신분을 표시했던 갓이다

만덕이 굵게 웃었다.

"아가씨, 그럴 일이 있습니다. 나는 그저그런 백정이 아니랍니다. 그 이유는 나중에 때가 되면 꼭 알려드리겠습니다. 그래도 되겠습니까?"

은영은 고개를 끄덕이며 활짝 웃었다.

"나는 낭군님을 믿어요."

53.

철종 8년, 정사년, 1857년, 7월.

정사년 여름, 제선은 다시 천성산으로 들어갔다.

이번에는 홀로 갔다. 기도하는 장소를 바꾸기로 했다.

내원암에서 오른쪽으로 흐르는 개울을 끼고 약간 되돌아 나오면 바른쪽 맞은편에 깊은 골짜기가 보인다. 이 계곡에서 능선으로 올라가려면 길이 가파르다.

왼쪽 길을 따라 계속 걸어가면 능선 거의 다가서 곤댓짓하는 큰 바위가 있다. 바위 밑에 암벽이 부식되어 저절로 생긴 동굴이 하나 있었다.

제선은 동굴 가까이 가 안을 들여다보았다. 동굴 입구 높이는 대강 두 사람 키 정도이고 안쪽 끝 높이는 석 자가 조금 넘었다. 깊이는 세 사람이 종으로 누워도 남을 정도로 홀로 기도하기에 충분했다.

굴 안쪽에는 두세 명이 족히 먹을 수 있는 샘이 솟았다. 입구 왼쪽에는 이전에 누가 잠자리로 이용했던 온돌이 있었다. 굴이 남쪽을 보고 있어 낮에는 햇빛이 굴 안으로 깊이 들어왔다.

굴 밖에 서면 가까이 죽 늘어선 봉우리들이 한 폭의 그림처럼 우렁찼다. 굴에서 바로 보이는 봉우리가 원효봉이고 굴 뒤로는 천성산이 솟았다. 그 줄기가 서남으로 뻗어 내리며 긴 능선을 만들었다.

숲속에 사는 새와 짐승 소리가 간간이 들릴 뿐 사위가 적막했다.

이번에는 여기서 무슨 일이 있더라도 사십구 일 기도를 꼭 마치겠다고 결심했다.

지난번처럼 사흘에 한 번 밥을 지어 하루에 한 끼를 먹었다. 잠은 앉은 자세로 낮에 한두 시간 잤다.

지난번 기도할 때는 명상에 들면 시간이 대책 없이 지나갔다. 이번에는 밥 지을 때가 되면 저절로 명상이 풀렸다. 무릎이 굳지도 않고 허리를 펴고 앉은 자세가 편하게 느껴졌다. 하루하루 내면의 깊은 곳을 더듬으며 타력을 기다렸다.

사십팔 일 되던 밤 작은 응답이 왔다.

캄캄한 허공 속에서 자태가 고귀한 여인이 그림처럼 나타났다.

선녀는 허공에 뜬 긴 의자에 비스듬히 누워 오른팔로 머리를 받치고 있었다. 이마에는 황금관을 쓰고 오색 비단으로 만든 옷이 찬연하게 빛났다.

여인의 주위가 야광주처럼 밝게 빛났다. 제선은 상제님이 보낸 선녀임을 바로 알 수 있었다.

주변의 물건들이 천천히 굴 천장으로 떠 올라갔다. 선녀는 지긋한 눈빛으로 제선을 바라보았다. 제선이 이제까지 노력한 모든 과정을 알고 있는 듯이 가볍게 미소 지었다.

너무도 아름답고 고귀한 모습에 제선은 몸 둘 바를 몰랐다. 땅에 엎드린 채 고개만 들어 올려 보았다.

그렇게 잠시 서로 바라보던 중 홀연 선녀의 모습이 허공 속으로 사라졌다. 하늘로 떴던 물건들이 다시 땅으로 내려와 본래 자리에 안착했다. 다시 캄캄한 허공만 남았다.

기도를 시작하고 처음 들어온 응답이었다.

제선은 상제님이 선녀를 보내 자신을 격려했다고 생각했다. 상제님이 언제나 자신을 주시하고 곧듣고 있었다는 강한 확신이 왔다.

'이제 얼마 남지 않았다. 조금만 더 견디고 애를 쓰면 상제님이 직접 현신할 것이다.'

그날 밤.

아랫마을 사람들은 천성산 가운데가 신비한 불빛으로 환히 밝고 하늘에는 역시 빛을 내는 커다란 독수리 한 마리가 산 정상을 빙빙 돌다가 새벽녘에 동쪽으로 날아가는 것을 보았다.

제선은 다음 날 사십구 일 기도를 마무리하고 집으로 돌아왔다.

54.

철종 8년, 정사년, 1857년, 11월 7일.

왕이 시임 원임 대신과 예조 당상을 공묵각에서 소견했다.

영부사 정원용이 말했다.

"내년은 대왕대비전의 보령이 오십일 세가 되는 해입니다. 전하께서 천명을 아는 해의 기쁨과 신료들의 축강하는 정성을 어떻게 형용하여 주달할 수 있겠습니까?

전에부터 늘 자전이 오십일 세가 되는 해를 당하면 미리 동짓날에 대신과 예조 당상이 내년의 경사를 치를 예를 앙청하는 것이 문득 통상적인 준례가 되었으므로 신 등이 지금 이에 서로 거느리고 등대하였습니다."

왕이 말했다.

"명년은 대왕대비전의 보령이 오십일 세이시다. 마땅히 경사를 치르는 예가 있어야 하겠기에 내전에서 여러 번 앙청했다.

그러나 지금 한없이 애통하여 허둥지둥하는 가운데 경사를 치르는 것은 마땅하지 않다고 하시면서 끝내 윤유하심을 아끼시니 나의 도리에 있어 또한 감히 승순하지 않을 수 없다."

우의정 조두순이 말했다.

"신 등이 봄과 여름 이후로 손가락을 꼽아 가면서 오늘을 기다린 것은 진실로 중첩되는 경사가 세초에 모인 까닭에 장차 서로 인솔하고 등대하여 풍성하게 드리는 거사를 아울러 청하려 하였던 것입니다.

지금은 돌아보건대 중첩되는 경사를 끌어당길 곳이 없이 되었으나 자전의 보령이 오십일 세가 되심은 만나기 드문 성대한 기회입니다.

옥책문을 올리고 휘호로 나타내어 알려 반포하고 갖추어 선양한 것은 우리 왕가에 고사가 있었습니다.

더군다나 지금이 예강하는 의식을 장차 태세 삼시 이후에 행하려 하는데 이때의 상고 때문에 고려하는 것은 더욱 옳지 않습니다.

지금 성유를 받드니 자전의 뜻이 끝내 윤허하심을 아낀다고 하교하시니 다시 정성을 다하여 간곡히 기원하여 자전의 충심을 힘써 만회하시기를 천만 바라옵니다."

왕은 눈물이 솟아 옷을 적시고 실성하여 울부짖었다. 군신은 감회와 슬픔이 합쳐져서 모두 울부짖었다.

한참 만에 왕이 눈물을 닦고 목이 메어 말했다.

"대행 자성의 보령이 칠십 세 되는 해가 곧 명년에 있기에 마음속으로 축원하기를 동짓날에는 경사를 꾸미는 예를 의논하여 행하려 하였는데 이제는 그만이니 어느 곳에 미치겠는가?

나 한 사람이 하늘에 죄를 얻어서 이런 재앙이 내린 것이니 지금 이날을 당하여 또 어떻게 마음을 진정할 수 있겠는가?"

조두순이 다시 말했다.

"구구한 정리는 갈수록 애절하나 애사와 경사는 예가 다르니 비록 이번 망극한 중일지라도 여러 번 간곡하게 진달하여 윤허를 받으시기 바랍니다."

"내전에서 이미 여러 번 질달하였으나 끝내 윤허하는 하교를 받지 못하였다. 자전의 정리에 있어서도 역시 그러하지 않을 수 없을 것이니 어떻게 한결같이 억지로 청할 수 있겠는가?

지금 할 수 있는 도리는 정문을 짐작하여 단지 표리만 올리는 것이 좋을 것 같다."

정원용이 말했다.

"지금 자전의 수를 경축하는 기회를 당하여 신 등의 마음도 역시 옛일을 슬퍼하고 지금을 애통해하는 감회를 견디지 못하겠는데 자전의 정리로써 어찌 그러하지 않겠습니까?

그러나 애사와 경사는 예가 다르니 신 등은 그에 대하여 힘써 만회할 것을 연달아 청하는 바입니다."

왕이 말했다.

"자전의 분부가 지극히 간절하여 내가 감히 다시 번거롭게 주달하지 못하겠으나 알리어 반포하는 절차는 마땅히 예조가 마련하게 하겠다. 정월 초하룻날 의당 단지 표리만 올릴 것이니 알려서 반포하는 절차를 예조가 마련해 들이게 하라."

55.

철종 8년, 정사년, 1857년, 겨울.

제선은 다시 일상으로 돌아와 가정을 돌보며 기도를 계속했다.

여시바윗골에 산 고래실 여섯 두락에 생기는 소출로는 가족의 생계를 잇기 부족했다. 어느덧 식구가 늘었다.

아들 둘에 딸이 셋 그리고 일찍 들인 수양딸까지 자식이 여섯이었다. 가사를 돕는 여종이 둘, 수양딸의 사위, 아내와 제선까지 모두 열 식구가 넘었다.

기도에 확신이 생긴 지금 다시 장삿길로 나설 수는 없었다. 모았던 돈을 덜어냈다.

목돈은 허무니 푼돈으로 쉽게 나갔다. 올곡식이나 풋바심으로 초련을 먹이는 것도 한계가 있었다.

기도를 계속하며 생계를 유지할 길을 찾아야 했다.

오촌 종숙인 최병렬이 자기를 한번 찾아오라고 사람을 보냈다.

최병렬은 부농으로 유복하게 살며 일가에 덕을 쌓아 명망이 높았다. 전해에는 용선업을 시작해 매우 바쁘게 살았다. 친척 중에서 제선의 삶을 이해해 주는 몇 안 되는 사람 중 한 사람이었다.

제선은 하루 틈을 내 울산 여시바윗골을 나와 경주로 그를 찾아갔다.

"내가 자네와 의논할 일이 있어 불렀네. 요즘은 어떻게 사는가?"

"예, 열심히 기도하고 있습니다."

"그래 기도만 해서야 가족들을 어떻게 부양하겠는가?"

"저도 그것이 걱정이 안 되는 것은 아닙니다. 그러나 이것이 제가 선택한 길이니만큼 아무리 사정이 어려워도 계속 앞으로 걸어 나갈 수밖에 없습니다."

"자네의 남다른 의지는 참으로 대단하네. 남들이 무어라 하든, 자네는 내가 볼 때 매우 성실한 사람일세."

"저를 이해해 주셔서 항상 고맙게 생각하고 있습니다. 그런데 이렇게 일부러 부르신 데에는 무슨 까닭이 있는 듯합니다."

최병렬은 말없이 긴 담뱃대에 불을 피워 한 모금 들이마셨다. 잠시 침묵이 흘렀다.

"자네도 알고 있겠지만 나는 작년부터 용선업을 시작했네. 그 일이 농사짓는 것보다 훨씬 이문이 크기 때문일세.

용선은 편철을 사다가 솥이나 보습과 같은 농기구나 가구를 주조해 파는 일일세. 이 일은 넉넉한 자본과 넓은 시장을 확보해야 하므로 아무나 할 수 있는 일은 아닐세.

인근에서 수월하게 편철을 공급받아야 하고 질 좋은 진흙과 대량의 숯을 공급받을 수 있어야 하므로 대개 나무가 울창한 지역에 자리를 잡는데 이런 조건을 갖춘 지역은 청도군 운문면 오진동 방음동 신원동 일대일세. 나는 신원동에 공장을 차렸네.

이곳은 달성과 월성 같은 큰 소비시장을 옆에 두고 있어 입지 조건이 좋은 편일세. 작년 한 해는 일이 잘 풀려 제법 수익을 보았다네.

그런데 용광을 하는 사람들이 계속 나자빠져 편철을 정기적으로 받기가 어려워졌다네. 편철을 구워내는 용광은 소자본으로도 가능한 업종이라네. 토철과 사철을 사다가 용광로에 녹여 편철을 만들 때 장인 한두 명과 일꾼 열 명 내외를 고용하면 일손은 충분하다네.

자본도 초기 재료비와 일꾼 한두 달 생활비만 댈 수 있으면 가능한 업일세. 물론 토철 운반비가 적게 들고 연료 공급이 좋은 곳이라야 하지. 그런 점에서 경주는 용광 입지에 상당히 유리한 곳이라네.

나는 채광도 생각해 보았네. 채광은 토철과 사철을 채취하는 업인데 알아보니 이 지역에서는 울산 인근 달천 지역에서 이의립 후손들이 독점해 운영하고 있다네. 채광은 자본도 많아야 하지만 특히 관의 허가를 받을 수 있는 세력이 있어야 할 수 있는 사업이라서 관에 굽실거리기 싫어서 마음에 접었네.

그래서 하는 말인데 자네 용광을 한번 해 볼 생각이 없나? 자네가 생산하는 편철은 내가 모두 사겠네.

처음 시작할 자금이 부족하면 내가 조금은 보태 주겠네. 자네는 일이 생겨서 좋고 나는 안전하게 편철을 구입할 수 있으나 두 사람에게 모두 좋은 일일세.

물론 용광업이 안전한 사업이라는 보장은 없다네. 작년 한해만 해도 주변에서 용광하던 여러 사람이 도산했네. 나는 다만 자네의 성실을 담보 잡고 하는 말이니 잘 생각해 보고 연락을 해주게."

제선은 허리를 굽혀 인사하고 울산으로 돌아왔다.

며칠을 곰곰이 생각하고 여러 가지를 알아본 끝에 제선은 한번 시작해 보기로 마음먹었다.

고향에 지었던 세 칸 기와집을 팔아 목돈을 만들었다. 수중에 남아 있던 돈과 경작하던 논을 저당해 돈을 꾸었다. 최병렬에게도 도움을 받았다.

이래저래 어렵사리 만든 자본으로 천트는 일부터 시작했다.

작업을 총괄할 골편수를 수소문했다. 어느 분야라도 그렇겠지만 골편수도 타고난 소질이 있어야 하고 그 마당에서 십 년 이상 경력을 쌓아야 기술을 발휘할 수 있다.

최병렬이 달성에 사는 박은봉을 추천했다.

제선이 직접 달성으로 가 먼저 골편수 박은봉을 고용했다. 그는 촌보리 동지로 명색이 좌수였다. 박은봉은 골집이 사나운 편이어서 그리 호감을 주는 인상은 아니었다. 그러나 그런 사람일수록 일은 꼼꼼하게 잘하는 법이다.

제선은 일단 토철과 목탄을 사다가 작업장에 산처럼 쌓았다.

박은봉이 일을 시작했다. 먼저 목탄과 토철을 섞었다.

목탄과 토철 중량은 비슷하다. 토철 백 타와 목탄 백 타의 무게는 같다. 목탄 열에 토철 하나 비율로 섞는다.

이 작업이 끝나자 박은봉은 용광로를 손질했다. 부리 작업을 하기 삼 일 전 미리 용광로 손질을 마쳐 놓아야 한다.

골 구멍과 골바닥을 깨끗하게 청소해 풀무에서 나오는 바람이 제대로 통하게 했다. 높은 열에도 잘 깨지지 않는 골목 돌을 놓고, 쇳물을 빼내는 초롱 구멍을 낼 자리도 만들었다. 풀무 구멍이 골바닥 각도와 방향이 조금이라도 틀리면 바람과 쇳물이 한쪽으로 몰리게 되므로 작업은 실패한다.

준비가 끝나자 이어 불편수와 뒷불편수, 숯대장과 불매대장이 도착했다. 은봉이 이전에 데리고 쓰던 사람들이었다.

은봉이 이들을 지휘해 쇠를 녹이기 시작했다.

골바닥에 불쏘시개를 알맞게 깔고 토둑에 숯을 가득 채웠다. 뒷불편수가 불쏘시개에 불을 붙여 토둑 위에서 연기가 오르기 시작하면 풀무꾼이 풀무질을 했다.

토둑 안이 불길로 이글거리면 불매대장이 토철을 삽으로 퍼 넣었다. 풀무꾼들은 때를 맞추어 선거리와 후거리가 교대로 강력한 바람을 일으켰다.

불매대장과 숯대장은 불편수 지시에 따라 불길의 강도에 맞추어 토철과 숯을 곰배곰배 토둑에 집어넣었다. 이때 은봉은 토둑의 외벽을 쇠망치로 가볍게 두들기며 쇳물이 고인 정도를 가늠했다.

이윽고 쇳물이 적당히 고이면 은봉의 지시에 따라 불편수가 용광로 밑에 마련한 초롱 구멍을 쇠창으로 뚫었다. 초롱구멍을 통해 쇳물이 꽃잎처럼 흘러내려 미리 만들어 놓은 판장쇠 바탕으로 들어갔다.

뒷불편수는 쇳물이 굳어지기 전에 감나무로 만든 고무래로 쇠똥을 잘 긁어냈다.

소장판 바탕은 대개 좌우로 네 개씩 있어 한 번에 여덟 개의 쇠판을 생산한다. 점화한 지 여덟 시간이면 한 번 작업을 마치게 된다. 첫 작업으로 판장쇠 여덟 장을 만들었다.

시작이 좋았다.

사업은 순조롭게 진행되었다.

하루에 밤낮으로 세 번 반복해 한 번에 팔십 근짜리 판장쇠 세 개만 생산하면 성적이 좋은 편이라 할 수 있었다. 한 달에 보름을 일할 수 있으면 전주인 제선이 손해 보지 않고 그 이상 작업을 해야 이득을 본다.

정사년에는 그런대로 유지가 되었으나 이듬해는 겨우겨우 유지하다 보니 여러 사람에게 다시 빚을 졌다. 고슴도치 오이 따 걸머지듯 빚이 늘어나자 곁에서 어정거리던 출물꾼도 고양이 낙태한 상을 하고 눈치 빠르게 떨어져 나갔다.

최병렬에게서 오던 지원도 어느 사이 끊어지고 말았다.

결국 무오년 가을 철점 문을 닫았다.

당시 부리 작업을 경영하다 곱은 전주가 한둘이 아니었다. 용광업은 날씨와 바람에 민감해 운이 좋으면 이득을 보지만 대개 실패했다. 그래서 보통 이삼 년이 지나면 전주는 망해 버리기 일쑤였다. 투기성이 강한 사업이었다.

논 여섯 두락을 여러 사람에게 척매해 사업 자금을 빌렸는데 무오년이 저물어 가자 산처럼 쌓인 빚을 갚을 길이 없었다.

최병렬은 자신이 빌려준 돈은 포기하겠다고 제선을 달랬다.

그러나 논을 담보로 돈을 빌린 일곱 사람으로부터 날마다 빚 독촉을 받았다. 그들의 채근에 제선은 숨이 턱턱 막혔다.

할 수 없이 어느 날 일곱 사람을 모두 한자리에 불러 소장을 써 주었다. 같은 날 관에 소송하라 했다.

"잘 헤아려 같은 날 같이 돌려주겠소."

정한 날짜에 그들이 같이 관에 고소하자 관장이 제선에게 출두하라 통보했다. 제선은 관장 앞에 나아가 사업이 망했던 과정을 자세히 설명했다.

"이 일은 모두 제가 경영을 잘못한 데에서 비롯되었습니다. 잘하고 잘못한 일은 나에게 있고 처결은 관에서 하는 일이니 저는 영감의 처분에 따르겠습니다."

관장은 형방과 의논한 후 판결을 내렸다.

"척매이므로 논 여섯 두락은 가장 먼저 구매한 사람이 차지하라."

재판은 끝났으나 돈을 돌려받지 못한 나머지 여섯 사람은 제선을 원망했다. 그들에게는 여시바윗골 집을 내주기로 했다.

같은 동네에 살던 노파도 제선을 원망했다.

"내가 곤달걀 지고 성 밑으로도 못 가는 사람인데 어쩌다 태장에 바늘 바가지를 만났을까?"

노파는 재판에 승복하지 않고 매일같이 제선의 집으로 찾아와 집을 내놓고 나가라고 행패를 부렸다.

마땅히 갈 곳이 없는 제선은 하루 이틀 미루었다. 화가 치민 노파가 하루는 제선의 옷을 움켜잡고 칼손질을 했다.

제선이 이를 피하자 노파는 제김에 땅에 고자리 먹고 자란 호박 모양 코를 박고 기절하고 말았다.

전갈을 받고 달려온 노파의 아들 셋과 파충한 두 사위가 곰배팔이 담배

목판 끼듯 몽둥이를 들고 제선에게 욕설을 퍼부으며 달려들었다.

"우리 어미가 죽었다. 너는 살인자다. 살인자의 처리는 법에 따르게 되어 있으나 복수하는 권한은 아들에게 있다.

만일 죽은 어미를 다시 살려내지 못한다면 우리가 힘을 합쳐 너를 이 자리에서 때려죽이고 말겠다."

제선은 난감한 위기에 몰렸다. 어찌할 바를 모르고 망연히 서 있을 때 한줄기 타력이 들어오는 것이 느껴졌다.

제선은 큰 소리로 마디에 옹이를 쳤다.

"여보게, 만일 내가 자네 어머니를 다시 살려낸다면 어떻게 하겠는가?"

제선이 당당하고 자신 있는 태도를 보이자 그들은 화를 풀고 반색을 했다.

"만약 당신이 우리 어미를 다시 살려내 준다면 부채는 없던 일로 하겠소."

제선은 일단 노파를 방으로 옮겨 두꺼운 요 위에 눕혔다. 그리고 모두 밖으로 나가게 했다.

제선은 명주실을 노파의 손목 힘줄에 대 보았다. 맥이 잡히지 않았다. 몸을 만져 보니 벌써 굳어 딱딱했다.

노파는 이미 저승길을 걷고 있었다. 넘어지면서 바로 숨이 넘어간 모양이었다.

마음속에서 지시하는 대로 농짝 서랍을 여니 안쪽에 한 자 되는 닭 꼬리털이 보였다. 이것을 꺼내 노파 목구멍에 넣고 가볍게 휘저었다.

그러자 잠시 사이에 노파는 목에서 문득 숨소리를 내더니 기침을 해 검은 피를 한 덩어리 토해냈다. 그리고 조금 있더니 노파는 스스로 어깨를 움직여 몸을 뒤집었다.

제선은 노파의 몸을 바로 눕힌 후 문을 열고 물을 한 그릇 떠오라 했다. 큰아들 세정이 급히 물을 떠다 노파 입에 부었다. 잠시 후 뱃속에서 꼬르륵 하는 소리가 나더니 노파는 멀쩡히 살아나 일어나 앉았다.

노파의 세 아들과 두 사위는 제선에게 고맙다고 인사를 하고 노파를 업고 물러갔다.

모였던 사람들이 놀라서 웅성거렸다.

"저 사람이 도를 닦는다더니 과연 죽은 사람도 살려내는 재주를 얻었구나."

어렵게 채권자들의 채근은 간신히 무마했으나 집을 곧 비워주어야 했다.

설상가상으로 양식도 거의 바닥나고 있었다.

56.

철종 9년, 1858년, 무오년, 10월 6일.

왕이 천둥 번개로 인해 대료 삼사와 재야의 신하에게 궐실을 묻는 하교를 했다.

'계절이 거두어서 간직할 때인데 간밤에 천둥 번개가 쳤으니 이것이 어찌 이유가 없이 그러하겠는가?

첫째도 내가 부덕한 탓이요 둘째도 내가 부덕한 탓이다.

하찮은 내가 부덕한 몸으로 만백성의 윗자리를 차지하고 있으니 주야로 걱정하고 두려워하면서 감히 스스로 편안할 수가 없었다.

그런데 어찌하여 정치가 뜻을 따르지 못하여 모든 일이 번잡스러워진 탓으로 풍속이 날로 저하되어도 만회할 수가 없고 기강이 날로 문란해지는데도 진작하여 쇄신시킬 수 없으며 탐묵이 날로 행해지고 있는데도 징계 면려할 수가 없다.

그리하여 부역이 편중되고 민생이 거꾸로 매달려 있는 것 같은 고통에 이른 것이 근일 같은 때가 없었다. 상천은 지극히 인자해서 깨우쳐 알리고 이끌어 인도하기를 어찌 이와 같이 정녕하게 하지 않겠는가?

두렵고 송구스러운 마음이 가득 차서 벽에 기대어 잠을 이루지 못하고 있다. 따라서 자신을 책하는 구례를 형식이라고만 하여 폐할 수는 없다.

오늘부터 삼 일 동안 감선하여 경외하는 정성을 만 분의 일이나마 펴고 싶다. 공구 수성하는 방책은 군신 상하 다 함께 면계해야 될 것이다.

나의 대료 삼사와 재야의 신하들은 모두 나의 궐실에 대해 숨김없이 말하라.'

이어 영의정 김좌근과 좌의정 조두순이 연차를 올려 면계할 것을 진달하자 사면했다.

비답

'인애하는 하늘이 경계를 보여 마치 귀를 끌어당기고 얼굴을 마주하여 자상하게 타이르듯이 하고 있으니 고요히 생각하여 보면 하늘이 노한 것이 아니라 가르쳐 준 것이다.

진달한 면계 내용을 본즉 모두가 나의 정침에 해당되는 것이니 감히 조심스럽게 가슴에 새겨 행하지 않을 수 있겠는가?

재변을 만나 인책하는 데 이르러서는 이것이 도리어 성실하게 하는 도리가 아닌 것이다.

이는 과매한 나의 탓이지 경 등에게야 무슨 잘못이 있겠는가?

지금 이렇게 사면하는 것은 절대로 과당하니 일체 이런 말을 아뢰지 말고 더욱 광보하는 책임을 힘쓰도록 하라.'

이 해 왕은 첫아들을 얻었으나 왕자는 몸이 허약해 돌도 지나기 전에 죽었다.

왕은 공골말을 닮아 더 방탕해졌다.

57.

철종 9년, 1858년, 무오년.

필제는 서른다섯이 되었다.

홍주에서 정월에 상주 관아를 습격하려 기도하다 서투른 도둑이 첫날밤에 들킨다더니 주변 사람의 고변으로 체포되었다. 새재에서 손을 써 무죄로 방면되었다.

오월에 들어 다시 거사를 위한 자금을 마련하기 위해 돌아다녔다. 이때 이름을 이전에 쓰던 이홍이라 바꾸었다.

첩보를 받은 관에서 필제를 남을 속여 재물을 취하려 했다는 사기로 몰아 다시 체포해 영주로 귀양 보냈다.

일 년이 지나자 필제는 풍기 적소에서 풀려나 홍주로 돌아왔다. 다 닳은 대갈마치가 되었으나 홍주에서는 도저히 활동이 어려워 팔월에 진천으로 옮겨 갔다.

진천 백성도 관리의 작폐에 신음하고 있었다. 필제는 진천 관아를 습격해 수령을 징치하는 계획을 세웠다.

다음 해 이월에 그는 공주에 사는 심홍택을 찾아갔다. 심홍택은 필제가 훤칠한 키에 눈이 이글이글하고 음성 또한 우렁찬데다 언변이 유창하고 학식이 풍부한 데 놀랐다.

심홍택이 평생 처음 보는 말 머리에 태기가 있는 사내였다.

그는 필제가 과거에 급제하고도 유랑하는 것을 안타깝게 생각했다. 상원 달 보고 수한을 안다고 단번에 필제의 거사에 동의했다.

필요한 자금을 아끼지 않고 도와주기로 약조했다. 심홍택의 아들도 합세했다.

심홍택이 주선해 목천의 김낙균, 공주의 양주동, 풍기의 허패, 해미의 박회진 부자도 필제와 손을 잡았다.

이전에 심홍택이 진천 논실에 사는 김병림이라는 사람과 사소한 일로 시비를 벌인 적이 있었다. 이에 심홍택이 집안사람인 도백에게 청을 넣어 포졸을 불러 김병림을 관아로 잡아다 혼을 냈다. 이런 일이 있어 두 사람은 쌀 먹은 개 욱대기듯 원수 사이로 지냈다.

김병림이 심홍택의 집에 여러 사람이 드나드는 것을 수상하게 여겨 진천 관아에 고변했다. 첩보를 받은 관졸이 들이닥치자 필제와 김낙균은 급히 피신했고 심홍택 부자와 양주동·심상학·김병회·박회진이 체포되었다.

혹독한 심문으로 심홍택과 양주동은 물고했고 나머지는 뇌물을 쓰고 나왔다.

필제는 새재로 피신했다.

지리산 칠선봉에 작약처럼 피어 있던 여옥을 자주 생각했다.

58.

철종 10년, 기미년, 1859년, 6월 20일.

비변사에서 왕에게 보고했다.

'동래부사 김석의 장계를 보니 훈도와 별차 등의 수본을 하나하나 들며 왜관의 수문직 김용옥과 신 초량리에 사는 이문주 등이 퇴비 금홍을 데리고 왜관 안에 몰래 들어가 왜와 간통한 뒤에 복병장에게 잡혔다고 합니다.

따라서 두 놈과 한 계집을 즉시 잡아와서 엄중하게 조사하였더니 김용옥은 본디 간악한 무리로 문지기에게 의탁하여 우리나라 사람을 알선하여 간통하게 하였으니 그가 실로 자복한 것입니다.

이문주는 용옥이 꾀는 말을 달게 듣고는 끝내 곁에서 거드는 죄를 지었습니다.

금홍은 전후의 공초에서 저들의 꼬임에 속았다고 한결같이 미루고 있습니다.

지금 여기 세 죄수의 죄상은 사형에 해당되므로 묘당에서 품처하게 하고 가통을 범한 왜는 포박하여 대마도로 보내 율에 따라 감처하도록 관수왜*에게 책유했습니다.

---

* 관수왜는 부산 왜관을 관리하는 왜인으로 곧 대마도주가 보낸 대관이다. 부산에 출입하는 왜인의

죄인을 잡아 고발한 사람은 몰래 들어갈 때 적발하지 못하였으므로 상전을 감히 청하지 못하고 직무에 소홀한 죄를 감처하기를 황공히 기다린다고 했습니다.

변경의 관문을 지키는 것이 근래에 더욱 형편없이 해이해져 뜻밖의 일이 생기기까지 하였으니 극히 해괴하고 한탄스럽습니다.

왜관에 함부로 들어가는 것도 오히려 중률에 해당되는데 더구나 이런 화간의 변이겠습니까?

여러 사람의 공초에서 죄를 승복하여 사헌부의 계사가 이미 입철되었습니다.

여자를 유인하여 몰래 들어가 간통을 한 자와 그 여자에 대해 원래부터 정해진 죄명은 법전에 밝게 실려 있어 올리거나 내릴 수 없습니다.

전에 안행한 예에 따라 유인한 죄인 김용옥은 좌수사에게 군위를 벌여 놓고 왜관 관문 밖에서 효시하게 하여 변경의 단속을 엄숙하게 하고 난민을 경계하는 기반으로 삼고자 합니다.

이문주는 그가 유인하는 말을 듣고 스스로 곁에서 거드는 죄를 지었으므로 법전에 의거하여 감등하는 율에 따라 본도에서 엄하게 형신하여 도배하게 하려 합니다.

몰래 간통한 계집 금홍은 법전에 의거하여 장일백 도삼년으로 정배하는 것이 어떻습니까?

문을 지키는 것이 얼마나 중요합니까?

편의 도모와 경계를 넘어와 범죄를 저지른 자를 대마도에 통보하는 일 등을 맡아 보았다.

평소에 진실로 엄하게 단속하여 살폈다면 어떻게 이렇게 몰래 들어갈 계책을 꾀하였겠습니까?

동래부사 김석과 부산첨사 장창환은 도신의 장계에서 이미 먼저 파직한 뒤에 나문하는 형전을 청하였습니다.

이에 따라 시행하고 훈도와 별차는 본부에서 무겁게 죄를 다스리게 했습니다.

잡아다가 고발한 사람은 앞에서는 놓쳤으나 나중에 잡았으니 공이 죄보다 많습니다. 해조에서 규례를 상고하여 시상하게 하는 것이 어떻겠습니까?'

왕이 말했다.

"그리하라."

59.

철종 10년, 기미년, 1859년, 10월.

기미년 시월.

집을 비워 주기로 마지막으로 약속한 날짜가 되었다.

갈 곳은 경주 용담뿐이었다. 용담에는 무너져가는 초가 한 채와 사촌 형 재환이 있었다. 가족들이 힘을 합쳐 예 짐 동이듯 짐을 쌌다.

가재도구를 꾸리자 방안은 이리 떼가 틀고 앉았던 수세미 자리처럼 어수선했다. 식구들은 칠십 리 떨어진 구미산 아래로 향했다.

제선은 서른여섯 살. 어느덧 중년을 바라보는 나이가 되었다.

울산 여시바윗골에서 육 년을 살았다. 육 년 동안 얻은 것은 상제님이 자신을 주시하고 있다는 믿음 하나였다.

시련은 아직도 끝나지 않았다.

상제님이 언제 현신할지는 알 도리가 없었다. 그나마 식구들이 큰 병이 없는 게 공생스러웠다.

제선은 무겁게 발걸음을 옮겼다. 하루 내내 걸어 해가 지자 어스름이 깔리는 구미산 입구에 도착했다.

구미산은 가정리 남쪽에 동서로 길게 뻗어 있다. 계곡 어귀에서 좀 더 산쪽으로 들어가면 용담이다.

골짜기는 변함없이 조용했다. 제선은 나이를 먹고 초라한 모습으로 고향에 다시 들어가는 자신이 부끄러웠다.

구미산 산수와 초목은 예나 다름없이 그를 맞아주었다. 송백이 푸르게 우거지고 맑은 시내가 흘러 비참한 심정을 달래주었다.

낡은 초가집에 도착하자 식구들은 장설간이 비었다. 박씨 부인은 밥을 지으려 부엌에 들어가 불을 지폈다.

제선과 자식들은 지치고 허기가 져 방안에 누워 버렸다. 양녀 주 씨와 양 사위가 부엌에 내려가 박씨 부인을 도왔다.

골짜기에서 불어 내리는 바람에 아궁이에서 매운 연기와 불길이 번져 나왔다. 부인은 눈물을 흘리며 밥을 지었다.

양녀가 조왕단 위에 조왕수를 올렸다. 양녀는 양사위와 같이 조왕에게 두 손을 모아 빌었다.

조왕은 섣달 스무나흗날 승천하여 옥황상제에게 집안사람들의 행동을 낱낱이 고해 바치는 신이다. 그의 승천 보고에 따라 옥황상제는 선행이 많으면 응분의 복을, 악행이 많으면 응분의 화를 내린다. 곧 다음 해의 길흉화복이 조왕의 보고에 달려 있다.

주 씨는 시월에 미리 내년의 복을 빌었다.

박씨 부인은 문설주 뒤에서 쑥새처럼 울었다.

며칠이 지난 후 제선은 다시 뜻을 다잡았다.

상제님을 만나 길을 찾기 전에는 이 골짜기에서 한 발자국도 밖으로 나가지 않겠다고 결심했다.

제선은 스스로 이름을 제우, 자는 성묵, 호를 수운으로 고쳤다.

제우란 어리석은 세상을 건진다는 뜻이고, 성묵은 도가 극치에 이른 상태인 '혼혼묵묵'의 뜻이다. 수운이란 물과 구름으로 천지 생명을 상징했다.

다시 피를 말리는 기도를 계속했다. 목숨을 걸고 정진했다.

그러나 응답은 없었다.

60.

철종 11년, 경신년, 1860년, 1월.

수운은 경신년 새해부터는 기도하는 방법을 바꾸었다.

사색과 기도를 병행했다. 낮에는 책을 읽으며 사색하고 밤이 되면 밖에 나가 한울님께 절을 했다. 코피가 수시로 터졌고 새로 지은 보선이 밤이 지나면 앞 코가 다 이지러졌다.

경신년 정월 십삼 일은 절기로 입춘이었다.

이른 아침 수운은 시 한 수를 읊었다.

'도의 기운을 길이 보존하면 사특한 기운이 침입하지 못한다.

도를 얻을 때까지 세상 사람들과 돌이켜 어울리지 않으리라.'

박씨 부인 민망한 얼굴로 조심스럽게 말했다.

"양식이 떨어졌습니다. 아무래도 제가 품을 팔러 나가야겠습니다."

수운은 부인을 말렸다.

"내가 어찌해 볼 터이니 부인은 그런 말씀 마시오."

그날 저녁 날이 어두워지자 수운은 손에 빗자루를 들고 흥해로 떠났다.

밤이 되자 날이 흐려 달이 나오지 않았다. 그러나 예전 등짐을 지고 다니던 낯익은 길이었다.

첫새벽에 김 진사댁에 도착했다. 수운은 진사댁 앞마당을 깨끗이 쓸어 놓고 다시 집으로 돌아왔다. 아침에 김 진사가 기침하자 하인이 다가가 말했다.

"예전에 무명을 날라 주던 자가 새벽에 마당을 쓸어 놓고 갔습니다."

김 진사는 뒷짐을 지고 마당을 걸었다.

가난한 백성이 양식이 떨어지면 아침 일찍 부잣집 마당을 쓸었다. 그러면 부자는 그 사람을 수소문해 얼마간 쌀을 보내는 것이 정리였다.

'이 사람은 멀리 경주에서 흥해까지 왔다. 밤을 새워 걸었을 것이다.

양반 신분이면서 등짐을 지던 사람이다.

무언가 뜻을 가지고 살지 않으면 나서기 어려운 일이었다.

그런 사람이 일부러 나를 찾아온 것은 그 사람이 나를 어진 사람으로 인정해 준 것이다.

내가 어찌 그 사람을 돕지 않을 수 있겠는가?'

생각이 여기에 미치자 김 진사는 하인에게 말했다.

"오늘 중으로 그 사람 집을 알아내 쌀 세 가마니와 된장 한 단지를 가져다 드려라. 아무 말도 하지 말고 전달만 하고 바로 돌아오면 된다. 알겠느냐?"

61.

철종 11년, 경신년, 1860년, 4월.

이럭저럭 사월이 되었다.

이 해는 윤달이 들어 사월은 사실상 여름 초입이었다. 용담은 여러 색으로 물들었다.

패랭이 잎이 진해지고 수선화가 노랗게 피었다. 백합 순이 올라오고 매화가 피었다 졌다.

개복숭아꽃이 예년과 달리 진하게 붉었다. 집 앞에 상사화 푸른 잎이 무리 지어 나왔다.

상사화는 잎들이 모두 져야 비로소 꽃이 나온다. 무성하던 잎이 말라버린 후에도 한참 지나서 피는 그 꽃은 너무도 아름다워 사람의 혼을 흔든다.

입춘에 결심한 후 두 달 반이 지나갔다. 이대로 기도하다 여의치 않으면 혀를 물고 죽겠다고 마음을 다잡았다.

목숨이 다할 때까지 몸과 마음을 다 바치리라. 그러다 죽어도 여한이 없으리라.

사월 초닷새는 장조카 세조의 생일이었다.

일찍 일어났으나 생일잔치에 갈 마음이 나지 않아 머뭇거리다 서재에 앉아 책을 읽고 있었다.

그런데 아침나절에 이전에 천성산을 같이 다녀왔던 최재건이 찾아왔다. 어쨌든 과갈 간에 사람의 도리는 챙기며 살아야 하지 않겠느냐고 자기하고 같이 잔치에 가자고 했다. 수운은 최재건의 말을 어기기가 어려워 억지로 일어났다.

댓돌에서 신발을 신는데 몸과 마음이 예사롭지 않았다. 몸이 섬뜩해지고 심하게 떨리는 데 도무지 마음이 진정되지 않았다.

억지로 참고 지동으로 내려가 조카 생일을 축하해 주었다. 광친쇠에 담긴 음식은 두루 푸짐했지만 수운을 쳐다보는 일가친척들의 눈초리는 대놓고 나무라지는 않았으나 그렇다고 부드럽지도 않았다.

경주 최씨 일가는 대개 부농이고 일부 장사하는 사람들도 부상이기 일쑤였다. 그런 그들이 일도 하지 않고 더구나 알 수 없는 공부에 빠진 수운을 이해할 수는 없었다.

최병렬도 와 있었다. 그는 인사만 받고 아무 말도 하지 않았다.

수운은 넘어가지 않는 음식을 억지로 먹었다. 음식상을 물리고 나자 증세가 더해 심해 견디기 어려울 정도가 되었다.

수운은 괴란해 인사도 제대로 차리지 않고 바로 집으로 돌아왔다. 증상은 더 심각해졌다. 정신이 어지러워 마치 미친 듯하고 취한 듯했다.

세정과 세청이 놀라서 뛰어나왔다. 두 아들의 부축을 받아 엎어지며 자빠지며 겨우 마루에 올랐다.

무슨 병인지 알 수 없었다. 이제는 거의 혼절할 지경이었다. 간신히 방에 들어가 자리를 펴고 누웠다.

세정이 물었다.

"아버님 의원을 부를까요?"

수운은 고개를 저었다. 아내와 두 아들이 옆에서 경과를 보며 자리를 지켰다.

박 부인이 푸념했다.

"네 아버지가 기도에 열중하더니 결국 병을 얻고 말았다."

한식경이 지나자 수운은 잠이 들어 숨소리가 고요했다.

이윽고 밤이 되었다. 가족들은 한시름 놓고 잠잘 준비를 했다.

이때 수운은 문득 잠이 깨고 온 정신이 돌아왔다. 몸도 가뿐했다.

갑자기 밖으로부터 신령한 기운이 접해 오더니 안으로부터 뚜렷한 목소리가 귀에 들려왔다. 반은 꿈이고 반은 깬 상태에서 상제님을 대면하는 망극한 심정이 온몸을 감쌌다.

궁극의 존재로부터 뿜어지는 냉엄하고 차가운 권위가 느껴졌다. 처음 겪는 상황을 말로 그려내기 어려웠다.

문득 어떤 말씀이 귀에 들어왔다. 공중에서 외치는 소리가 천지가 진동할 듯 깊고 컸다.

"으악!"

수운은 두려워 몸서리치며 일어나 엎드렸다. 온몸이 벌벌 떨렸다.

옆에서 잠자리를 준비하고 있던 박씨 부인과 세정이 더 놀랐다. 느닷없이 수운이 고함을 치며 일어나 엎드려 떨고 있는 모습을 보고 박씨 부인은 드디어 수운이 미쳤다고 판단했다.

모자는 마주 보고 망연히 눈물을 흘렸다.

세정이 박 부인에게 물었다.

"어머니, 의원을 모시러 다녀올까요?"

상심한 박 부인은 입 밖으로 말이 제대로 나오지 않았다. 겨우 더듬거리며 말했다.

"이 한밤중에 어디로 간단 말이냐? 너까지 무슨 일이 생기면 나는 못 산다. 세정아, 너의 아비는 드디어 미치고 말았구나. 아이고 내 팔자야 어찌 이리 기구한가?"

박 부인은 주먹으로 방바닥을 치며 울었다. 세정은 박 부인을 뒤에서 안고 같이 울었다.

그러나 수운은 그 시간에 그가 그토록 고대하던 상제님을 만나고 있었다.

"공중에서 말씀하시는 당신은 누구입니까?"

"두려워 말고 두려워 말라. 세상 사람들이 나를 상제라 한다. 너는 상제를 알지 못하느냐."

수운은 두려운 가운데서도 마음을 진정시키고 크게 대답했다.

"예, 알고는 있습니다. 그러면 제가 상제님이라 부르오리까?"

"이제부터는 나를 한울님이라 불러라."

"그렇게 하겠습니다. 그런데 어찌 이렇게 늦게 오셨습니까?"

"때가 되어 온 것이니라. 나도 이제까지 이렇다 할 공이 없어 너를 세상에 내어 새 법을 백성들에게 가르치려 하니 의심하지 말고 두려워하지 마라.

넓고 넓은 하늘 궁궐에 사는 상제가 하는 일을 네가 어찌 알겠느냐? 초야에 묻힌 인생들이야 이런 일이 일어날 줄 어떻게 알 수 있겠느냐? 개벽시 국초 일의 사연을 가득 적은 글을 내리겠다. 십이제국 온 세상을 다 버려두고 우리나라 운수를 먼저 할 것이다.”

이 말을 듣자 수운은 거의 진정되었다. 이것이 정말 꿈인가. 생시인가?

그가 그리던 꿈이 현실이 되었다. 가슴이 벅차올랐다. 마음을 가다듬고 기운을 바르게 하여 물었다.

“그러시면 서도로써 사람을 가르치렵니까?”

장엄한 음성이 계속 들렸다.

“그렇지 않다. 내게 영부가 있으니, 이름은 선약이고 모양새는 태극이요 다른 모양새는 궁궁이다.

나로부터 영부를 받아 질병에서 사람들을 건지고, 나로부터 주문을 받아 나를 위하도록 사람을 가르치면 너 또한 참되게 살게 되어 세상에 덕을 펴리라.”

“어떻게 그런 일이 가능하겠습니까?”

“내 마음이 바로 네 마음이니라. 만유의 근원이 모두 나에게서 나왔다는 것을 세상 사람들이 어찌 알겠느냐. 세상 사람들은 하늘과 땅이라는 형체만 알고 이 천지라는 우주를 주재하는 존재가 한울님인 나라는 사실을 잊고 있다.

조화의 자취를 보이는 자, 흔히 세상에서 귀신이라 일컫는 것이 바로 나이니라. 우주의 만상 모두를 섭렵하는 모든 자취가 바로 나에 의한 것이다.

이제 너에게 무궁한 도를 주니 이를 잘 닦고 다듬어 나의 이 도를 밝힐 수 있는 글을 지어 그 글로써 세상의 사람들을 가르치고 나를 잘 위할 수 있는 수련의 법을 정하여 나의 무궁한 덕을 펼쳐라.

그러면 내가 너에게 무궁한 장생의 삶을 얻게 하여 나의 이 덕으로 온 천하를 빛나게 하겠다. 이제 불을 켜라."

수운이 일어나 촛불을 켰다.

"백지를 펴 놓고 붓을 들어라."

수운이 백지를 펴고 붓을 드니 생전 보지도 못한 물형부가 종이 위에 완연히 비쳤다.

수운은 옆에서 울고 있는 부인에게 물었다.

"여보, 이 종이 위에 비치는 부가 당신도 보이오?"

박 부인이 기가 막혀 목이 메었다. 수운을 향해 손사래만 치고 있으니 세정이 울면서 수운의 팔을 잡았다.

"아버님, 이게 도대체 웬일입니까? 제발 정신 차리십시오."

수운이 팔을 뿌리쳤다.

"이 녀석아 팔을 놓아라. 왜 이리 방정이냐?"

세정은 수운을 잡았던 손을 놓았다.

"아이고, 아이고 어머님, 이 일을 어쩌면 좋습니까? 아버님이 갑자기 왜 이러신답니까?"

박 부인은 겨우 목이 터졌다.

"글쎄 말이다. 고이 잠들었던 사람이 이렇게 발작이 날 줄 난들 어떻게 알았겠느냐? 아이고 내 팔자야. 내가 전생에 무슨 죄를 지었길래 이런 일을 당한단 말인가?

애고, 애고 사람들아. 무슨 병환인 줄 알 수 없으니 약도 쓸 수가 없겠구나. 어둡고 어두운 캄캄한 밤중에 누구를 마주하고 저렇게 말하는가?"

부인은 갈기갈기 흐트러진 머리에 행주치마 바람으로 세정의 손을 잡고 같이 울었다. 행주치마 단을 들어 비 오듯 흐르는 눈물을 닦아냈다.

수운에게는 천지가 진동하듯 울리는 소리가 바로 옆에 있던 박 부인과 세정에게는 한마디도 들리지 않았다.

수운은 붓을 든 손이 떨려서 제대로 그림을 그리지 못했다. 한울님께서 다시 말했다.

"지각없는 인생아, 삼신산 불사약을 사람마다 볼까 보냐? 미련한 이 인생아, 정신 차려 다시 그려 불에 태워 그릇에 넣고 냉수 한 잔을 부어 같이 마시도록 하여라."

수운이 이 말씀을 들은 후에 바쁘게 한 장을 그려내 촛불에 태워 물에 타서 먹었다. 비린내나 나쁜 냄새가 나지 않았으나 그렇다고 독특한 맛도 없었다. 마음에 특별하게 느끼는 좋은 맛도 없었다.

그러나 수운은 그 순간 한울님 마음과 자신의 마음이 하나가 되는 경지를 체험했다. 돌연 세상을 보는 시점이 전도되더니 새로운 의미의 세계가 열렸다.

잃었던 기억들이 일시에 돌아왔다. 자신이 한울님으로부터 나온 존재임이 확연하게 자각되었다.

'아! 내가 그동안 살아온 것이 내 힘으로서가 아니라 억만대 조상과 수많은 은인들 그리고 천하지상의 만물의 은덕이었구나.'

수운은 이러한 사실을 그동안 모르고 살아온 것이 죄송했다. 자신의 근원을 모르고 스스로 자책하며 고생했던 자신에게 송구했다.

한울님은 온 세상에 내재하고 동시에 초월해 있었다. 감격과 통한의 눈물이 끝없이 흘러나왔다.

한울님으로부터 무극대도 곧 천도를 받은 것이다. 커다란 깨달음이 오자 피할 수 없는 희열과 사명감이 가슴속에서 일어났다. 지혜가 무궁하게 열렸다.

수운은 공경스럽게 가르침을 받았다.

생생한 체험은 계속되었다. 한울님은 그동안 계속 수운을 지켜보았다고 했다.

"너도 역시 사람이기 때문에 무엇을 알았겠느냐. 억조창생이 나와 함께 하나인 줄 나이 사십이 될 때까지 알았겠느냐.

자네가 세상에 나와 이제까지 백천만사를 행할 때 내가 같이 있었다. 입산해 기도할 때도 내가 같이 있었고 이름과 호를 고칠 때도 내가 같이 있었다.

입춘을 맞아 비는 글을 써야 할 때, 복록은 빌지 않고 무슨 경륜과 포부가 있기에 '世間衆人不同歸(세간동인부동귀)'라 지어 벽에 붙여 두었느냐? 다 자네 속에서 내가 같이 있었기에 그런 결심이 선 것이다.

만고 없는 무극대도 받아 놓으니 그 아니 기쁘고 즐거운가?"

수운은 안광이 더 깊어지면서 표정이 엄숙해졌다.

"많고 많은 사람 중에 왜 저를 지목했습니까?"

"세상 많고 많은 사람 중에서 자네가 지닌 재주와 바탕을 가려낸 것은 사람들이 온통 각자위심으로 박덕하게 살아가는 것을 자네 홀로 의심하고 탄식했기 때문이다. 앞으로 그런 겸양의 말은 하지 말도록 하여라.

내가 무극대도를 그대에게 주는 것은 세상이 생긴 이후 처음 있는 일이다. 선천의 낡은 운수 속에서 새로운 후천의 착한 운수를 둘러놓고 포태의 운수를 정해 그대를 이 세상에 태어나게 한 것이다.

그러므로 자네의 어린 시절부터 있었던 어느 일인들 내가 모르겠느냐. 격치만물하는 법과 백천만사를 행하는 모든 것은 곧 나의 조화 가운데서 그렇게 된 것이다.

한때 자네를 흉보는 소리가 세상에 떠돌았다.

'누구는 이 세상에 재능이 뛰어난 사람으로 태어났으나 덕이 부족한 것 아닌가.

대대로 내려오던 가업은 모두 잃어버리고 구미산 용담정에 앉아 불출산외하는 뜻은 알다가도 모를 일이로다.

세상의 파도 속에서 사람들이 서로 섞여 구차하게 아첨하며 살아가는 것을 흉보는 듯하지만 자기는 처자 보명도 못하면서 가정의 업을 지켜내어 안빈낙도한다는 말이 정말로 우습지 않은가?'

그러한 말을 내가 모두 들었다.

이제부터 남의 말은 염두에 두지 말고 홀로 정심 수도하여라. 내가 시키는 대로 시행해서 하나씩 둘씩 가르치면 무궁한 조화를 쓰는 것은 말할 것도 없고 포덕천하할 것이니 차제 도법은 바로 그것뿐이로다.

자네가 법을 정하고 글을 지으면 입도한 사람이 그날부터 군자가 되고 또 무위이화될 것이니 지상신선이 바로 그대가 아니겠느냐."

"잘 알겠습니다."

"너는 백의재상을 제수 받겠느냐?"

"한울님의 아들로서 어찌 백의재상이 되겠습니까?"

"그렇다면 너는 온 세상의 부를 받겠느냐?"

"이미 세상과 하나가 되었는데 무슨 부가 필요하겠습니까?"

"그렇다면 나의 조화를 받아라."

허공에서 서릿발 같은 찬 기운이 내려와 수운을 쳤다. 다시 끓는 물보다 더 뜨거운 기운이 내려와 수운을 휘감았다. 찬 기운과 뜨거운 기운이 몸속으로 들어가 화산처럼 폭발했다.

거대한 힘이 수운의 손끝에 맺혔다. 손가락 하나만 움직여도 달을 잡아 땅으로 끌어 내릴 수 있었다. 수운은 그 힘을 온몸으로 한 바퀴 돌렸다. 천지인이 하나가 되는 환희가 일어났다.

수운은 감격하여 일어나 눈물을 흘리며 수없이 절을 올렸다.

장사를 그만둔 서른 초반부터 여섯 해 동안 정성을 다해 수행했다.

드디어 일정한 경지에 이르자 한울님을 만나 천도를 받게 되었다.

수운은 한울님께 천도를 받는 순간 삶과 죽음의 경계를 넘어갔다.

한울님은 내 마음이 곧 네 마음이라고 했다. 한울님을 몸에 모신 존재에게 죽음이란 없었다.

존재에게는 항상 지금 여기가 영원히 지속된다. 인간에게 현실적으로 닥치는 죽음이란 또 하나의 차원이 다른 존재로의 탄생하는 문지방에 불과했다.

존재에게는 태어남도 죽음도 없었다. 수운은 이후에 자신과 가족이 겪어야 할 세속의 기막힌 수난이 훤하게 보였으나 한울님이 자신에게 부여한 커다란 사명에 오직 감사했다.

어느덧 어두운 밤이 지나고 새벽이 왔다.

흰 그늘이 시작되는 개벽의 새날이 밝았다.

아침 일찍 수운은 부인을 불렀다.

부엌에서 밥을 짓다 방에 들어온 부인을 앞에 앉히고 큰절을 했다. 갑자기 절을 받은 부인이 밤새 울어 퉁퉁 부은 눈으로 수운을 쳐다보았다.

밤새 미쳐 헤매던 남편이 정신이 멀쩡해 웃고 있지 않은가?

"이게 무슨 일입니까? 정신이 돌아왔습니까?"

수운이 조용히 말했다.

"여보, 내가 젊은 시절부터 세상 구할 도를 얻겠다고 마치 미친 사람처럼, 술 취한 사람처럼 떠돌지 않았소? 남자로 태어나 큰 뜻을 품고 이렇게도 살아 보고 저렇게도 살아 본 사람이니 가장 믿는 자네에게 헛말인들 아니했겠소?

그러나 내가 평소에 하던 말이 결코 헛말이 아니었다오. 나는 드디어 천도를 받았소. 이제는 당신을 더 고생시키지 않겠소. 그동안 정말 애 많이 쓰셨소. 고맙소."

부인은 수운이 멀쩡한 것이 믿어지지 않아 무릎을 끌어안고 눈을 꼭 감고 있다가 다시 수운을 바라보았다. 수운은 멀쩡하게 눈앞에서 웃고 있었다.

박씨 부인은 드디어 마음이 놓여 길게 한숨을 내쉬었다.

"한울님도, 한울님도 참 이리 될 우리 신명인데 어찌 지난날 그다지도 고생을 시키셨답니까?

오늘 이 일이 참말인지 거짓말인지 아직도 꿈만 같습니다. 미친 듯 술에 취한 듯 살아온 당신을 가는 곳마다 따라가서 지질하게 한 그 고생을 그 누구에게 하소연하겠습니까?

저는 마음 한가운데로 한숨을 지으며 지금까지 기다리며 살았습니다. 그 고생이 이제야 끝이 났구려."

수운은 부엌에서 일하던 하녀 두 사람을 불렀다.

"너희는 이제부터 노비가 아니다. 내가 노비 문서를 잃어버려 너희가 보는 앞에서 찢어 보여줄 수는 없으나 오늘부터 너희는 자유롭고 당당하게 살아가도록 해라."

수운은 한 사람은 수양딸로 삼고 한 사람은 세정과 혼인시켜 며느리로 삼았다.

수운은 천도를 받고 나서 열하루 동안 음식을 끊었다. 단식하는 동안은 한울님이 단 한마디도 가르침을 내리지 않았다. 한울님이 주고자 한 술수와 권력과 부귀를 수운이 모두 거절했기 때문이었다.

한 달이 지나자 다시 가르침이 시작되었다.

"아름답구나. 너의 절개여. 너는 비로소 무궁한 도에 이르렀다. 네가 받은 이 도를 천하에 전하도록 하라."

수운은 비로소 음식을 먹고 마음을 닦아 기운을 바르게 했다.

이후 몇 개월에 걸쳐 계속 한울님을 만나 여러 체험을 통해 천도를 더욱 깊이 익혔다.

수운은 부도를 그려 계속 탄복해 몸이 부드러워지고 윤택해 용모도 이전보다 더 엄숙해졌다. 얼굴에서 빛이 뿜어나왔다.

그는 시 한 수를 지었다.

'황하의 물이 맑아지고 봉황새 우는 것을 누가 능히 알겠는가?
운이 어느 곳에서부터 오는지 나는 알지 못하겠노라.'

시월 어느 날 한울님이 말씀하셨다.

"너는 내일 꼭 선산에 성묘 가도록 해라."

수운은 밤늦게 성묘 갈 준비를 했다.

그러나 아침이 되자 장대비가 내리고 바람이 심하게 불었다. 수운이 문밖을 나서기가 저어해 망설이자 한울님이 독촉했다.

"왜 이리 망설이는가? 어서 성묘하러 가라."

수운은 비바람을 무릅쓰고 길을 나섰다. 우구와 우의도 갖추지 않았으나 비는 수운의 몸을 적시지 못했다.

장조카 세조의 집에 들러 인마를 빌려 달라고 했다. 세조가 놀라서 말렸다.

"비바람이 몰아치는데 웬 성묘랍니까?"

"아무 말 하지 말고 하인 두 사람과 말 한 필을 내어라."

수운이 인마와 더불어 오십 리 길을 가 성묘를 마치고 돌아왔다.

세조가 말 고삐를 받으며 수운을 보니 말은 젖은 곳이 한 곳도 없었다. 세조가 놀라 다시 수운과 하인을 돌아보니 모두 비에 맞은 흔적이 없었다.

"아니 종일 달구비가 내렸는데 어찌 모두 물 한 방울 젖지 않고 돌아올 수 있었습니까?"

"모두가 한울님의 조화다."

세조는 두 손을 모으고 감격해 했다.

"참으로 기이하고 신비한 일입니다."

또 하루는 한울님이 말씀하셨다.

"이제부터 너의 전후 길흉화복을 내가 반드시 간섭할 것이다. 전에 이야기했듯이 나는 너의 일상을 모두 보고 있었느니라.

앞으로 일어날 일상도 모두 내가 같이 할 것이다.

이 나라의 운수가 참혹하고 사람들의 마음이 오직 위태롭구나.

도의 마음이 미미해 삼강이 모두 없어지고 오륜이 점차 해이해졌다. 곳곳의 수목의 관리는 백성을 학대하여 잘못 다스리고 백성 역시 분수를 잃어 모두 물고기가 물을 잃은 한탄이 있을 뿐이다.

작란이 무수하고 이렇게 되기를 연 삼 년에 이르렀다.

이런 까닭에 왕은 왕 노릇을 못하고 신하는 신하 노릇을 못하고 어버이는 어버이 노릇을 못하고 자식은 자식 노릇을 못한다.

도덕을 따르지 않으니 이 나라가 어찌 상해의 운수가 아니겠느냐?

너는 삼가 나의 이 말을 듣고 사람들을 가르쳐라."

대한 끝에 양춘이 왔다.

이후 수운은 날개 돋친 범처럼 포덕을 시작했다.

어느 날 박 부인이 수운에게 절을 하며 말했다.

"당신이 한울님의 도를 받은 이후 사람을 대하는 모습이 지금 세상 사람들과 같지 않습니다.

그리고 처자에게 하는 행동 역시 인자함이 지극하니 한울님의 은혜가 있게 되면 이렇듯 좋은 운수가 회복될 줄은 저 또한 몰랐습니다."

수운은 마주 절을 하고 대답했다.

"내가 이야기를 하나 해 드리리다.

어느 날 어둠이 한울님을 찾아가서 간청했다오.

'한울님 해가 저를 괴롭힙니다. 해는 새벽부터 저를 쫓아다니다 저녁이 되어서야 놓아줍니다.

제가 해에게 무엇을 잘못했을까요? 도대체 해는 나에게 무슨 원한이 있는 것일까요?

수선스런 하루가 지나 기진맥진해도 나는 쉴 수가 없습니다. 새벽이 오면 다시 또다시 해는 내 집 문 앞에서 기다리고 있을 터이니까요.

그러면 저는 다시 도망을 더녀야 합니다. 이런 일이 개벽 이래 계속되고 있습니다. 이제 더는 고통을 참기 어렵습니다.'

한울님은 해를 불렀다오.

'너는 왜 날마다 어둠을 쫓아 나번드기는가? 그가 네게 무슨 잘못을 했는가? 아니면 네가 어둠에게 무슨 원한이라도 있단 말인가?'

그러자 해가 말했다오.

'어둠이라고요? 저는 하늘이 열린 이래 기억할 수 없는 오랜 시간 우주를 돌아다녔습니다. 그러나 어둠이라는 자는 한 번도 만나본 적이 없습니다. 어둠이 누구인지 듣지도 못했습니다.

만약 그 말씀이 사실이라면 제발 삼자대면해서 제가 사과하고 그가 다니는 길에서 멀리 떨어져 다니도록 도와주십시오.'

한울님이 우리 마음에 해를 심어주셨기에 이제 우리에게 어둠은 사라졌다오. 어둠과 해는 한울님의 조화일 뿐이오.

사람은 모두 한울님을 모시고 있으니 이것을 우리는 항상 잊지 말아야 한다오."

그리고 시 한 수를 지었다.

'평생을 바쳐 이제 천명을 받으니 천년 운이로다.

백세에 걸쳐 전해질 이 성덕은 우리 집안의 업이로다.'

62.

철종 11년, 경신년, 1860년, 9월 9일.

윤음.

'임금은 말한다.

이번 여름에 명천 등 읍의 민호가 화재를 입은 이후 뒤이어 장마까지 져서 열읍에서 민호가 떠내려가고 무너져 내렸다는 도신의 장계를 연이어 접하니 북쪽을 생각하는 마음 밤낮으로 안절부절 못하고 있다.

집도 없으며 입을 것도 먹을 것도 없이 빈손으로 떠돌 정경을 생각하니 불쌍하고 애통하여 날마다 불구덩이와 물속에서 구제할 정사를 생각했다.

그런데 지금 또 도신의 장계를 보니 떠내려가고 무너져 내린 열읍의 민호가 수천을 헤아리고 무산 경성 등 읍은 재해를 입은 것이 더욱 극심하여 농사가 거의 흉년으로 판가름 났으며 여기는 아직도 수그러들지 않아 백성들이 모두 제 목숨 부지하기에도 겨를이 없다 한다.

바야흐로 장대비가 퍼부을 즈음에는 강과 내가 모두 넘치고 계곡이 불어나고 넘쳐 담과 벽이 허물어지고 도랑의 둑이 무너지고 타질 뿐만이 아니라 생업이 파탄 나고 배와 소금가마가 부서지고 창고의 곡식은 모두 잠기고 떠내려감에 이르러 그 극에 다다랐다.

백성들이 놀라고 황급한 가운데 목숨을 건지기 위해 서로 부여잡고 호소하는 모습이란 차마 생각할 수도 들을 수도 없다.

지역 내의 백성 중에 금년 비로 농사를 망친 자와 병이 들어 몸이 상한 자는 그 수를 헤아릴 수가 없고 백성들의 목숨이 경각에 달려 금방이라도 죽을 듯하다는 도신의 계사가 날로 이르러 조석을 보전 못할 것 같았다.

아! 이것이 무슨 까닭인가?

다 내가 부덕하여 정성이 하늘을 감동시키지 못해서이니 하늘이 재앙을 내리는 것을 어찌 까닭이 없다고 말하겠는가?

이 백성들이 무슨 죄인가? 눈앞에 걱정이 가득하여 촛불을 밝힌 채 잠을 이루지 못한다.

하물며 우리 관북 일로에 대해서는 열성조에서 돌보고 긍휼히 여겨 사랑과 은혜로 어루만지는 정사를 이루 다 쓰지 않은 것이 없어서 융숭하고 후한 은택이 하늘처럼 끝이 없었다.

나는 즉위한 이래로 오직 열성조의 뜻을 계승하여 저 먼 곳의 내 백성들이 부모를 잘 섬기고 처자를 어루만지며 즐거운 마음으로 생업에 종사하게 하기만을 생각하였는데 지금 너희 백성들이 성난 물결에 휩쓸려 호소하고, 떨어져 나간 협곡이나 황량한 들판에서 이슬을 맞으며 지내게 되었으니 너희들이 내가 너희들을 생각하는 마음을 짚어 생각한다면 내 마음이 편하다 하겠느냐 그러지 않다고 하겠느냐?

방백과 수령들이 만약 내가 너희들을 생각하는 마음을 체념한다면 필시 침식을 잊고 제 몸이 아픈 듯이 여겨 너희들이 주리면 자기가 주린 듯이 하고 너희들이 추위에 떨면 자기가 추운 듯이 하여 기쁨을 나누고 괴로움을 함께하여 감히 편안히 있을 겨를이 없이 위로하여 안집시키고 편히 안도하게 할 방책을 다하기에 힘을 다하여 뿔뿔이 흩어져 이산하는 한탄이 없게 할 것이다.

너희들이 나를 믿지 않는다면 누구를 믿겠느냐?

지금 이재명을 북평사로 삼아서 재난을 당한 고을로 읍에 달려가서 모든 백성을 불러 모아 놓고서 나의 말을 대신 선포하게 하겠다.

떠내려가거나 무너져 내린 민호에게 각각 휼전을 지급하여 추위가 닥치기 전에 속히 집을 지어 살 수 있게 하며 신역과 환곡 군포는 모두 정퇴해 주고 그중 전혀 의지할 데가 없는 자는 관에서 구제해 주며 논밭이 훼손된 것은 회복한 후에 연한을 정하여 세를 면제해 주고 배나 소금가마가 훼손된 것은 완전하게 수선하도록 감독하고 도와주며 창고의 곡식이 떠내려간 것은 장부를 대조하여 탕감하라.

지금 내탕고의 은자 오백 냥, 단목 천 근, 백반 오백 근을 내리니 원휼전 외에 별도로 더 구호하는 뜻을 보이라.

요역을 덜어주어 힘을 펴 주고 궁핍한 백성을 구휼하여 구제하는 모든 방도에 있어서는 위유어사가 도신과 난숙하게 의논하여 등문하고 기어이 한 백성도 제 살 곳을 얻지 못했다는 근심이 없게 하라.

너희 북관의 백성들도 각기 안도하고 각기 본업을 지켜 너의 부모와 처자를 보호하고 절대 고향과 마을을 떠나지 말고 백성을 다친 사람 보듯이 하고 어린아이 돌보듯이 하는 나의 괴로운 마음을 모두 알지어다.

63.

철종 11년, 경신년, 1860년, 10월.

새로 명주에 부임한 부윤 주상조는 전임 관장들보다 유난히도 색을 밝혔다.

"여자란 다 클 동안 열여덟 번은 변하는 물건이다. 눈앞에 나타나는 미색을 거두어 때를 맞춰 그 맛을 다 보는 것이야말로 세상에서 누리는 가장 큰 행복이다."

그는 꿀벌의 똥을 먹은 것처럼 나부대며, 만나는 사람들에게 자신의 여자 편력을 자랑했다. 그것이 장부의 기개라고 믿고 살았다.

그는 관내에서 해야 할 일은 뒷전치고 미색을 찾는 데 정신을 팔았다. 결국 돌이의 아내 설녀가 주상조의 눈에 띄었다.

주상조는 사람을 시켜 설녀를 납치해 안가에 가두었다.

바우는 거래하는 행상 중 믿을 만한 사람을 모았다. 박대팔과 김주인도 인근에서 어물전을 하는 사람과 뱃사람들을 동원했다. 하루 만에 속초에서부터 양양과 삼척을 지나 울진에서 사람들이 몇십 명이나 모여들었다.

바우는 돌이가 바다에서 돌아오기를 기다렸다.

바다에서 돌아온 돌이는 휘하 뱃사람을 화승총으로 무장시켰다. 모두 합치니 이백 명이 넘는 사람이 동원되었다.

다음 날 바우는 이들을 이끌고 가 은밀하게 명주 관아를 포위했다. 그리고 단신으로 관아에 들어가 이방을 만났다.

인정을 바치러 왔다고 하자 부윤이 어정쩡한 얼굴로 뛰어나왔다.

바우는 주상조에게 엄하게 말했다.

"내 제수씨를 당신이 납치했다는 것은 명주 백성이면 모르는 사람이 없다. 백성을 보호해야 할 관장이 이렇게 금수 같은 짓을 해서야 되겠느냐? 제수씨를 내놓지 않으면 너를 이 자리에서 죽여 버리겠다. 어떻게 하겠느냐?"

주상조는 상황을 어림짐작하고 모르는 일이라고 되레 화를 냈다.

"하잘것없는 상민이 관장을 이리도 능멸하는 것이냐? 나는 임금의 명을 받고 너희를 다스리러 여기 온 사람이다. 나를 모욕하는 것은 이 나라의 임금을 욕보이는 것과 같다. 당장 물러가지 못하겠느냐?"

족제비눈에서 서슬이 퍼랬다. 바우는 품에서 몽둥이를 꺼냈다.

놀란 주상조는 이방에게 명령했다.

"당장 병방을 불러 이놈을 체포하라."

이방이 움직이려 하자 바우가 눈을 부릅뜨고 소리쳤다.

"내 사람 몇백 명이 무장하고 지금 관아를 포위하고 있다. 너도 손가락 하나 움직이면 이놈과 같이 황천으로 보내주겠다. 우리는 목숨을 걸고 여기까지 왔다. 나는 제수씨를 찾고 잘못을 저지른 관장만 징치하면 가겠다. 그러니 이방은 잠시 여기서 기다려라."

바우의 기세에 눌려 이방을 멈칫거렸다.

바우는 몽둥이를 들어 주상조를 사정없이 패기 시작했다. 머리를 피해서 몸뚱이만 찜질을 했다. 주상조는 비명을 지르며 몸을 비틀었다.

쇄골이 부러지고 갈비뼈에 금이 갔다. 바우가 일부러 골라 사타구니를 계속 내리치자 연장이 변강쇠만큼 부어 바지가 부풀러 올랐다.

주상조가 거의 실신 직전에 이르자 바우가 손을 멈췄다.

"내 제수씨를 어디에 감추었느냐? 어서 대지 못하겠느냐? 바른대로 말하면 목숨은 살려주겠다."

주상조가 겨우 무릎을 꿇고 손을 싹싹 빌었다.

"동헌 끝 안가에 있습니다. 하늘에 맹세하고 아무 일도 없었습니다. 제발 목숨만 살려주십시오."

바우는 이방에게 안가에 가 제수씨를 데려오라 시켰다. 잠시 후 이방이 설녀를 데리고 왔다.

설녀는 놀란 기색도 없이 기세가 등등했다.

바우는 설녀더러 밖에 돌이가 와 있다고 알려주었다. 설녀는 고개를 숙여 고마움을 표시하고 씩씩하게 밖으로 나갔다.

애를 태우며 기다리던 돌이가 얼른 설녀를 품에 안았다. 설녀는 실웃음을 지으며 돌이를 나무랬다.

"왜 이리 늦게 왔어? 사내가 이렇게 굼떠서야 어디에 쓰겠어?"

바다에서는 기걸찬 돌이가 대답할 말이 궁해 절절맸다. 옆에서 김주인이 농을 쳤다.

"천하에 항우도 우미인 앞에서는 설설 기었다더니 지금 딱 그 모양일세."

김대팔도 한마디 거들었다.

"첫날밤 한 번 잘못하면 평생을 잡혀 살아야 하는 게야."

주위에 있던 뱃사람들도 긴장이 풀리자 배꼽을 잡고 웃었다.

설녀을 내보내자 바우는 주상조를 잡아 일으켰다. 이방도 불러 옆에 앉혔다.

"오늘은 여기서 끝을 내겠다. 이 사단은 당신이 우리를 무시해 자처한 것이니 달게 감수해라. 당신이 저지른 잘못을 반성하는 글을 지어 수결을 찍어라. 그러면 그것을 우리 사람들에게 보여 그들의 화를 가라앉히겠다."

주상조가 한 손으로는 아랫도리를 잡고 한 손으로는 문서를 작성해 황급하게 건넸다. 바우는 품속에서 어음을 꺼내 던졌다.

"이것은 올해 당신에게 지급할 인정이다. 약속한 바는 서로 잘 지키며 지냈으면 좋겠다. 그러나 앞으로 또 우리를 건드리는 일이 생기면 그때는 네 목숨을 거두어 가겠다. 명심하도록 해라."

주상조는 아무 말도 못 하고 고개만 주억거렸다. 바우는 굼실거리는 이방을 밀치고 방을 나왔다.

모였던 뱃사람들이 손을 들고 환호성을 질렀다.

바람 한 점 없는 쾌청한 날씨였다.

64.

경자년 아편전쟁 이후 청국이 굼벵이 천장하듯 개방을 미루고 뒤에서 구두덜거렸다.

국에 혀를 덴 놈이 냉수도 불어서 먹는다고 한번 모질게 당한 청국은 자급자족하며 좀처럼 허리띠를 풀지 않았다. 청국에서 나오는 면포는 영길리국이 곤댓질하는 모직물이나 인도산 면화와 빌밋했다.

병진년 구월.

광저우 앞 주강에 정박하고 있던 영길리국 해적선 애로우호에 청국 관리가 올라가 단속했다. 청국 관리가 해적선을 단속하는 일은 일상적인 업무였다.

관리는 해적질한 물품을 확인하고 목록을 작성한 후 영길리국 선장과 청국 선원 열세 명 전원을 체포하고 영길리국 국기를 바다에 던졌다.

빌미를 기다리던 영길리국은 적반하장으로 자국 국기를 모독했다는 혐의를 씌워 배상금과 사과문을 내라고 청국에 압력을 가했다. 이에 양광 총독 엽명침은 당시 단속 때 뱃전에 영길리 국기가 걸려 있지도 않았고, 해적선이 청국 사람 소유로 등록되어 있으므로 사과나 배상을 할 이유가 없다고 일축했다.

정사년 십이월.

영길리군은 불시에 광저우로 쳐들어가 시내에 불을 질렀다. 시내가 불에 타 끓는 물에 냉수 부은 것처럼 바스라졌다.

날로 보나 등으로 보나 더럽고 잔인한 인간들이었다. 자신의 이익을 위해서는 남의 희생을 당연한 것으로 여기는 날도둑 같은 놈들이었다.

영길리군은 광저우를 점령하고 엽명침을 포로로 잡았다.

청국은 당시 태평천국을 일으킨 홍수전에게 시달리고 있었다. 때마침 아라사도 청국 영토를 침범했다.

차 치고 포 칠 여유가 없었다.

영길리국은 자국 공사가 베이징에 주재하는 동시에 양쯔강을 개방해 영길리국 상인이 청국 내지를 여행하는 권리를 보장하라고 요구했다.

무슨 염병할 심사인지 영길리국 의회에서는 영길리군이 광저우 시내를 불태운 것을 두고 옳니 그르니 하고 다투었다. 뿔둑가지가 난 내각이 모두 사퇴했다. 그러나 이어 치러진 선거에서 여당이 다시 승리하자 관전하던 불령국 나폴레옹 삼세를 꾀었다. 광릉을 부라린 영길리국은 불령국과 놋좃을 맞추고 끝 구부러진 송곳이 된 청국을 다시 두들겨 팼다.

영길리국과 불령국 연합군은 무오년에 천진을 함락했다.

경신년 유월.

청국이 천진조약을 비준할 뜻이 없음을 알고 두 나라는 원정군 이만 명을 증원했다. 원정군은 북당에 상륙해 대고 포대를 배후로부터 쳐부수고 북경을 공격했다.

팔월에 교외의 이궁 원명원에 있던 함풍제는 아우 공친왕에게 후사를 맡기고 만주 열하로 도망갔다. 북경을 점령한 원정군은 명원과 원명원을 약탈한 후 불태웠다. 내친김에 자금성도 태워 버리겠다고 으르렁거렸다.

할 수 없이 공친왕은 구월에 북경조약을 조인했다. 연합군은 앞서 요구했던 사항 외에 청국 내의 천주교 포교권을 얻어냈다.

청국은 대책 없이 무너지기 시작했다. 북경조약을 맺은 원정군은 천진과 대고에 병력을 일부 남기고 배를 두드리며 물러갔다.

이러한 정황을 경신년 섣달 구 일 비변사에서 왕에게 보고했다.

"청국에서 돌아온 내자관이 자필로 보고한 서류를 급히 보니 황제가 열하로 행차하여 아직도 북경으로 돌아오지 않았다고 합니다. 이것은 지금까지 들은 소문과는 다릅니다."

조정은 바로 그날, 함풍제가 피신한 열하로 문안사를 보내기로 결정했다.

다음 해 신유년 정월 열여드레.

문안사 일행이 한양에서 출발했다. 정사에 조휘림, 부사에 박규수, 서장관에 신철구를 임명했다.

이 소문이 온 나라에 퍼지자 민심이 크게 흔들려 벼슬을 버리고 시골로 내려가는 자들이 생겼다. 양반 부유층 일부는 피난 보따리를 싸 성 밖 산중으로 내뺐다.

백성 중에는 이 판국에 재빨리 천주학이라도 믿는 체 해서 장차 닥쳐올 서양의 침략에서 살육이라도 모면하겠다고, 성서를 구하려 분주한 이도 있었다. 십자가를 버젓이 앞가슴에 달고 거리를 나다니는 사람도 있었다.

왕은 이것을 걱정하여 이십구 일에 좌의정 박희수에게 민심을 정돈할 대책을 물었다. 그러나 그인들 무슨 대책이 있겠는가.

약한 백성 앞에서는 개호주같이 행세하더니 벙어리처럼 입을 다물고 말이 없었다.

65.

철종 12년, 신유년, 1861년, 2월 17일.

비변사에서 왕에게 보고했다.

'접때 과시의 일로 신칙한 하교가 정중하고 지엄했습니다.

각도에 경시관이 내려갈 때 신이 전교의 사의를 여러모로 칙유하고 관문을 여러 도에 보내어 알도록 했습니다.

이에 실심으로 대양하는 효과가 있기를 기대하였습니다.

그런데 현재 경사의 시험일이 단지 하루가 남았고 무릇 여러 금조가 본래 식례가 있으니 다시 번거롭게 여쭈어 명령을 받지 않겠습니다.

다만 생각건대 지금 백천만 가지 일에 어느 일이 폐단이 없겠습니까만 과시보다 심한 것이 없습니다. 만일 바로잡으려고 하면 폐일언하여 시관에 반드시 인재를 얻는 것입니다.

그런 뒤에 국법이 엄해지고 선비들이 취향이 올바르게 될 수 있으며 세도와 인심이 유지되어 퇴폐함에 이르지 않을 것입니다.

이것이 실로 오늘날 안위가 구분되고 향배가 결정되는 기미입니다.

무릇 지금 그 시험을 주관하고 그 책임을 맡은 자들이 만약 여기에 생각이 미치면 어찌 마음과 생각을 깨끗이 씻고 배나 경계하고 두려워해야 하지 않겠습니까?

현장에서의 잡범으로 밖에서 마땅히 금해야 할 자들은 본 비변사에서 별도로 문무 낭청을 파견하여 간사하고 외람된 자를 규찰하겠습니다. 여기에 나타나는 대로 아뢰고 이른바 수종배들이 들어오는 것을 막고 소란을 피우는 폐단은 더욱 마땅히 엄금해야 합니다.

금난소에서 비변사 낭청인 주랑과 함께 입회하여 일일이 잡아서 법사에 보내며 과거에 응하는 선비의 무리를 인솔하는 접주를 조사하여 초기하여 법률을 적용해야 하겠습니다.

먼저 시관의 망통에, 의망 속에 배치하여 넣은 배의를 별달리 신중히 살펴서 반드시 지위와 명망이 있고 공명하고 정대한 사람을 각별히 택차하도록 해조에 신칙해야 합니다.

이같이 거듭 밝힌 뒤에도 크게 변한 효과가 없으면 당해 시관은 마땅히 배로 법을 논하고 전관 또한 잘 조사하여 의망하지 못한 책임을 면하기 어렵다고 분부하면 되겠습니다.

또한 성균관에서 이 초기의 말뜻을 글로 시험장 밖에 게시하게 하여 시험장에 들어오는 선비들에게 미리 자세히 알도록 하여 혹시라도 범과하지 않도록 하는 것이 어떻겠습니까?'

왕이 말했다.

"그리하라."

66.

철종 12년, 신유년, 1861년, 삼월.

삼월 이십칠 일. 동지사 일행이 돌아와 청국 소식을 왕에게 알렸다.

"청국은 억지로 서양 사람과 화해했으나 외적은 매우 강해 황제는 북쪽으로 행차하게 되었습니다. 따라서 천하가 어지럽지 않다고 말할 수는 없습니다.

그러나 궁궐 궁중 관서 시장 마을이 편안함은 예나 다름이 없습니다. 장병은 교외의 보루를 지키고 있는데 그 기색이 단정하여 여유가 있어 보이고 외적은 가까운 지방에 숨어 있었습니다."

이 보고가 소문이 나자 이번에는 지난 정월보다 더 큰 소동이 벌어졌다.

당장 서양 군대가 여세를 몰아 쳐들어올 수도 있다고 믿은 사람들이 대거 서둘러 피난했다.

십승지로 가는 길이 막히고 관공서는 한때 사무를 중단했다.

풍기 차암 금계촌 동쪽 골짜기는 금계가 알을 품고 있는 명당 터라 소문나 소백산 부근에 사는 사람들이 몰려갔다.

화산 소령고기는 춘양현 춘양 마을이라 하여 이곳도 십승지에 들어갔다.

충북 보은군 속리산 아래 내속리면과 외속리면의 증항 근처, 그리고 경북 예천군 용문면 상금곡리의 금당동 북쪽, 전북 남원 운봉읍 동점촌 주변

106

백 리. 충남 공주군 유구읍과 마곡사를 흐르는 두 물줄기 사이. 강원도 영월군 영월읍의 정동쪽 상류 거운리 일대, 전북 무주군 무풍면 북쪽 골짜기에도 백성들이 몰렸다.

예로부터 덕유산은 어디든지 난리를 피할 수 있다 하여 덕산이라 불렸다. 덕유산은 사방에서 들어가는 입구가 막혔다.

부안군 변산반도 호암 아래와 변산 동쪽 개암사 부근 금바위 아래, 합천군 가야면 가야산 자락 남쪽 만수동 골짜기도 십승지 중 하나이다.

경상북도 상주와 충청북도 보은 사이 속리산 근처에 병화가 침범하지 못하는 신비한 마을 우복동이 있다는데 그 터에 사는 사람은 당대에 벼슬에 오르고 은퇴한 후에도 큰 부자가 된다는 둘도 없는 명당으로 알려져 평소에도 이곳을 찾는 사람들로 붐볐다. 쓸개 빠진 놈들이 개처럼 설쳤다.

있는 자들이야 저희만 살겠다고 십승지에 몰렸지만 아무 대책도 없는 백성들은 불안해 어디로 가려 해도 갈 곳이 없었다.

67.

철종 12년, 신유년, 1861년, 봄.

사월이 되자 수운은 직접 주문과 심고법을 만들고 가르침의 체계를 세웠다.

박 부인이 새벽에 밥을 지으려 일찍 일어났다.

옆에서 끙끙 앓는 소리가 났다. 맏아들 세정이 오복 전 조르듯 몸을 웅크리고 땀을 비 오듯 흘리고 있었다. 박 부인은 동이 물 쏟아지듯 서재로 달려가 수운에게 알렸다.

"여보, 세정이가 아파요."

수운은 박 부인과 같이 세정에게 건너갔다. 수운이 잠시 아들을 내려다보더니 말했다.

"아이가 감질을 앓고 있소. 가지고 싶거나 하고 싶은 것이 많은 나이가 아니겠소.

그것이 충분하지 못해 마음에 애가 타 생기는 병이오. 나로 인해 생긴 병이니 내가 낫게 하리다."

수운은 박 부인이 보는 앞에서 주문을 외기 시작했다.

"지기금지 원위대강 시천주 조화정 영세불망 만사지."

지극한 마음으로 몇 번 외자 세정이 슬며시 일어나 앉더니 멀쩡한 얼굴로 박 부인을 쳐다보았다.

"어머니 오늘은 밥 짓지 않으시고 무엇하고 계십니까?"

박 부인이 어이가 없고 기쁜 마음이 섞여 무어라 말을 잇지 못했다.

세정이 자고 있던 세청을 깨워 목도를 들었다.

"의갑이와 성득이가 밖에서 기다리고 있을 거야. 어서 가자."

두 아들은 목도를 들고 무예를 익히러 밖으로 나갔다.

마음을 놓은 박 부인이 수운에게 말했다.

"여보, 나도 요즘은 조금만 일을 해도 심신이 파김치가 되어 자고 나도 풀리지 않습니다. 그동안 고생을 너무 했던 모양입니다. 당신이 손을 좀 써 주시겠어요?"

"그럽시다. 우리가 하는 일은 한울님도 같이 하는 일이오. 나와 함께 당신도 지금 큰일을 하고 있다고 알아주시오."

수운이 가만히 박 부인의 손을 잡았다.

수운의 손에서 나오는 청량하고 생생한 기운이 박 부인의 손을 통해 흘러갔다.

박 부인은 금방 몸이 가벼워지고 활기가 돌았다.

"그 기운을 부엌에 가 아이에게도 전해주시구려."

박 부인이 바람처럼 부엌으로 달려갔다. 먼저 나와 쌀을 일던 수양딸을 어깨 뒤에서 안았다. 주 씨는 금방 얼굴에 화색이 돌며 웃었다.

"어머니, 어머니 몸에서 향내가 나요."

이후부터는 누구라도 부엌에 나가면 아무리 많은 일을 해도 몸이 처지지 않았다.

이 이적은 아무도 말하지 않았으나 바람결을 타고 사방으로 퍼졌다.

이내겸은 경주 부내에 사는 퇴리였다. 그의 늙은 부친은 평생을 간질로 고생했다. 이내겸이 용담으로 수운을 찾아왔다. 수운은 이내겸이 말도 하기 전에 미리 써 둔 종이를 내밀었다.

"이것이 무엇입니까?"

"여기에 쓰인 주문을 부친 앞에서 간절하게 외우시오. 그러면 곧 효험이 있을 것이오. 그러나 이 일을 발설하면 병이 다시 도지게 될 것이니 명심해야 하오."

이내겸은 주문이 적힌 종이를 받아 발바닥에 불이 나도록 뛰어 집으로 갔다. 마침 발작이 멎어 잠이 든 부친 앞에서 정성을 다해 주문을 외웠다.

이후 그의 부친이 간질로 발작을 일으키는 일은 없었다.

발설하지 말라면 더 멀리 퍼지는 것이 풍문이었다. 수운이 주문을 외우면 죽은 사람도 살리고 중풍에 걸린 사람도 일어난다는 소문이 퍼졌다.

경주부 서면에서 종이 장사를 하던 강원보는 풍담으로 누워 지냈다. 오래 누워 있다 보니 몸이 더 굳고 머리카락이 다 빠져 버렸다. 그는 동생에게 업혀 수운을 찾아갔다.

수운은 종이에 弓(궁) 자를 써 불에 태워 재를 마시라 했다. 강원보가 그대로 하자 마비되었던 몸이 풀리고 며칠 후부터 머리카락이 다시 나오기 시작했다.

하루는 어떤 이가 죽은 자식을 수레에 얹어 데리고 왔다.

"선생님 저는 장상길이라 합니다. 수레에 실어 온 제 아들은 칠 대 독자 집안에 유일한 장손입니다. 그놈이 장가들고 며칠 만에 급사하고 말았습니다.

　가슴이 아파 차마 묻지 못하고 있다가 소문을 듣고 찾아왔습니다. 제발 제 자식을 살려 집안의 대를 잇게 해 주십시오."

　장상길은 무릎을 꿇고 눈물을 흘리며 애원했다.

　수운은 종이에 龜(구) 자와 龍(용) 자를 써주고 자식의 시체를 산으로 데려가 큰 나무 밑에 눕히고 주문을 외우라고 일렀다.

　죽었던 장손 장남주는 하루 만에 다시 살아나 아비 품에 안겼다.

　최한은 백정이었다. 그는 언젠가 소를 잡다 뿔에 받혀 한쪽 다리의 힘줄이 끊어졌다. 그는 다리를 심하게 절었다. 그의 부친은 나이가 들어 눈이 멀었다.

　어느 깊은 밤 최한은 아비를 업고 수운을 찾아갔다.

　수운은 서재에서 묵상에 잠겨 있었다.

　최한이 조심스럽게 물었다.

　"선생님, 백정의 병도 고쳐주십니까?"

　수운이 너그럽게 웃었다.

　"백정은 사람이 아니랍디까?"

　최한은 설레이는 가슴을 누르고 아비의 눈을 고쳐달라고 부탁했다.

　"내가 잠깐 심고해 보니 두 분은 선한 품성으로 열심히 살아왔습니다. 오늘 한울님이 내리는 복을 드리겠소."

　수운이 최한의 다리를 주무르자 최한은 다리에 경련이 이는가 싶더니 어느 사이 상처가 사라지고 근육이 반듯하게 펴졌다. 최한이 놀라서 몇 걸음 힘차게 걷다가 뒤를 돌아보니 어느 사이 눈을 뜬 아버지가 그를 바라보고 어리둥절해 서 있었다.

부자는 서로 끌어안고 통곡을 했다.

다음 날부터 최한은 횃불을 만들어 하루도 빠짐없이 용담정 주위를 밤새 밝혔다.

이런 일들은 헤아릴 수도 없이 많았다.

수운은 밤이 깊어 조용해지면 붓을 들어 부도를 그렸다. 龜(구) 龍(용) 祥(상) 雲(운) 義(의) 같은 글자를 만들었다. 또는 뜰에 나가 칼을 들고 노래를 하며 춤을 추었다. 몸이 허공으로 떠올라 달 속에서 자유자재로 부유했다.

'시호시호 이내시호 부재래지 시호로다.

만세일지 장부로서 오만 년 시호로다.

용천검 드는 칼을 아니 쓰고 무엇하리.

무수장삼 떨쳐입고 이 칼 저 칼 옆에 짚고

호호 망망 너른 천지 일신으로 비껴 서서

칼 노래 한 곡조를 시호시호 불러내니

용천검 드는 칼은 번득이며 일월을 희롱하고

게으른 긴 소매는 우주를 덮고 있고

자고 명장 어디 있나 장부 당전 무장사라

좋을시고 좋을시고 이내 시호 좋을시고'

68.

어느덧 마룡동 벌판이 수운을 찾아오는 백성으로 가득 찼다.

아침에도 오고 낮에도 오고 밤에도 왔다. 박 부인과 수양딸 주 씨는 손님 대접할 밥을 지으려 쌀알을 이느라 측간에 가는 시간도 아껴야 했다.

수운은 유월부터 찾아오는 이들에게 도를 펴기 시작했다. 어진 이는 제 자로 삼아 입도시켰다.

세상이 어수선해 어찌할 바를 모르던 백성들이 수운을 찾아왔다. 마치 구름이 일어나듯 사람들이 몰려왔다.

수운은 이들에게 먼저 도 닦는 법을 가르쳤다. 주문 수련 외에도 도를 닦는 사람의 언행과 행동거지에 대해 자세하게 가르쳤다.

그리고 서로 궁금한 것을 문답했다.

조상빈은 성격이 매우 소심한 자였다. 그는 아내가 아이를 낳지 못하자 부모를 잘 모시지 못한다는 핑계로 처가로 쫓아 보냈다.

아내는 가지 않겠다고 조상빈의 다리를 붙잡고 매달렸다. 그러나 그는 매정하게 뿌리쳐 결국 쫓아냈다. 아내는 대문 밖에서 삼 일 밤낮을 꿇어앉아 눈물로 호소했다. 그러나 조상빈은 외면했다.

조상빈은 이웃 과부와 정을 통해 자식을 보려 했으나 과부도 배가 부를 생각을 하지 않았다. 답답해진 조상빈은 의원을 찾아가 물어보았더니 의원은 자식을 얻지 못하는 원인이 조상빈에게 있다고 혀를 찼다.

조상빈은 쫓아낸 아내에게 미안한 마음이 들어 다시 처가로 찾아가려 했으나 이리도 저리도 못 하고 차일피일 날짜만 미루고 있었다.

그러던 중 조상빈은 친구와 함께 용담을 찾아갔다. 수운은 열세 자 주문을 주고 사람은 모두 한울님을 모시고 있다고 가르쳐주었다.

"아내를 찾아가 용서를 구하고 싶은데 차마 용기가 나지 않습니다."

"자네가 아내에게 용서를 구할 생각이 생겼다는 자체가 큰 용기일세. 조강지처를 다시 찾는 것은 인륜의 올바른 도리이니, 마음을 잘 도스려 행동으로 옮기도록 하게."

조상빈이 며칠 주문을 외우자 문득 아내에게 용서를 구할 용기가 생겼다.

그러자 갑자기 아내가 사무치도록 그리워졌다.

친정으로 가지 않겠다고 대문 밖에서 울던 모습이 떠올라 가슴이 찢어졌다.

그는 밤을 새워 걸어 처가로 갔다. 새벽에 처가 입구에 도착했으나 차마 들어가기가 민망스러워 싸리문 밖에서 서성거렸다.

그런데 뒷담 쪽에서 천이 구겨져 사그락거리는 소리에 섞여 아내의 목소리가 들렸다. 조상빈이 조심스럽게 뒤꿈치를 세우고 가보니 아내가 뒤뜰 장독대에서 청수를 떠 놓고 기도하고 있었다.

"한울님 제 남편을 용서하시고 어느 여인에게서라도 아들을 보게 해 주십시오. 저는 남편이 아들을 얻을 방도만 있다면 제 목숨을 버리더라도 구해 드리고 싶습니다."

아내는 흰 무명옷 차림으로 청수 앞에서 계속 절을 했다. 조상빈은 담밖에서 무수하게 이어지는 아내의 절을 받았다.

'아아! 세상에 선녀가 있다면 내 아내가 정녕 선녀이겠지?'

반만 남은 새벽달이 무연하게 내려다보고 있었다.

조상빈은 가슴이 무너져 말이 나오지 않았다. 두 눈에서 눈물이 장대비처럼 흘렀다. 억지로 숨을 크게 몇 번 쉬어 겨우 마음을 진정시켰다.

"여보⋯."

소리가 너무 작았는지 아내는 고개를 들지 않았다. 조상빈은 배에 힘을 넣어 다시 불렀다.

"여보."

비로소 아내가 담 밖으로 눈길을 주었다. 땀에 젖은 이마가 촉촉했다.

"여보 내가 잘못했소."

조상빈은 그래 놓고 담 밑에 돌아앉아 우레 같은 소리로 울기 시작했다.

정화는 무예를 익힌 사람이었다. 십팔반 무예를 두루 익혀 어느 경지를 넘어선 무인이었다.

그도 눈과 귀가 있어 당시 세상 돌아가는 정세는 대강 알고 있었다. 서양 세력이 청국을 무너뜨린 다음 당연히 조선을 침략하리라고 예견했다. 그러나 그 홀로 당장 어찌할 방도를 찾지 못하던 중 수운을 찾아갔다.

"선생님 지금 조선의 가장 큰 문제가 무엇이라고 생각하십니까?"

"밖으로는 서양 세력이 침투하고 안으로는 무능한 왕과 부패한 관리이지요."

"그렇습니다. 바로 보셨습니다. 그렇다면 이 문제를 해결하려면 어떻게 하면 되겠습니까?"

"서양 도둑은 화공을 잘하니 갑병으로 대적할 것이 아니라 오직 동학이라야 그들을 진멸할 것이오. 그러려면 눈을 뜬 백성들이 힘을 모아야지요."

"백성들이 눈을 뜨고 힘을 모으려면 어떻게 해야 합니까?"

"자기 자신이 진정 어떤 존재인지 깨달으면 눈이 떠질 것이고 눈이 떠지면 자연히 힘을 모으게 됩니다."

"그렇다면 자기 자신이 어떤 존재인지를 깨닫는 것이 선결 문제로군요."

"그렇지요. 장사는 자신이 무엇이라고 생각합니까?"

"저는 정화라는 사람입니다."

"정화는 장사의 이름이지요. 이름이 장사의 본질은 아니지 않습니까?"

"아! 그렇지요. 그러니까…. 허 참!

태어나서 처음 들어보는 질문이라 생각해 본 적이 없어 당장 무어라 대답하기가 어렵습니다."

"나도 예전에 스승에게서 이 숙제를 받은 적이 있었소. 그러나 나는 오랜 심고 끝에 해답을 풀었다오. 장사도 잘 생각해 보기 바라오."

정화는 수운에게 숙제를 받아 나가려다가 다시 들어왔다.

"선생님, 저는 일개 무식한 무부에 불과합니다. 선생님은 그 문제를 푸셨다니 정말 죄송한 말씀이나 그 해답을 얻은 방법을 저에게 가르쳐 줄 수 없겠습니까?"

"당연히 가르쳐 주겠소."

수운은 주문이 적힌 종이를 정화에게 주었다.

"성심으로 주문을 외우시오. 그러면 자연히 해답을 얻게 될 것이오. 그리고 장사는 무술을 익힌 분이니 겸해서 검가를 알려주겠소.

주문을 외우고 남는 시간에 검가를 부르며 검무를 추면 더 얻는 것이 있을 것이오.

자신이 얼마나 아름답고 귀한 존재인지 한 시도 잊지 마시오. 한울님이 언제나 장사를 지켜보고 계시다는 것을 한 시도 잊지 마시오. 장사가 눈을 뜨면 주위 사람들도 눈을 뜨게 됩니다. 우리가 새롭게 눈을 떠야 나라가 바로 잡히고 백성이 편안해집니다.

이런 우리의 노력이 합해지면 서양 세력이 아무리 강하더라도 백성들의 힘으로도 막아낼 수 있을 것이오."

정화는 큰절을 올리고 방을 나갔다.

백원수는 송곳 꽂을 땅 한 뙈기도 없는 가난뱅이였다. 부모가 염병으로 한날 세상을 뜨며 하나 남은 동생을 잘 돌보라고 당부했다.

그러나 백원수는 당장 입에 풀칠하기가 어려워 동생을 먼 친척 집에 맡겼다. 그는 입술을 깨물고 찰흙이 나는 산으로 들어가 와공 밑에서 일을 배웠다. 어느 해 장맛비에 와공이 눈먼 산사태에 쓸려 죽자 그가 가마를 보존했다.

그는 찰흙을 반죽해 저온으로 굽다가 다 구워지기 전에 솔잎 연기를 넣어 흑회색이 나는 훈와를 개발했다. 경사진 언덕에 굴을 파 다시 가마를 만들었다.

기와 형태는 암키와와 수키와인데 이 둘을 합쳐 하나로 만들어 팔았다.

지붕은 산자 위에 진흙을 이겨 얇게 편 후 위 아래로 암키와를 걸치고 좌우의 이음매에 수키와를 덮는다.

그러나 백원수가 만든 기와는 진흙 위에 그대로 얹기만 하면 되어 일하기가 편했다. 백원수는 기와를 만들어 인부들을 고용해 직접 지붕에 얹었다.

한여름 더위에 지붕에 올라 진흙을 개어 붙이고 기와를 놓아 본 사람은 안다. 차라리 태양을 저주하고 싶은 그 심정을.

한낮에는 얼음에 잰 물을 아무리 마셔도 피가 끓고 몸이 탄다.

오랜 노동으로 백원수는 머리가 풀뿌리처럼 하얗게 세고 등뼈가 진고개처럼 굽어지고 말았다. 그러나 돈을 벌어 어느 사이 부자가 되어 있었다.

그는 동생을 데려와 결혼시켜 살림을 차려 주었다. 그에게 기와가마를 맡기고 자신은 기와 얹는 일에 전념했다. 몸은 회복되었으나 종이 장사가 시원찮아 놀고 있던 같은 도인 강원보를 불러 썼다.

와공은 아무나 할 수 있는 일이 아니다. 그의 정교한 기술은 소문을 타 문중에서 사당을 짓거나 절에서 불당을 지을 때면 어김없이 불려 다녔다.

백원수는 강원보만 가지고는 부족해 덩치가 우람한 김인찬을 고용해 조수로 데리고 다녔다.

당골의 자식인 김인찬은 백원수와 강원보를 아버지처럼 따르며 기술을 배웠다.

백원수가 강원보의 권유로 수운을 만나 입도한 후 김인찬도 도를 받았다. 김인찬은 열심히 주문을 외었다.

그런데 김인찬에게 마가 들어갔다. 주문을 외우는 도중 동자 귀신이 들었다. 김인찬은 눈에 광기를 띠며 아들 용성이를 불렀다.

"어서 내가 하는 말을 받아 적어라. 하나도 빼먹으면 안 된다."

용성이 깜짝 놀라 먹을 갈아 붓을 들었다.

"몇 년 후 김인찬은 대장이 되고 김용성은 중군이 되고 강원보는 시골 마을 훈도가 되리라. 그리고 백원수는 조선에서 가장 부유한 장자가 되리라."

백원수가 이 소식을 듣고 이놈이 미쳤다고 수운에게 부도를 받아 태워 먹였다. 그러나 차도가 없었다. 백원수가 수운에게 물었다.

"이번에는 왜 부도가 효험이 없습니까?"

"성심을 기울여 주문을 외지 않으면 아무 효험이 없느니라."

"그렇게 말씀하시니 마음에 걸리는 바가 있습니다. 요즘 일이 많아 우리 식구들 고생이 이만저만이 아니었습니다. 몸이 편안해야 정성도 기울이지 않겠습니까?"

수운이 고개를 끄덕이며 당부했다.

"조수에게는 아무 말도 하지 말고 그를 가엾이 여겨 잘 보살피도록 하시게. 사람은 모두 한울님의 기운을 받아 현현한 존재이니 와공이 마음을 넓게 가지고 조수를 보살피면 좋은 일이 있을 것일세."

백원수와 강원보가 받았던 일을 잠시 미루고 김인찬을 위해 성심으로 주문을 외우자 곧 한울님이 감응했다.

김인찬은 무슨 일이 있었는지도 기억하지 못하고 다시 인왕산 호랑이처럼 힘차게 기와를 날랐다.

69.

정석교와 전석문은 용산 마을에서 태어나 고추 친구 사이였다. 정석교는 곱사등이였고 전석문은 곰배팔이였다.

노동을 할 수 없는 두 사람은 노름판을 전전하며 사기 바둑을 두며 살았다. 노름이 벌어지는 봉놋방 구석에서 둘을 태연히 바둑을 두었다.

서로 터무니없는 수를 두며 내기를 해 적지 않은 돈을 주고받자 꺼벙한 자들이 그들을 만만하게 보고 달려들었다.

밥티로 숭어 낚는다고 그런 놈들은 그날 틀림없이 물개똥을 싸지 않으면 초상을 치고 만다.

집문서가 날아가거나 더 오기를 부리다 구리알 같은 제 마누라까지 뺏기고 만다.

미천에 사는 장경서는 제 땅에서 농사를 지어 밥은 넉넉하게 먹고 살았다. 화투나 골패에 맛을 들여 노름판을 기웃거렸으나 절대로 큰 판에는 끼지 않았다.

며칠 전 수운을 만나 도인이 되어 주문을 받았지만 매일 아침 일어나면 잠시 외라는 주문을 한 번도 제대로 왼 적은 없었다.

그날따라 장경서가 주사위 노름에서 돈을 조금 땄다. 이게 웬 횡재냐고 입이 벌어진 그는 도망칠 궁리만 하다 측간에 다녀온다고 핑계를 대고 자리에서 일어났다.

측간에서 오줌 몇 방울을 억지로 흘리고 나오던 장경서가 구석에 벌어진 바둑판을 흘낏 쳐다보았다. 판 위에 두어 놓은 바둑알 모양이 바둑을 조금 아는 그의 눈에 소경이 만든 광주리 마냥 엉성하기 그지없었다.

장경서는 그 옆에 서서 잠시 구경하는 척 했다. 잠깐 사이에 정석교와 전석문은 두 판을 두면서 서로 한 번씩 이겨 묵직한 엽전 꾸러미가 오고 갔다.

"나도 한 판 두면 안 되겠소?"

장경서가 배를 들이 밀자 정석교가 받았다.

"이 사람아 자네가 낄 판이 아닐세. 나는 백제 개로왕과 대적했던 고구려 간첩승 도림을 저 아래로 보는 사람일세. 자네가 섶을 지고 불길에 뛰어들겠다는 말인가? 무모한 짓일랑 하지를 말게."

장경서가 빙글빙글 웃었다.

'이 병신들이 빙충이도 못 이길 실력을 가지고 입만 살아 나불대는구나. 어디 내가 한 번 골려나 줄까?'

전석문이 다시 옆구리를 찔렀다.

"당에서 바둑을 들여온 신라의 형도가 나보고 형님형님 한다네. 궐자는 아예 여기 바둑판에 얼씬도 하지 말게. 부나비처럼 달려 들다가는 패가망신하기 십상일세."

장경서가 전석문을 힘으로 밀어내고 자리에 앉았다.

장경서는 몇 판을 계속 이겼다. 헛갓 쓰고 똥누기였다. 도시 상대가 되지 않는 작자들이었다.

장경서는 주사위 노름에서도 돈을 따고 바둑 내기에서도 돈을 따자 오늘이 몇 달 만에 운이 들어온 날이라고 믿었다.

정석교가 돈을 계속 잃자 짐짓 약이 올라 열불이 터진 얼굴을 만들었다.

"에라 오늘 너 죽고 나 죽자. 내 주머니에 있는 돈을 모두 걸 테니 마지막으로 한 판 하겠나?"

장경서가 생각할 틈도 없이 대뜸 미끼를 물었다.

"나중에 물러 달란 말 하기 없기다."

정석교가 허리에서 전대를 꺼내 풀어 놓으니 엽전이 우수수 떨어졌다. 적게 잡아 삼백 냥은 넘어 보였다. 장경서는 침을 꿀떡 삼켰다.

"좋다. 한 판 붙어보자. 나중에 딴말 없기다."

전석문이 옹이를 박았다.

"내가 옆에서 참관하면 되지. 두 사람 가진 돈을 모두 꺼내 내 앞에 쌓아라. 그러면 내가 각서를 써 수인을 받겠다. 어떤가?"

천지개벽이 일어나지 않는 한 제가 이긴다고 믿은 장경서가 각서에 수장을 찍었다.

"궐자는 가진 돈이 판돈 삼백 냥에 모자라니 지면 집을 넘긴다는 각서를 추가하게."

눈앞에 쌓인 엽전 삼백 냥에 눈이 먼 장경서가 서둘러 각서를 썼다. 옆 노름판에서 누가 크게 이겼는지 함성이 터졌다. 그러나 장경서의 귀에는 아무 소리도 들리지 않았다.

창밖에서 오래된 팽나무 가지가 속절없이 흔들렸다.

바둑은 순식간에 끝났다. 장경서의 돌은 하나도 살지 못하고 곡소리를 냈다.

전석문과 정석교는 반쯤 정신이 나간 장경서를 끌고 그의 집으로 가 집

문서를 넘겨 받았다.

"며칠 여유를 줄 터이니 집을 비우도록 하시오."

그리고는 둘이서 장터 주막으로 나가 코가 비뚤어지도록 술을 퍼마시고 골방에서 잠이 들었다.

밤을 뜬눈으로 보낸 장경서는 새벽에 날이 채 밝기도 전에 수운을 찾아갔다.

"선생님 이 일을 어쩐단 말입니까?"

"무슨 일이오?"

"선생님 제가 어젯밤에 사기 바둑 두는 놈들에게 걸려 집문서를 잃었습니다. 이 일을 어쩌면 좋겠습니까?"

"자네가 잘못한 일을 낸들 어쩌란 말이오?"

"선생님의 신통력으로 그들에게서 내 집을 좀 찾아 주십시오."

수운이 묵묵히 심고에 들어보니 장경서의 말이 사실이었다. 수운이 엇하고 소리를 지르니 손 위에 빼앗겼던 장경서의 집문서와 각서가 들려 있었다.

장경서가 기절할 듯이 놀랐다.

"아니 세상에 어쩌면 이런 일도 있단 말입니까? 이 문서가 정말 제 집 문서입니까?"

수운이 웃으며 고개를 끄덕였다.

"자 가지고 돌아가시게. 그리고 앞으로는 절대로 노름판에 끼지 마시게."

장경서는 꿈인 듯 생시인 듯 분간을 하지 못하고 집으로 돌아갔다.

용산 마을과 미천 마을은 같은 봇물을 써 농사를 지었다. 봄 가뭄이 들어 봇물이 덜 모였다. 두 마을 대표가 시간을 정해 정한 시간에만 각각의 마을로 내려가는 보문을 열기로 했다.

그러나 그 약속이 잘 지켜지지 않았다. 용산 마을 사람들이 어두운 한밤중에 살며시 자기네 마을로 가는 보문을 열어 물을 받았다.

미천 마을에서 장경서를 용산 마을로 보내 이를 항의하게 했다. 장경서가 용산 마을 입구로 들어가자 신목 앞에 서성거리던 전석문과 눈이 마주쳤다. 장경서는 어마 끄거라 하고 냅다 도망쳐 미천으로 돌아갔다.

전석문은 정석교를 데리고 미천 마을로 가 장경서를 만났다.

"네 이놈. 아직 집을 넘기지 않고 무엇 하고 있느냐?"

장경서가 시치미를 뗐다.

"집문서를 넘겼으면 되었지 더 무얼 바라느냐? 밥을 해 먹든 죽을 쑤어 먹던 네 놈들이 알아서 해라."

할 말이 막힌 전석문이 어거지를 썼다.

"네가 집을 비울 때까지 봇물을 막아 버릴 터이니 알아서 해라."

이날부터 전석문과 정석교는 미천으로 나가는 봇문을 잠그고 보 위에서 지켰다.

어스름에 장경서의 아내가 미천 마을 아낙들을 소집했다. 밤이 깊어 전석문과 정석교가 잠을 자러 간 사이 마을 아낙들은 보로 몰려가 미천으로 흐르는 봇문을 열고 보 위에 서로 손깍지를 끼고 사슬을 만들어 누워 노래를 불렀다.

'가고 가고 나를 물리치고 가신 낭군아.
생이별의 슬픔만 더할 뿐이네.
만 리 밖에 떨어져 생각은 깊고
천애가 아득한데 정만 사무쳐
만나고자 생각은 간절하지만
만날 길 아득하니 어이하리오.
호마는 바람 따라 북을 그리고
월조는 가지 골라 남을 바라네.
헤어져 떠난 지가 날이 오래니
허리띠가 헐겁게 몸은 여위어
구름은 오락가락 날빛을 덮고
한 번 가신 낭군은 올 뜻이 없어
세월은 덧없이도 흘러만 가네.
날 버리고 가셨다 원망 안 할게
모쪼록 당신이나 건강하오.'

아낙들은 아침이 되자 누운 채 치마를 들추고 젖가슴을 드러냈다.
아침 일찍 보에 나온 전석문과 정석교는 이 야릇한 전선에 몸둘 바를 몰랐다. 노름판에서 잔뼈가 굵은 그들의 심장으로도 차마 곰살궂게 접근하지 못하고 아랫도리만 두 손으로 잡고 절절맸다.

봇물은 미천 마을로 술술 잘 흘러갔다.

그날 낮, 수운은 사람을 보내 전석문과 정석교를 불렀다.

"어서들 오시게. 바쁜 사람들을 불러 미안하네."

두 사람은 수운의 눈치만 보며 도사렸다.

"불편한 몸으로 살아가느라 얼마나 고초가 심한가? 내가 심고해 보니 자네들은 하나같이 속이 여리고 착한 심성을 가지고 있었네.

자네들이 세상에 부대끼며 겪은 고초를 내가 다 보았네. 그동안 고생이 많았네. 그래서 내가 오늘 자네들에게 조그만 선물을 준비했다네. 받아주겠는가?"

전석문과 정석교는 수운이 하는 다정한 위로를 듣자 은연중에 가슴속에 품고 살던 비수가 슬며시 빠져나가는 것을 느꼈다.

항상 남에게 모질게 대할 때마다 먼저 제 심장을 찌르던 칼이 빠져나가자 이번에는 눈물이 나오기 시작했다.

두 사람은 수운 앞에서 체신도 잊고 통곡하기 시작했다.

잠시 기다리던 수운이 손짓을 하자 미리 삶아 두었던 국수를 들고 박 부인이 들어왔다.

"자네들이 이 국수를 한 사발 국물까지 남기지 않고 다 먹으면 한울님이 주시는 선물을 받게 될 것이네. 어서 드시게."

전석문과 정석교는 눈물과 콧물을 섞어 국수를 먹었다. 마지막 국물을 다 마시자 몸에서 경련이 일기 시작했다.

잠시 후 전석문은 등이 펴지고 정석교는 팔이 펴졌다.

등이 펴진 전석문은 키가 커지자 허리를 흔들며 어깨를 주욱 폈다. 팔이 퍼진 정석교는 팔등에 불거진 튼튼한 근육이 달아날까봐 허공을 계속 내질렀다.

두 사람은 어디 내놓아도 번듯한 장정으로 다시 태어났다.

수운이 웃으며 물었다.

"어떤가? 선물이 마음에 드는가?"

그제서야 정신이 든 두 사람은 경이의 눈으로 수운을 바라보았다.

"이제부터는 절대로 노름판에 다니지 않고 농사를 지으며 사람답게 살아보겠습니다."

"그러시게나. 아내도 구하고 자식도 낳아 다복하게 사시게."

두 사람은 벌어진 입을 다물지 못했다.

"세상에 오늘 같은 날이 있으리라고는 꿈에도 생각하지 못했습니다. 그나저나 이 은혜를 어떻게 갚아야 하겠습니까?"

그러자 수운이 슬며시 말했다.

"내가 자네들에게 부탁이 하나 있는데 들어주겠는가?"

두 사람이 입을 모았다.

"말씀만 하십시오. 하늘에 별이라도 따오겠습니다."

"며칠 전 자네들이 얻은 장경서의 집문서를 돌려주면 안 되겠나?"

두 사람은 얼굴을 마주 보더니 말했다.

"그게 그, 분명히 장경서에게서 집문서를 받기는 받았습니다. 그런데 술을 마시고 다음 날 잠을 깨어보니 집문서가 보이지 않았습니다.

귀신이 곡할 노릇이었습니다. 그러니 장경서에게 집문서를 돌려주려 해도 돌려줄 도리가 없습니다."

"그러면 그 일은 이제 없는 일로 치고 장경서를 용서해 주겠는가?"

"선생님 말씀대로 하겠습니다."

"됐네, 고마운 일이네. 이 길로 장경서를 만나 그 뜻을 전하도록 하시게.

그리고 내가 주문 열석 자를 가르쳐 주겠네. 내가 주는 주문을 외면 그 순간 자네들은 군자가 될 수 있다네. 군자는 꼭 유학 경전을 공부해야 되는 것은 아닐세. 자신이 진정 누구이고 무엇인지 깨닫는 순간 군자로 다시 태어나는 것일세. 지금 바로 나를 따라 주문을 외어 보시게."

수운은 먼저 주문을 외웠다.

"시천주 조화정 영세불망 만사지."

두 사람이 따라 외웠다.

"시천주 조화정 영세불망 만사지."

수운이 두 사람의 손을 하나씩 잡고 기뻐했다.

"이로써 자네들은 군자가 되었네. 자네들은 오늘 새 사람으로 태어났네. 이제부터는 남들 앞에서 말 한마디라도 정중하고 신중하게 하고 매사 의롭고 당당하게 행동하며 살아야 하네.

내가 당부하는 대로 그렇게 하시겠는가?"

두 사람은 수운에게 큰절을 올리고 하늘을 바라보며 함빡 웃었다.

70.

유월 그믐날.

밤이 깊었다.

제자들은 모두 잠이 들고 수운은 서재에서 주문을 외우고 있었다. 서재 문이 살며시 열리더니 챙 넓은 모자를 깊숙이 눌러 쓴 건장한 사내가 들어왔다. 수운이 조용히 바라보자 사내는 수운 앞에 털썩 주저앉았다.

"여보게 제선 잘 있었는가?"

사내가 고개를 들고 모자를 벗었다.

"아니 자네는 필제가 아닌가? 자네야말로 그동안 어떻게 지냈나?"

수운이 필제의 손을 반갑게 잡았다. 필제의 모습은 예전처럼 당당하고 두 눈에 정기가 가득했다.

"진천 거사에 실패하고 피신 중일세."

"고생이 많았구만. 아무 염려하지 말고 여기서 몸조리하게나."

"자네에게 신세를 지려고 찾아오지는 않았네. 그건 그렇고 소문에 자네가 원하던 도를 얻었다고 하던데 그게 정말인가?"

수운은 필제의 손을 놓고 마주 보고 앉았다.

"나는 한울님을 만났네. 그리고 천도를 받았네. 나는 내가 갈 길을 이제 확실하게 알았네."

"나는 아직 변죽만 울리고 다니는데 자네는 길을 찾았다니 축하할 일이군. 그런데 자네가 받은 천도란 과연 무엇인가? 내가 이해할 수 있게 말해

주게."

"사람은 누구나 내면에 한울님을 모시고 있다네. 그 한울님을 지극히 모시는 것을 천도라 하네."

필제는 놀라는 표정을 지었다.

"사람은 누구나 내면에 한울님을 모시고 있다고? 그러면 그것은 평등을 이야기하는 것이 아닌가? 사람들이 신분을 불문하고 모두 가슴 속에 한울님을 모시고 있다면 모두가 대등한 존재라는 말이 아닌가?

이 땅은 신분제도로 유지되는 곳인데 자네의 천도는 체제의 뿌리를 잘라내는 것일세. 조정에서 자네를 그냥 두겠는가?"

수운은 조용히 말했다.

"나는 다만 이 땅에 한울님 말씀의 씨를 뿌리면 만족하네. 살고 죽는 문제는 이미 도를 얻으면서 잊어버렸다네."

필제는 고개를 설레설레 저었다.

"자네는 대단한 사람일세. 처음 만났을 때 나는 이미 자네를 알아보았네. 나는 아직도 이곳저곳 정처 없이 헤매는 신세지만 자네는 자네의 길을 찾아 이미 씨를 뿌리고 있지 않은가?

참으로 고마운 일일세.

여보게 제선이, 오늘부터 나는 자네의 제자가 되겠네. 부디 어리석은 사람이지만 나를 제자로 받아주게."

필제는 일어나 수운에게 큰절을 했다. 수운도 일어나 맞절을 했다. 필제는 수운이 직접 수습한 동학도인이 되었다.

필제가 문득 생각난 듯이 말했다.

"나는 얼마 전에 아내를 얻었다네."

수운이 필제의 손을 잡았다.

"좋은 사람이겠지?"

"음, 참으로 아름답고 정다운 사람일세. 그러나 보통 여장부가 아니라네. 지리산 칠선봉 화적 두목이라네."

수운이 활짝 웃었다.

"바늘 가는 데 실 간다더니 자네에게 맞는 정말 좋은 짝을 찾았군."

필제도 활짝 웃었다.

"이 사람아, 놀리지 말게. 내가 아내를 얻는다고 팔이 부러질 뻔했네."

필제는 지금도 아픈 듯 오른팔을 주물렀다.

"술은 또 얼마나 센지 모주 한독을 다 마셔도 취하지 않는다네."

수운은 문득 필제와 자신의 앞날을 내다보았다. 두 사내와 가족들이 겪을 고난이 보여 가슴이 아려왔다. 그러나 표현하지는 않았다.

두 사람은 밤을 새워 이야기를 나누었다. 수운은 자신이 깨달은 깊은 이야기들을 필제에게 들려주었다.

필제는 그 말을 조목조목 가슴에 새겼다.

"내가 언제 어디에서 무슨 일을 하더라도 자네를 항상 생각하며 지켜보겠네."

새벽에 필제는 조용히 밖으로 나갔다. 자신도 제선처럼 세상을 바꾸는 하나의 씨앗이 되리라고 재차 다짐했다. 제선에게 들은 천도를 자기 방식대로 실천할 곳을 찾아 한울님이 인도해 주기를 기원했다.

정처 없는 구름이 재를 넘고 있었다. 필제는 구름을 따라갔다.

71.

최경상은 순조 이십칠 년 정해년 삼월 스무하루, 외가인 경주 동촌 황오리에서 태어났다. 명은 경상이고 자는 경오이다.

이 해 수운은 네 살이었다.

아버지는 최종수, 어머니는 월성 배 씨이다. 여섯 살 때 모친상을 당해 계모가 들어왔다. 계모는 영일 사람이고 정씨 성을 썼다. 남의 자식 고운 데 없고 내 자식 미운 데 없다고 계모는 본처에게서 난 아이들에게 정을 주지 않았다.

경상은 영일군 신광면 기일동 고향에서 어린 시절을 보냈고 열다섯까지 서당에 나가 글을 배웠다. 열다섯에 부친이 서른여덟 젊은 나이로 세상을 떴다.

내외간도 돌아누우니 남이었다.

계모는 얼마 지나 남편 복 없는 년이 자식 복이 있겠냐고 가출해 버렸다.

가난이 소 아들이라 부친은 노래기 족통도 남기지 못했다. 경상은 할 수 없이 누이동생을 먼 친척 집에 맡겼다.

어린 나이에 지리산 고사목이 된 경상은 고된 인생의 질곡을 깊게 음미하며 살았다.

그는 껑충 바위처럼 키가 크고 남달리 힘이 셌다. 열 살 때 삼십 민 동전 부대를 어깨에 지고 칠십 리 길을 거뜬히 오갔다.

열일곱 되던 해 가을부터 터일 올금당 마을 안쪽에 있던 제지소에서 일

했다.

이곳은 오래전부터 가구마다 닥나무를 심어 한지를 생산했다. 골짜기를 흘러내린 맑은 물이 마을 가운데를 지나가 작업에 필요한 수량이 풍부했다.

마을 사람들은 가구마다 개울가에 열 평 정도 제지소를 차리고 해마다 가을이 되면 닥나무 껍질을 벗겨 한지를 만들었다. 작업을 시작하면 여러 곳에서 일감을 찾아 떠돌던 사람들이 모여들었다.

노동자는 세끼 밥을 얻었고, 방에서 종이를 말리려 항상 불을 때어 놓아 밤에 이불 없이도 단잠을 잘 수 있었다.

경상은 붙임성이 좋고 돌절구 돌아가듯 몸을 아끼지 않고 일해 제지소 주인들은 서로 불러 썼다. 열여덟이 되자 제지 기술자로 성장했다. 흥해·청하·포항·경주·영덕 같은 인근 지역 거래처에 한지를 납품하고 대금을 받아왔다.

생계가 안정되자 신수가 훤하게 피어 신체가 늠름하고 인물이 수려한 청년이 되었다.

열아홉 되던 해, 흥해 사는 과부 오 씨로부터 청혼이 들어왔다. 오 씨는 십 대에 시집가 일찍 과부가 되었으나 이십 초반임에도 불구하고 수만의 재산을 가지고 있었다.

경상을 한 번 본 후 반해서 매작을 보냈다.

경상은 여인의 재물로 일어서기 싫다고 거절했다.

스물여덟에 신광면 마북동으로 이사했다. 터일에서 서쪽으로 난 작은 고개를 넘으면 오리 떨어진 곳이다.

여기서 경상은 집강을 맡았다. 집강은 요즘 이장 격이다. 가끔 관아를 출입했고 관의 시책을 동민에게 전해주는 일을 했다.

이런 책임 있는 일을 맡을 수 있었던 것은 동문 경주 최씨들이 주변에 많이 살았기 때문이었다. 마북동은 깊은 산중이라 경작할 땅이 좁고 거칠어 소출이 넉넉하지 못했다.

경상은 가을에 먼 일가 중매로 흥해 매곡에 사는 밀양 손 씨와 부부가 되었다. 손 씨는 옥같이 흰 얼굴에 봄날처럼 밝은 미소를 머금었다. 경상을 보면 붉은 입술을 벌리기도 전에 웃음이 새어 나왔다.

식구가 늘었으나 살림은 여의치 않았다. 처가에 땅이 있어 두 군데 농사를 지었다. 가을이 되면 부업으로 한지를 거래했다.

서른셋에 골짜기 안쪽 금등골로 이사했다. 화전을 일굴 작정이었다. 이미 일가 몇 집이 이곳에서 화전민으로 자리 잡고 있었다.

경상은 이곳에서 숯을 구워 팔아 그럭저럭 생계를 유지했다.

서른다섯 되던 신유년 유월 초.

대추밭 골에 사는 좌수 백사길이 금등골로 찾아왔다.

백사길은 경상에게 경주 용담에 신인이 나왔다는 소문을 들었으니 같이 가보자 권했다. 경상은 호기심이 일어 백사길과 함께 용담으로 내려갔다.

수운은 용담정 밖으로 나와 이들을 맞아주었다. 경상도 남 못지않게 잘난 사내였으나 수운을 보니 단단한 체구의 중키에 눈에서 불꽃이 탁탁 튀고 있어 보통 사람은 아니라고 짐작했다.

수운도 경상을 처음 보았으나 헌걸찬 용모에 마음이 가, 마치 필제를 보는 듯했다. 그러나 필제보다 눈빛이 깊어 예사로이 보이지 않았다.

방안에는 이미 여러 사람이 와 앉아 있었다. 경상과 백사길이 들어가자 모두 일어났다. 서로 허리를 구부려 인사를 나누었다. 수운이 자리에 앉자 뒤이어 손들이 일제히 앉았다.

　　백사길이 먼저 물었다.
　　"한울님의 영이 선생님께 내려왔다고 들었습니다. 무슨 말씀을 받았습니까?"
　　"이 세상이 한울님의 조화로 이루어진 이치와 한울님이 주관하시는 우주의 이법을 받았습니다."
　　"우주의 이법이 무엇입니까?"
　　"만유는 가서 돌아오지 않는 것이 없으며 와서 돌아가지 않는 것이 없다는 무왕불복의 이치입니다."
　　경주 읍내에서 한약방을 경영하는 최자원이 물었다.
　　"그러면 그 가르침을 무어라고 부릅니까?"
　　"천도라 합니다."
　　"서도와 다른 것이 있다면 무엇입니까?"
　　"서학은 얼핏 나의 도와 같은 것 같으나 본질에서는 다름이 있습니다. 우주의 궁극적인 섭리 섭명을 한울님이 하신다는 것을 알로 믿고 따른다는 점에서는 서도도 역시 천도라 하겠습니다.
　　그러나 서학은 한울님이 섭리 섭명하시는 이치를 제대로 말하지 못했습니다. 그들이 내세우는 이치는 이미 오래되어 낡은 것입니다. 한울님이 어디에 있고 어떻게 있고 무엇을 하고 계시는지 서학에서는 이제 알지 못합니다. 그런 까닭에 서학은 한울님이 사람과 그리고 이 세상과 떨어져 멀리 있다고 합니다.

그러므로 서학은 한울님을 위하고 한울님께 비는 같으나 그 비는 형식만 있을 뿐 한울님에 이르는 실지가 없습니다. 그러나 내가 후천의 운을 받아 천도를 밝혔듯이 서학 역시 선천의 운을 받아 일어난 것이므로 선천과 후천의 다름은 있으나 그 운을 타고 일어난 것이라는 데 있어서는 하나라 말할 수 있습니다.

서학의 도도 역시 천도를 천명하고자 한 것이니 전체로 볼 때 결국 같은 것이 됩니다. 그러나 이치 즉 천도를 밝히고 천도에 이르는 길은 근원에서 서로 다릅니다."

경주 부내에서 온 이내겸이 물었다.

"조금 더 설명하여 주십시오."

"나의 도는 한울님의 이법에 의하여 자연스럽게 이루어지는 이치를 도법으로 삼은 것이니 무위이화라 할 수 있습니다.

한울님으로부터 받은 마음을 지키고 그 기운을 바르게 하여 실천하면 한울님의 성품을 지니게 되고 한울님의 바른 가르침을 받아 자연히 화해 나옵니다. 그것이 바로 나의 도입니다.

그러나 서학은 그들의 경전에 한울님의 이법인 천도를 밝히는 말씀이 없고 옳고 그른 것의 구분이 없어 도무지 한울님 위하는 공심이 없습니다. 다만 자신 한 몸만을 위하는 사심을 가지고 한울님께 비니 몸에는 한울님의 감응이 없어 감화가 없고 배움에는 근원적으로 한울님에 이르는 가르침이 담겨 있지 않습니다.

그러므로 신앙을 수행하는 형식은 있으나 실지로 나타나는 흔적은 없고 한울님을 생각하는 것 같으나 한울님을 위하는 법문인 주문이 없어 그 도는 허무에 가깝고 도에 이르는 이치인 학에는 한울님이 가르치시는 진리가 없습니다.

이런 점에서 서학과 나의 도가 같기도 하고 다르기도 하다고 하겠습니다."

"선생님께서 서학과 천도가 같은 점도 있다고 했는데 그러면 선생님의 천도를 서학이라 불러도 되겠습니까?"

"그렇지 않습니다. 내가 동방에서 태어났고 동방에서 이 도를 받았으니 도는 비록 만유의 근원이 되는 천도지만 도에 이르는 이치인 학으로서 말하고자 한다면 동학이라고 해야 합니다.

땅이 동과 서로 나뉘어 있고 오랫동안 서로 다른 환경 속에서 살면서 서로 다른 사유와 문화를 지녔으니 서를 어찌 동이라 말하며 동을 어찌 서라 말하겠습니까?

비유하자면 공자께서는 노 땅에서 태어났고 그 가르침은 맹자에 의하여 추 땅에 널리 퍼졌습니다. 이 때문에 그 가르침이 온 세상에 전해졌어도 사람들은 공자의 가르침을 추로지풍이라 부르지 않습니까?

나는 도를 이곳 동방에서 받았고 이곳 동방에서 가르침을 펴고 있으니 어찌 서학이라고 부르겠습니까?"

이번에는 경주 서면에서 온 강원보가 물었다.

"주문은 무슨 뜻입니까?"

"한울님을 지극히 위하는 글입니다. 그런 까닭으로 한울님께 청원한다는 의미의 주, 즉 주문이라고 했습니다. 이같이 축원하고 청원하는 글은 옛날 사람들이나 지금의 사람들이나 모두 그 생활 속에서 사용한 것으로 지금의 글에도 있고 옛글에도 있습니다.”

“강령의 글은 무슨 뜻입니까?”

“지라는 것은 지극한 것, 지극히 큰 것을 이르는 말입니다.

지기는 지극히 커 그 시작과 끝을 가늠할 수 없는 것이기 때문에 빈 것과 같고, 한울님의 영기로 만유 생명의 근원이 되는 것이기 때문에 신령한 것이며, 우주에 가득 찬 것으로서 만사 만리에 간섭하지 않는 것이 없으며, 우주 만유에 명을 주지 않는 것이 없습니다.

그러나 형용이 있는 것 같으나 형상하기 어렵고, 듣고 볼 수 있는 것 같으나 듣고 보기가 어려우니, 역시 우주에 가득 찬 크고 큰 만물의 원기를 이루는 기운입니다.

금지는 지금 입도하여 비로소 한울님 기운을 접하고 한울님 기운을 체험하는 것을 말하는 것입니다.

원위는 청하여 비는 것이고, 대강은 한울님 기운과 나의 기운이 하나로 융화되어 일체가 되기를 원하는 것입니다.

시는 한울님으로부터 받은 마음을 다시 회복하여 이를 실천하는 것입니다. 안으로 한울님의 신령을 회복하여 밖으로 한울님의 무궁한 기운과 융화되어 일체를 이루는 것입니다. 이렇듯 한울님의 마음을 회복하고 한울님 기운이 막힘없이 소통하므로 나 스스로 우주의 중심이며 동시에 나 스스로 우주라는 크나큰 기운과 한몸이라는 것을 깨닫는 것을 의미합니다. 나아가 이 세상 사람들이 이러한 경지를 깨달아 마음을 변치 않고 이를 실천해 나아가는 것입니다.

주는 한울님을 높여 부르는 말로서 우리를 낳고 기르신 부모와 같이 그리고 부모님으로서 함께 섬긴다는 뜻입니다.

조화는 한울님의 힘이며 작용으로, 무위이화하는 것입니다.

정은 한울님의 덕과 더불어 합일이 되는 경지며 동시에 한울님 마음이 나의 마음 중심에 자리하는 것입니다. 이렇듯 한울님의 덕과 합일을 이루고 한울님의 마음이 내 안에 자리하게 되므로 나의 마음이 곧 우주의 중심이 되어 내가 베푸는 것이 바로 한울님의 지공무사한 베풂이 되는 군자의 경지입니다.

영세는 사람의 일생입니다.

불망은 한울님 생각하는 마음을 잠시라도 떠나지 않고 늘 지니는 것입니다.

만사는 수가 많은 것을 말합니다.

지는 한울님의 무궁한 도를 깨닫고 한울님으로부터 그 깨달음의 가르침을 받는 것입니다.

이와 같은 경지에 이르러 한울님의 덕을 밝히고 밝혀 잠시도 한울님 우러러보는 마음을 잃지 않는 삶을 살면 한울님의 무궁한 지기에 지극히 화하여 지극한 성인의 경지에 이르게 될 것입니다."

나중에 청하 접주가 되는 청주에서 온 이민순이 물었다.

"제가 듣기로 선생님께서는 한울님으로부터 '오심즉여심'이라는 가르침을 받았다 했습니다. 이 가르침은 바로 한울님 마음이 사람의 마음이라는 가르침으로 생각됩니다.

그런데 어찌하여 지공무사한 한울님의 마음과 같은 마음을 지닌 사람의 행동이 때로는 선하고 때로는 악합니까?"

"사람이 어찌 귀한 사람이 있고 천한 사람이 있겠습니까? 다만 하늘은 귀한 사람과 천한 사람이 되는 준거를 정해줄 뿐이며 사람이 살아가면서 겪게 되는 고락의 이치를 정해 줄 뿐입니다.

그러므로 선한 사람의 준거가 되는 군자의 덕은 그 기운이 바르므로 모든 행동거지나 실행이 반듯합니다. 마음 역시 한울님 마음을 회복하여 변하지 않도록 하면 한울님과 더불어 그 덕이 합일을 이루는 것입니다.

소인의 덕은 기운이 바르지 않아 모든 행동거지가 반듯하지 않으며 마음이 이리저리 자주 바뀌는 까닭으로 한울님의 명에 어긋납니다.

세상의 사람들이 이처럼 군자의 덕을 쌓느냐 소인의 삶을 사느냐에 따라 이 세상이 성운을 맞이하느냐 쇠운을 맞느냐가 결정됩니다.

성운을 맞이하면 세상의 사람들이 모두 선을 행할 것이요, 쇠운을 맞으면 세상의 사람들이 모두 악을 행할 것입니다."

"한울님께서 사람과 만물을 생육한다면 어찌하여 이 세상의 모든 생명들이 한울님을 공경하지 않습니까?"

"죽음에 임하여 한울님을 부르는 것은 살아 있는 모든 사람의 공통된 마음이며 모습이니, 이는 그 명이 하늘에 있기 때문입니다.

이렇듯 사람의 명이 하늘에 달려 있고 하늘이 모든 사람을 세상에 내셨다는 것은 옛 성인들이 이미 말씀한 것입니다.

그러나 세상 사람들이 과연 그런가 그렇지 않은가 하고 의심하기 때문에 믿음을 확고히 하지 못하고 그 상세함을 알지 못하여 방황합니다."

"가르침을 받은 사람이 도를 비방하고 훼방하기도 합니다."

"혹 그럴 수도 있습니다."

경주부내 출신인 박대여가 물었다.

"어찌하여 그렇습니까."

"나의 도는 지금도 듣지 못했고 옛날에도 듣지 못한 일이요 지금도 비교할 수 없고 옛날에도 비교할 수 없는 법입니다. 그러니 사람들이 혹 나의 도를 믿지 못할 수도 있습니다.

나의 도를 믿고 마음으로 잘 닦는 사람은 겉으로는 아무것도 드러나지 않아 공허한 듯하나 스스로 마음에 깨닫고 체득하는 바가 있어 실지가 있습니다.

반면에 수도는 하지 않고 이것저것 듣기나 하는 사람은 겉으로 아는 것이 많은 듯하고 실지가 있는 듯하나 아무것도 체득하는 바가 없어 사실은 허무합니다."

"도에 들어왔다 도를 배반하고 돌아가는 사람이 있다고 들었습니다."

"그 사람들은 족히 들어 논할 필요가 없습니다."

"어찌하여 논할 필요가 없습니까?"

"그저 마음으로 멀리하면 됩니다."

영해에서 온 박하선이 물었다.

"입도할 때의 마음은 어떻고 배반하고 나갈 때의 마음은 어떻습니까?"

"풀 위로 바람이 불면 풀이 바람에 쓸려 이리저리 쓰러지듯이 이들의 마음도 일정한 주견 없이 세상의 명리에 따라 번복하고 있을 뿐입니다."

"그러면 어찌하여 그런 사람들도 강령이 됩니까."

"한울님의 지공무사한 덕은 선악을 가리지 않고 모두 포용합니다. 누구나 한울님께 정성을 올리면 감응하여 강령이 될 수 있습니다."

영덕에서 온 오명철이 물었다.

"그러면 한울님을 배반하거나 한울님을 믿거나 그에 따른 해도 덕도 없는 것입니까."

"요순시대에는 세상 모든 백성이 두 임금의 덕으로 모두 요순과 같이 되었으나 지금 후천 세상의 운은 요나 순과 같은 사람의 덕에 의하지 않고 세상의 운과 한가지로 돌아가니 해가 있고 덕이 있는 것은 한울님의 일이요 내가 소관할 바는 아닙니다.

하나하나 캐어 보면 그런 사람들 몸에 해가 미치는지 어떤지 상세히 알 수는 없으나 이 사람들이 복을 누린다고 다른 사람들에게 말할 수는 없습니다. 복을 받거나 해를 입거나 여러분이 물을 바도 아니고 내가 관여할 바도 아닙니다. 다만 한울님의 소관입니다."

이번에는 조용히 듣고 있던 경상이 물었다.

"선생님께서는 모든 사람이 안으로 한울님을 모시고 있으므로 평등하다고 가르칩니다. 그러나 이 땅은 사람을 신분으로 나누고 있습니다. 선생님의 가르침이 나라의 근본과 다르니 저들이 가만히 보고만 있겠습니까?"

"여러분이 도에 관하여 물어 보는 바가 매우 밝습니다. 사람으로 태어나 몸을 닦고 타고난 재질을 키우고 마음을 바르게 하는 데 어찌 두려움을 가지겠습니까?

진리의 꽃은 웃은 얼굴과 사랑의 말에서 피어납니다. 나날의 삶의 경험은 오직 얼의 향상을 위해 있습니다.

한울님의 도를 받아 이렇게 펴는 것으로 저는 여한이 없습니다.

사람이 죽고 사는 것은 한울님이 할 일입니다.

사람이 자기 자신이 무엇인지 아는 것은 단맛이 모든 맛을 잘 받아들여 조화를 이루는 것과 같고, 흰색이 다른 색을 잘 받아들여 채색의 조화를 이루는 것과 같습니다.

그러므로 도의 본체를 잘 밝히고 상세히 살펴 한울님의 조화로 이루어지는 현묘한 기회를 잃지 않도록 하십시오."

모인 사람은 감동했다. 모두 그 자리에서 제자가 되기를 청했다.

수운은 며칠 후 용담에서 입도식을 하자고 했다. 모두 기쁜 마음으로 격앙되어 자리를 떠났다.

입교하는 사람 수가 점점 늘어났다. 수운은 삼천 제자를 거느렸다는 공자의 기쁨을 상기했다.

72.

철종 12년, 신유년, 1861년, 7월.

자아는 아름답고 소중하며 항상 확장되기를 소원한다. 그것은 자아가 한울님을 모시고 있기 때문이다.

그래서 사람은 항상 자기 자신을 천명하려 한다. 존재 자체가 한울님의 현현이고 그것은 바로 하나가 여럿으로 변화하는 신비이다.

모두가 한울님을 내면에 모시고 있다는 가르침을 편 지 한 달이 채 못 되어 동학은 하나의 교단을 이루었다.

교세는 급속하게 성장했다. 곤륜산 그늘이 내리 팔만 리를 간다더니 예전에 싯다르타가 일으킨 불교가 인도 전역으로 퍼져나가던 속도는 갖다 대지도 못할 정도였다.

일각에서 쉬파리 똥 갈기듯 마파람도 없는데 호박 꼭지를 뜯으려 했다.

수박은 속을 봐야 알고 사람은 속을 봐야 안다. 가까운 일가와 인근 마을 사람들이 먼저 입방아를 찧었다. 남이 잘되는 것을 시기하고 새로운 것은 일단 거부하려는 심리가 발동했다.

숭어가 뛰면 망둥이도 뛴다. 가까운 사람이 시기하면 친족이 시기하고 친족이 시기하면 남들도 오소리 감투를 쓴다.

경주 일대는 유교를 받들어 왔다.

수운의 아버지 산림공도 성리학자였다. 성리학에 물든 주변머리 없는 유생들이 동학을 땡감 보듯이 했다.

　수운과 마주앉아 이야기를 들을 때는 왜가리 새 여울목 넘어다보듯 하던 이들도 집으로 돌아가서는 외아들 잡아먹은 할미 상을 하고 달 보고 짖는 개 흉내를 냈다.

　그중 몇몇은 채 늙기도 전에 망녕이 들어 수운이 서학을 가르친다고 떠들었다.

　당시 청국에서는 비록 서양의 힘에 밀렸다지만 천주교 전교가 용인되어 있었다.

　그러나 청국 서학이 백성 사이로 퍼지는 동안 신부들은 종교적인 감화는 뒷전에 두고 청국 내 정보를 수집해 본국에 전달하는 첩자 역할을 더 충실하게 했다. 종교가 조직을 이루고 세력이 만들어지면 정치와 야합해 타락하면 고쳐 쓸 수 있는 약이 없다.

　이런 폐단을 청국을 통해 조금은 알고 있었던 왕이었으나 말 살에 쇠 뼈다귀 정도로 여겨 관리가 나름대로 서학을 제어하도록 했다.

　그래도 서학을 하는 사람들은 그늘에 숨어서 가자미눈을 하고 살았다. 이런 시기에 수운이 서학을 한다고 떠드는 짓은 수운을 죽여 동학을 댓진 먹은 뱀으로 만들어 자신들의 무식을 감추고 기왕의 기득권이나 유지하려는 창백한 유생들의 넋두리였다.

　여기에는 대비가 필요했다.

　칠월 중순.

　수운은 자신이 가르치고자 하는 본뜻을 밝히는 「포덕문」을 지어 발표했다.

　'아득한 옛날부터 지금까지 봄과 가을이 번갈아들고 네 계절이 성했다 쇠했다 하는 것이 옳기거나 바뀌지 아니하니 이는 역시 한울님이 스스로 이루어 가는 자취를 천하에 밝게 들어냄이다.

　옛사람들은 어리석어 이슬비 내리는 혜택은 알지 못했으나 사람과 만물이 서로 조화하며 살아간다는 것은 배우지 않고도 알았다.

　소호·전욱·제곡·제요·제순 등 오제 이후로 성인이 태어나 해와 달과 별들과 천지의 변화를 계량해 책으로 만들어 내어 천도의 변함없는 이치를 정했다.

　사람들은 일동일정과 일성일패를 하늘의 뜻에 맡겼으니 이는 천명을 공경하고 천리에 순종하려 했기 때문이다.

　그러므로 사람은 군자가 되고 학은 도덕을 이루었으니, 도는 곧 천도이고 덕은 곧 천덕이다.

　도를 밝히고 그 덕을 닦아 바로 군자가 되어 성인의 경지에 이르게 되니 어찌 우러러 찬탄하지 않으랴.

　그러나 근년에 이르러 세상 사람들이 각기 제 마음대로 행하여 천리를 따르지 않고 천명을 돌보지 아니하므로, 항상 마음이 두려워 어찌할 바를 알지 못했다.

　경신년에 이르자 전해 들려오기를 서양 사람은 천주의 뜻이라며 부귀는 취하지 않는다면서도 남의 나라를 공격하여 굴복시키면서 그곳에 천주의 교당을 세우고 천주의 도를 행하고 있다고 허황된 말을 한다고 한다.

나는 남을 해치고 노예로 삼는 것이 어찌 천주의 뜻인지 의문이었다.

이런 까닭으로 나라 안에 악질이 가득 차 백성들이 연중 하루도 편안할 날이 없었다.

역시 다치고 해를 입을 운수였다.

서양은 싸우면 이기고 공격하면 빼앗아 이루지 못하는 일이 없으니, 천하가 모두 멸망하면 역시 입술이 떨어지면 이가 시리게 되는 한탄이 없지 않을 것이다.

나라를 바로 잡고 백성을 편하게 할 계책을 앞으로 어떻게 마련해 내야 할까?

안타깝기만 하다.

나의 학은 분명하게 서학이 아니다.

지금 세상 사람들은 시운의 흐름을 알지 못해 나의 말을 듣고 집에 가면 마음으로 그르다 하고, 나오면 거리에서 비방하며 도와 덕에 따르지 않으니 심히 두렵다.

나의 말을 듣고 이해하지 못하니 그것을 개탄한다.

세상을 어찌하랴.

간략히 적어 가르쳐 보이니 이 글을 훈계의 말로 받들면 좋겠다.'

포덕이란 布於天下 天主之德*(포어천하 천주지덕)을 뜻한다.

사람을 비롯한 우주의 모든 만물은 한울님의 덕에 의해 화생하고 화육

---

* 한울님의 덕을 세상에 펴는 것.

된다.

그러므로 한울님은 만유가 화생 화육하는 생명의 근원이라고 했다.

수운은 한울님의 존재를 미처 알지 못하는 세상 사람들이 자기 생명의 근원인 한울님을 깨닫게 하고 나아가 성쇠의 시운에 의해 쇠운이 지극한 시대를 사는 백성들이 자신의 근원을 회복하고 한울님의 덕화를 올바르게 깨달아 성운을 맞이하기를 바랐다.

73.

철종 12년, 신유년, 1861년 7월.

수운은 이승에서 자신이 가르침을 펼칠 시간이 길지 않다는 것을 알고 있었다.

동방삭이는 백지장도 높다고 했다. 사람들을 직접 만나 그 사람의 근기에 따라 가르치던 방법에 겸해 글을 남겨 지도하려 했다.

조선의 국가 이념으로 작용한 성리학은 신분 차별을 근간으로 하는 양반 지배를 정당화했다.

말이 성리학이지 사실은 주자학이라 하는 것이 더 정확한 표현일 것이다.

유생들은 주자를 형님으로 모셔 놓고 맹종했다.

주리설은 리가 기를 탄다고 하여 리가 주재하는 상하 주종의 질서를 합리화하고 신분을 차별하는 근거로 작용했다. 사단칠정설은 사람을 군자와 소인으로 차등을 두어 군자에 대한 소인의 주종 윤리적 복종을 강제했다.

그러나 양반이 소인이고 백성이 군자인 마당에 이러한 주자학의 논리에 마음으로 승복하는 백성은 적었다.

유생이 판을 치는 조정은 까마귀가 썩은 고기를 빼앗길까 두려워 깩깩거리듯이 변하는 시대에 맞는 새로운 사유가 나오는 것을 꺼려 꺽꺽거렸다.

도사는 산속에 숨어 양생에만 몰두하고 양명학은 섬 안에 숨어 연구에만 시간을 보내고 불도는 마음 안에 숨어 염불만 하고 서학 역시 은밀한 곳에 숨어 기회만 엿보고 있다.

그러나 동학은 나서서 용감하게 모든 사람이 똑같이 한울님을 모시고 있다고 가르쳤다. 이것은 그들이 제시한 신분 차별을 정면에서 반박하는 사유이기에 그들이 유지하는 기득권의 존재 기반을 흔들었다.

그러므로 동학은 조선 조정의 이해와 부딪쳐 필연 위해를 받게 될 것이다. 그것이 언제일지는 알 수 없었으나 미구에 닥치리라는 것은 불을 보듯 선명했다.

수운은 포덕하는 틈틈이 천도를 공부할 수 있는 글을 여러 편 지었다.

칠월 하순에 「도덕가」를 지었다.

천지 음양이 처음 시판되고 우주가 열린 이후 만유가 이 우주에서 나오게 되었다. 성인들이 우주의 본체와 이치를 밝혔으나 어리석은 백성들이 이를 올바르게 알지 못한 채 잘못된 믿음으로 살아가고 있음을 한탄했다.

특히 경외지심 없이 도덕군자를 저처하며 자행지지하는 유림과 한울님이 사람의 몸에서 벗어나 저 놓은 하늘나라에 있다고 선전하는 서학과 미신에 혹해 헤매는 무지한 백성들의 세태를 조목조목 지적했다.

세상이 효박해 음해가 많다 해도 바른 마음으로 수도에 전력해 올바른 삶과 세상을 이룩해야 한다는 가르침을 담았다.

세상 모든 사람이 한울님의 도와 덕을 올바르게 지키기 위해서는 번복지심을 두지 말고 물욕교폐 하지 말며 헛말로 유인하지 말고 안으로 불량

하고 겉으로 꾸며내지 말라 했다.

그러므로 역리자 비루자 혹세자 기천자의 길을 버리고 정심 수도해 한울님의 도와 덕을 올바르게 깨우치기를 가르쳤다.

이어 팔월 초에는 「흥비가」를 지었다.

제자들이 도를 공부하는 것을 너무 쉽게 생각하다가 잘못 낭패를 볼까 걱정해 경계하는 말을 여기에 담았다.

잘못 도를 받아들이고 닦는 몰지각한 도인들을 모기에 비유해 경계했다.

바른 도법으로 공부해 올바르게 깨달을 수 있도록 당부하고 세상에 공명이나 얻으려 과거나 보기 위해 공부하던 선천의 잘못된 태도를 비판했다.

당시 도를 공부하던 제자들이 마음이 조급하고 든든하지 못해 공부하는 도중에 그만두는 것을 한탄했다.

몇 아름씩 되는 좋은 나무가 부분만 썩었으면 좋은 장인을 만나면 올곧은 재목으로 쓰일 수 있듯이 도를 완전히 이루지 못한 사람도 이 세상에서 무엇인가 올바른 곳에 쓰일 수 있는 것이 아니겠느냐고 사람들은 흔히 생각하기가 쉽다.

그러나 재주 좋은 장인이 미처 나무를 보지 못하면 좋은 재목이 되지 못하듯 아홉 길이나 되는 산을 만들 때 한 소쿠리가 모자라 완전한 도를 이루지 못한다면 나중에 후회하게 됨을 지적했다.

그러므로 도를 깨달아 무궁한 이 우주적 존재인 한울님과 더불어 사람

역시 무궁함을 깨닫는 곳에 도의 본체가 있음을 역설했다.

특히 여기에서 세상 모든 사람이 올바른 마음으로 수도해 도달하는 경지인 무궁한 나를 『시경』의 興(흥)과 比(비)로 비유했다.

무궁한 나란 바로 시천주를 깨닫고 이에 이르는 길을 의미한다. 나아가 세상 모든 사람이 무궁한 나로 거듭 태어나 무궁한 나인 신선의 삶을 이 지상에서 이루기를 기원했다.

74.

철종 12년, 신유년, 1861년, 8월.

팔월에 들자 이번에는 지역 유생들이 무더기로 일어나 동학을 서학으로
몰았다.

주자학을 맹신하는 고루한 자들이 힘을 합쳤다.

서학도 사람이 모두 평등한 존재라고 가르쳤으므로 당시 박해를 받고
있었다. 서학은 신해년에 신주를 불사르고 제사를 폐지한 사건과 그 후 을
묘년에 중국인 신부 주문모로 인한 사태와 신유년에 일어난 황사영의 백
서 사건으로 많은 사람이 죽었다.

유생들은 애먼 동학을 서학으로 몰아 제가 무슨 소리를 하는지도 모르
면서 설쳤다.

수운은 유생들의 공격을 피하고 일부 백성들의 오해를 풀기 위해 동학
의 가르침이 서학과 다르다는 것을 제자들과의 문답을 통해 거듭 밝혔다.

팔월 하순에 「안심가」를 지었다.

세상 모든 사람에게 세상살이가 어렵고 이렇게 험한 일이 많은 것도 결
국은 새로운 세상을 맞이하기 위한 한울님의 뜻이고 그 뜻으로 정해진 것
이니 한울님의 본뜻을 잘 헤아려 안심하라 했다.

또 세상 사람들이 동학을 비방하나 그 역시 한울님이 정한 바이고 지금의 어려움 역시 한울님이 정한 바이니 그 이치를 헤아리고 오직 한울님의 뜻과 가르침에 따라 살아가라고 했다. 불택선악이라는 말로 한울님이 우주 만상에 고르게 은덕을 내린다는 것을 가르쳤다.

75.

철종 12년, 신유년, 1861년, 8월.

팔월 십 일.

경상이 용담에 가 수운에게 인사를 올렸다.

수운은 도가 일정한 경지에 들면 하늘의 소리를 들을 수 있다고 가르쳤다.

도인 몇 사람이 말 살에 쇠 살로 천어를 들었다고 수운 앞에서 미친년 방아 찧듯 자랑했다. 서학에 들어가 말 죽은 밭에 까마귀같이 기웃거리다가 딱히 먹을 것이 없자 이번에는 동학으로 온 자들이었다.

수운은 그들이 말만 앵무새라는 것을 알면서 일단 그러냐고 겉으로 용인했다.

믿는 나무에 곰이 필 리가 있나. 경상은 남들이 잘도 듣는 천어를 아직 듣지 못한 것은 자신이 정성이 부족하기 때문이라고 생각했다. 경상은 부끄러웠다.

"선생님 오늘은 일찍 집으로 돌아가겠습니다."

경상이 허리를 굽히자 수운이 만류했다.

"날이 저물어 가는데 어찌 먼 길을 가겠소? 오늘은 여기서 주무시고 내일 가지 그러시오."

경상은 끝내 고집을 부려 칠십 리 밤길을 상좌 중 법고 치듯 걸어 금등골로 돌아갔다.

경상은 그날부터 밤낮으로 주문을 외웠다. 낮에는 싸리문 앞 나무 그늘
에 자리를 깔고 주문을 외웠고 밤에는 대문에서 조금 떨어진 대숲 아래 개
울에 들어가 몸을 담그고 주문을 외웠다.

구월에 들자 유생들의 음해는 더욱 기승을 부렸다. 아주 군을 풀어서 입
도를 방해했다. 숫돌이 저 닳는 줄 모른다더니 경주뿐만 아니라 인근 고을
에서도 꼴뚜기가 뛰니 망둥이까지 날뛰었다.

경상은 주문을 외는 수련에 진척이 없자 낮에는 방문에 멍석을 걸고 조
용한 방안에서 수도했다. 가만히 바라보는 창밖으로 속절없는 바람이 스
쳐갔다.

밤에 찬물에 몸을 담그고 주문을 외는 수행은 계속했다. 또 한 달이 지났
으나 아무런 진전이 없었다.

경상은 이번에는 단식에 들어갔다. 물만 마시며 주문을 외웠다. 그러나
스무날이 지나도 몸만 여위고 천어는 들리지 않았다.

귀얄로 비빈 자리에 가벼운 마른 꽃씨만 수더분하게 남았다.

76.

철종 12년, 신유년, 1861년, 겨울.

시월에 들자 결국 경주 관아에서 동학을 지목하기 시작했다.
부사가 개닥질하는 유생들의 눈치를 보지 않을 수가 없었다. 사람을 보내 수운에게 활동을 중지하라고 통보했다.
수운은 관의 지시를 무시하면 세상을 깔보고 지방 수령을 업신여긴다는 오해가 일어날까 염려했다.
또 백성들이 이적과 치병에만 집착해 한울님 모시기를 등한히 하는 것도 염려가 되었다.
'소나기는 일단 피하고 보자.'
수운은 자신이 사람들의 이목을 피해 잠시 다른 지방으로 피신하는 것이 좋겠다고 생각했다. 석류처럼 알알이 붉은 뜻을 누가 다 알아주리오.
여러모로 생각을 정리하고 동짓달 초순에 장기에 사는 최중희와 같이 용담정을 나섰다. 최중희는 나중에 장기 접주가 되는 사람이다.
처음 찾은 곳은 아내의 고향인 울산이었다.
울산에는 서군효를 비롯한 여러 친구와 도인들이 맞아주었다. 서군효는 다음 해 울산 접주가 되고 나중에 필제와 같이 영해에서 의거를 일으키는 인물이다.
"말간 햇빛 속에도 혼자 우는 새가 있답니다."

서군효가 수운을 위로했다.

"아주 옛날에 살던 사람들은 이민족을 정벌할 때 먼저 이민족 무녀를 잡아 고시레로 때려 죽였다고 합니다. 전쟁터에서 무녀들은 전선 최첨단에 서서 북을 치며 군사들의 사기를 이끌었습니다.

무녀가 북을 치면 군사들은 고함을 질러 서로 간에 기세를 과시했답니다. 북소리는 부족의 신들을 불러일으키는 힘을 가지고 있다고 믿었지요.

그러니 상대편 무녀를 먼저 죽여야 상대편 부족의 신을 억눌러 싸움의 승기를 잡을 수 있었습니다. 옛날 전쟁은 신들의 전쟁이었던 셈이지요.

그래도 그때는 그런 낭만이라도 있었지요.

선생님 우리는 지금 잘못된 세상과 무기 없는 전쟁을 벌이고 있습니다. 선생님은 우리 앞에서 북을 울리는 선각자이십니다.

오호에 명월이 비치는 한 배를 못 띄울 일을 없습니다. 부디 우리를 위해서라도 몸을 잘 살펴주시기 바랍니다."

서군효는 초례날 나무 기러기처럼 싱그런 눈빛을 보냈다.

수운은 묵묵히 고개를 끄덕였다.

여시바윗골에 가 보았다. 돌벼랑 위 아득히 펼쳐진 노을에 들새 무리가 비껴 날았다. 싸리꽃이 피던 들판에는 붉게 물든 구름만 몰려 있었다.

세 칸 초가집은 불에 타 없어졌다. 남의 소유가 된 고래논 여섯 두락은 벼를 베어내고 잿빛 밑둥치만 남아 쓸쓸하게 겨울을 나고 있었다.

철점을 하던 자리에도 가 보았다.

토둑은 헐어 거의 무너질 지경이고 토철과 목탄을 산처럼 쌓아두었던 작업장에는 차가운 겨울바람만 무심하게 지나갔다. 노래가 절로 나왔다.

'인생은 익어도 근저가 없는 것
바람에 휘날리는 길바닥 위의 먼지와 같다.
흩어져 바람을 따라서 뒤집히더니
이는 벌써 떳떳한 몸이 아닌 것을 알리라.
땅에 떨어져 형이다 아우다 하는 것이
어찌 반드시 골육 간의 친척에만 한할 것인가.
기쁜 일을 만나거든 마땅히 즐김을 누릴 것이니
말술을 앞에 놓고 이웃 사람들을 불러라.
청춘은 거듭 오는 것이 아니요
하루해는 다시 아침을 바라기 어려우니
좋은 때를 잊지 말고 마땅히 힘쓸진저
세월은 사람을 기다리지 않는다.'

수운은 감회가 새로웠다. 처절한 가난을 겪으며 도를 구하던 세월이 바로 어제 같았다. 가슴에서 뭉클한 것이 올라왔다.

그때의 수운과 지금의 수운은 같지 않았으나 그때의 수운 없이 지금의 수운이 있을 수도 없었다. 겪어내야 할 고난은 아직도 변함없이 계속되고 있었다.

그러나 지금은 무극대도의 씨를 뿌리는 시기이다. 이런 고난이야말로 한울님이 주시는 은혜일 것이다.

땅에서 엎어진 자는 땅을 짚고 다시 일어난다.

허공도 등에 지니 도구대처럼 무거웠다. 울산에서 며칠 지내고 누이동생이 사는 부산으로 갔다.

누이동생은 김진구에게 시집가 진양에서 군조롭게 살다 경신년에 부산으로 내려갔다. 김진구는 떡 떼어 먹듯 성실한 사내여서 누이동생은 배곯지 않고 살고 있었다.

부산에서 며칠을 지낸 수운은 배편으로 웅천으로 갔다. 웅천에는 서 씨 어머니의 오빠가 살았다. 오랜만에 외삼촌을 만나러 갔다. 그러나 외삼촌이 병을 얻어 누워 있었다.

노인들 건강은 봄눈과 같다. 외삼촌은 정신이 맑지 않아 대화를 나누기가 어려웠다. 수운은 가만히 외삼촌의 손을 잡아 병을 치료해 드렸다.

건강을 회복한 외삼촌이 며칠 묵어가라 간청했으나 물 위에 수결 놓듯 인사만 드리고 다음 날 웅천을 떠났다.

다음은 고성으로 가 나중에 고성 접주가 되는 성한서의 집에 며칠 머물었다

성한서는 풍신을 신선처럼 가꾸어 얼굴에서 빛이 났다.

저녁상을 물리고 성한서가 수운에게 말했다.

"선생님 제가 문제를 하나 내겠습니다. 계란을 주둥이가 좁고 길쭉하지만 아래는 커다랗게 불룩한 유리병에 넣었습니다.

계란에서 병아리가 나와 커서 큰 닭이 되었습니다. 병 입구가 작아 다 자란 닭은 밖으로 나갈 수가 없었습니다.

이 닭을 병도 깨지 말고 닭도 죽이지 않고 꺼내 보십시오."

수운이 빙긋 웃으며 대답했다.

"병은 마음이요 닭은 바로 나이다. 닭이 애당초 병 안으로 들어간 적이 없는데 어떻게 다시 꺼낸단 말인가?"

성한서가 크게 웃으며 좋아했다.

"마음은 존재의 본질이 아니네. 마음은 얼이 현현하는 기제일 뿐일세. 몸과 마음을 넘어서 얼을 찾아 간직하시게. 얼에는 항상 한울님이 함께 계시네."

고성을 떠나던 날 수운은 성한서를 불렀다.

"여보게 손바닥을 나에게 보여주게."

성한서가 손바닥을 내자 수운이 손바닥으로 성한서의 손바닥을 쳤다.

딱! 소리가 났다.

"이 소리는 자네 손바닥에서 나는 소리인가? 아니면 내 손바닥에서 나는 소리인가?"

성한서가 바로 대답했다.

"한울님 손바닥에서 나는 소리입니다."

수운은 만족해 고개를 끄덕였다.

"더 열심히 정진하시게."

고성을 떠난 수운은 배편으로 여수로 갔다. 여수 덕충동에서 충민사를 참배했다.

다시 승주로 올라와 구례를 거쳐 남원으로 향했다.

수운은 여러 곳을 지나며 계속 글을 썼다.

구례에서 「교훈가」를 지었다.

자손들과 조카들에게 주는 글로서 지난 세월을 담담하게 노래했다.

여러 제자들도 보게 될 것이다. 젊은 시절 주유팔로하며 장삿길을 돌던 경험과 세상을 구할 도를 구하려 경주하던 노력을 읊었다. 스스로 세운 높은 뜻을 지켜나가면 이내 좋은 결과가 오게 되고 삶의 진정한 기쁨을 얻게 되리라고 노래했다.

경신년 사월에 한울님으로부터 세상의 어느 사람도 받지 못했던 무극대도를 받은 일과 세상 사람들의 비방과 모함을 어쩔 수 없는 시대의 운수로 보고 묵묵히 감내하는 심정을 읊었다.

그리고 어떤 어려움이 있어도 수도를 열심히 해 바르게 도를 닦아 새로운 후천의 운수에 동참하도록 제자들에게 간절하게 당부했다.

77.

철종 12년, 신유년, 1861년, 11월.

구례에서 남원으로 가던 중이었다.

화엄사에 들렀다 내려와 섬진강을 따라 걸어 용강리에 이르렀다.

마을 입구 신목 아래서 웬 사내가 찬바람이 부는데도 웃통을 벗은 채로 복날에 개 잡듯 신목 밑둥에 도끼질을 하고 있었다.

마을 사람들이 사내와 조금 떨어진 모퉁이에 모여 서서 사족 성한 병신처럼 어찌할 바를 모르고 소경 아이 낳아 만지는 시늉을 했다.

오래 산 물박달나무는 결이 단단하고 촘촘해 날이 무딘 도끼를 내리치는 대로 퉁겨 버렸다.

수운이 가까이 다가가자 웅성거리던 사람 중에서 흰 수염을 길게 기른 마을 촌로가 그냥 가라고 손짓했다.

최중희가 촌로에게 물었다.

"무슨 일이랍니까?"

촌로가 혀를 차며 말했다.

"저 사람이 귀신이 들렸소. 멀쩡하던 사람이 며칠 전부터 제정신을 잃고 매일같이 성황당 나무를 도끼로 찍는다오."

최중희가 사내를 자세히 보니 땀을 뻘뻘 흘리는 얼굴에 눈자위가 허옇게 돌아가고 힘없이 벌어진 입에서는 사악한 미소가 어리고 침이 새어 나와 줄줄 흐르고 있었다.

"무슨 연유가 있어 저렇게 되었답니까?"

"얼마 전에 안사람을 병으로 잃고 나서부터 마음이 많이 상했던 모양이오. 초상을 치르고 두문불출하기에 시간이 좀 지나면 좋아지겠지 하고 심각하게 생각하지는 않았다오.

그런데 며칠 전 새벽에 문을 박차고 나온 이후로는 매일 저 모양이오. 젊은 사람이라 소 죽은 귀신같이 워낙 기세가 사나워 우리도 어찌할 바를 모르겠으니 이 일을 어쩌면 좋겠소?"

최중희도 혀를 찼다. 그인들 뾰족한 대책이 있을 리 없었다. 최중희는 수운을 바라보았다.

수운은 깊은 눈길로 담담하게 사내를 쳐다보고 있었다. 그러더니 성큼성큼 걸어 사내에게로 다가갔다.

사내는 수운이 다가가는 줄도 모르고 도끼질에 여념이 없었다. 그러더니 갑자기 부들부들 떨면서 도끼를 떨어뜨리고 돌아서 수운을 바라보았다. 수운은 가만히 사내를 안고 작은 소리로 주문을 외웠다.

"시천주 조화정 영세불망 만사지."

순간 사내의 몸에서 늦바람이 용마름 벗긴 듯 힘이 빠져나갔다. 사내는 주저앉더니 그대로 정신을 잃고 누워 버렸다.

촌로가 한 아낙을 시켜 물을 떠다 사내의 입에 붓게 했다. 차가운 우물물이 몸에 들어가자 사내는 눈을 뜨고 엉거주춤 일어나 앉았다. 마을 사람들이 비로소 사내 주위로 우우 몰려갔다.

사내가 생뚱맞은 말을 했다.

"날씨도 추운데 사람들이 왜 이리 모였소?"

촌로가 기가 막혀 할 말을 잊었다.

"이 사람아, 땅내가 그리 고소하던가? 어서 일어나기나 하게. 자네가 오늘 하늘이 내린 신인을 만났네. 그래 이제 제정신이 돌아왔는가?"

사내가 무슨 소리를 하는가 하고 눈을 둥그렇게 만들었다.

"어르신 노망이 들렸소? 내가 뭐 어쨌다고 그런 말씀을 하시오?"

마을 사람들이 머루 먹은 속이 풀려 와르르 웃고 말았다.

수운은 용강리를 떠나 한참 가다가 「강시」를 하나 지었다.

'삼 칠 자 주문을 그려내니 세상 악마를 모두 굴복시킨다.'

경주를 떠난 지 어느덧 두 달이 지났다.

섣달 보름.

수운은 남원에 도착했다. 광한루 오작교 밑에 있는 한약방을 찾아갔다. 경주를 떠날 때 남문 밖에서 약종상을 하는 최자원이 노자로 쓰라고 귀한 약재를 골라 주었다.

이것을 돈으로 바꾸려면 한약방에 들러야 했다. 당시 약재는 한약방 어디에서나 돈으로 바꿀 수 있었다.

서형칠은 오작교 밑에서 한약방을 운영했다. 구레나룻을 풍족하게 길러 대인의 풍모가 역력한 사람이었다.

서형칠은 수운과 잠시 대화를 나누어 보고 범상한 사람이 아니라 생각했다. 자신이 힘 닿는 대로 돕겠다고 나섰다.

"탕약이란 막대기를 세우자마자 그림자가 나타나듯 그렇게 효과가 빠르게 나타나지는 않습니다. 선생님의 도도 백성에게는 탕약과 같지만 이루어지려면 많은 세월이 필요하지 싶습니다."

수운은 며칠간 서형칠의 집에 머물렀으나 한약방이라 찾아오는 사람이 많아 서형칠의 생질 공윤창의 집으로 거처를 옮겼다.

며칠 후 서형칠과 공윤창이 제자의 예를 올리고 도에 들어왔다. 이어 서형칠이 인도해 양형숙·양국삼·양득삼·서공서·이경구가 차례로 입도했다.

어느 날 서형칠이 수운을 찾아왔다.

"선생님, 저도 한울님을 만날 수 있겠습니까? 선생님께서 저를 위해 기도해 주실 수 있겠습니까?"

수운이 조용히 타일렀다.

"세상에는 스스로 할 일들이 있다네. 아름다운 여인을 안고 싶으면 직접 안아 보아야 진정한 기쁨을 느낄 수 있겠지? 맛있는 음식을 먹고 싶다면 직접 먹어 보아야 진정한 맛을 느낄 수 있지 않겠소?

자네는 이미 한울님을 모시고 있으니 성심으로 기도하고 주문을 외면 꼭 한울님이 감응할 것이오."

서형칠은 수운에게 큰절을 올리고 물러갔다.

서형칠이 주선해 수운은 신유년 섣달그믐께 거처를 남원 교룡산성 안에 있는 덕밀암으로 옮겼다.

남원읍에서 서쪽으로 십 리쯤에 교룡산성이 있고 산성의 북쪽 오른편에 밀덕봉과 복덕봉이 높이 솟아 있다. 복덕봉 동쪽 기슭 작은 봉우리에 층암 첩석이 하늘을 향하고 있는 사이에 그림처럼 오래된 암자가 하나 있었다.

암자 마당에서 보면 아득하게 지리산 노고단 봉우리가 보였다. 아래로 는 남원읍이 시원하게 한눈에 들어왔다. 이곳에서 바라본 지리산은 하늘 에 떠 있는 듯 거대하고 장엄했다.

이끼 낀 석조 석구와 부러진 주초, 깨어진 기와 조각이 흩어져 있어 오래 되어 허물어가는 낡은 암자였지만 방 두 칸에 부엌이 달린 작은 기와집이 었다.

수운은 방 하나를 얻어 청소하고 덕밀암의 이름을 은적암이라 스스로 고쳐 지었다.

최중희가 수운에게 좋은 이야기를 하나 해달라고 졸랐다. 수운이 잠자 코 있더니 보따리를 풀었다.

"어떤 스승이 제자에게 가르쳤다.

'세상은 차별로 이루어지지만, 사람의 본성은 영원하고 단일한 실재이므 로 자네가 바로 신이란다.'

이 말을 들은 제자는 온몸에 파도 같은 전율이 일어 자신이 구름이 되어 하늘을 나는 환희를 느꼈단다. 갑자기 새로운 세계를 만난 제자는 자신도 잊은 채, 길 한가운데를 걸었단다.

길 저편에서 말 떼를 몰고 오던 몰이꾼이 다급하게 소리 질렀단다.

'젊은이, 길가로 물러나게. 그대로 있으면 다친다네.'

그러나 제자는 물러나지 않았다네.

'나는 신이다. 말도 신이다. 신이 왜 신을 두려워할 것인가?'

말 떼는 화가나 뒷다리로 제자를 차 버려 제자는 길 밖으로 굴러가다 나무에 부딪혀 다리가 부러졌네.

제자가 절뚝거리며 겨우 스승에게 가자 스승이 웃으며 말했다네.

'그래 너는 신이다. 말도 신이다. 말 몰이꾼도 신이다. 그런데 너는 신인 말 몰이꾼이 길을 비키라고 했는데도 왜 신의 말을 귀담아 듣지 않았느냐?'

제자는 아무 말도 하지 못했단다."

"산 너머 또 산입니다."

최중회가 웃으며 좋아했다.

한 해가 저물어가는 시기였다. 은적암 아래쪽에 있는 선국사에서 울리는 종소리가 마음을 다잡게 해주었다.

수운은 밤새워 「논학문」의 초를 잡았다.

수운은 최중회와 선국사로 내려가 중과 함께 새벽 불공을 드리면서 새해의 새 운을 기원했다.

밤이 되어 촛불 아래 누워 엎치락뒤치락하면 벗과 제자들이 생각났고 두고 온 처자식이 그리웠다.

이날 밤, 수운은 「도수사」를 지었다.

용담을 떠나 여러 곳을 들르며 무극대도를 받은 이후 제자들이 구름처럼 모이던 광경을 여창에 기대어 회상했다. 도법을 직접 가르칠 수는 없으나 남아 있는 제자들은 성과 경 두 글자를 잘 지켜 수도에 전념하라고 당부했다.

그리고 지난 시절 유학의 연원이 바르게 전해지지 못했던 사실을 거울 삼아 한울님의 도를 바르게 전할 수 있도록 힘을 쓰라고 당부했다.

도를 닦는 제자들은 너무 성급하게 천명을 기다리지 말고 사람의 도리를 다한다면 천명이 스스로 다가오리라고 가르쳤다.

그리고 세상에 올바른 도가 잘못 전해지는 여러 이유와 원인을 제시했다. 특히 제자들은 스승의 가르침을 어기지 말며 자기 멋대로 공부하는 잘못을 저지르지 말라고 당부했다.

자신은 비록 멀리 떠나 있으나 바른 마음과 바른 가르침에 의지해 정심으로 수도해 춘삼월 호시절과 같은 후천의 좋은 세상을 맞자고 했다.

몸은 멀리 떠나 있어도 항상 제자들을 생각하고 그리워하는 정회를 적었다.

이어 「권학가」를 지어 신유년 세모에 느끼는 감회를 읊었다.

78.

철종 13년, 임술년, 1862년, 2월.

조선의 부세는 초기의 조·용·조 체제가 후기로 오면 삼정 체제로 변한
다.

삼정은 전정·군정·환곡이다.

전정은 토지세, 군정은 십육 세에서 육십 세의 장정에게 부과된 군포를
일컫는다.

환곡은 관청에서 춘궁기에 곡식이 떨어진 농가에 곡식을 나누어 주어
백성들이 생계를 잇고 농사에 대비하도록 했다가 가을 수확기에 돌려받는
농민 구제책이었다. 다만 운영 과정에서 원곡이 축나는 부분을 보충한다
는 명목으로 모조라고 해 일할 정도 이자를 붙였다.

그런데 전정과 군정만 받아서는 나라의 재정이 부족해지자 환곡 모조의
일부를 호조와 상평창에 상납하여 부족한 재정을 충당하게 했다.

그러나 뻐꾸기도 한철이라 점차 들어오는 것보다 쓰는 것이 많아 재정
이 파탄 난 상태가 뺑덕어미 외상 빚 걸머지듯 만성화되면서 조정과 산하
부서는 물론 지방의 감영·병영·진영 그리고 군현이 독자적으로 환곡을 설
치 운영해 재원으로 삼기 시작했다.

그러다 보니 나라를 운영하는 재정은 점점 환곡에 의존하게 되었다.

소도둑놈이 따로 없었다. 당연히 농민이 내는 환곡 모조가 오르면서 점

차 백성들의 부담이 커졌다.

원래 군현의 창고에 보관한 환곡은 원곡 가운데 반은 창고에 두고 나머지 반을 농민에게 분배하는 것이 원칙이었다.

그러나 임술년에 이르면 이러한 원칙이 무시되어 창고 안의 모든 곡식을 억지로 농민에게 분배했다. 이것을 진분이라 했다.

진분은 어떻게든 농민을 수탈해 정부 기관에 부족한 재정을 메우려는 얄팍한 술수였다.

환곡을 진분하는 외에도 여러 가지 이유로 창고의 환곡이 줄어들었다.

먼저 환곡을 받은 농민 가운데 계속되는 흉년으로 모조는커녕 원곡조차 갚지 못하는 농민이 늘어났다. 또는 지방관청에서 중앙에 상납할 세금이 제대로 걷히지 않아 우선 창고에 있는 환곡으로 바치다 보니 자연히 환곡의 양은 줄어들 수밖에 없었다.

그러나 이는 공식 문서로 오가는 이야기고, 환곡이 줄어들어 창고의 곡식이 비게 된 실질적이고 가장 주된 요인은 관청 서리들의 횡령 때문이었다.

소라껍질은 까먹어도 한 바구니고 안 까먹어도 한 바구니였다. 서리들은 농민들에게 받은 환곡을 장부에만 받아서 보관중이라 기록하고 실제로는 횡령했다. 이것을 포흠이라 했다.

이로 인해 장부에는 환곡이 원래대로 있지만 실제로는 창고가 텅텅 비어 버렸다.

환곡 창고가 비어도 조정에 바치는 모조나 지방관청 경비로 쓰이는 모조는 반드시 마련해야 했다. 농민은 서리가 붓끝으로 분배한 환곡 양에 따라 모조를 내야 했으므로 수확 때가 되어도 쌀 한 톨 손에 만져 볼 수 없었다.

서리들은 환곡을 받지 않겠다는 백성에게 강제로 짚이나 모래가 가득 섞인 쌀을 빌려주거나 저울을 속여 적은 양을 빌려주고는 가을에 돌려받을 때는 옳은 알곡을 저울대로 받아 갔다.

농민들은 환곡을 받지 않고 차라리 서리들이 책정한 이자만 내면 오히려 이득이라 생각할 정도였다.

서리들의 부패는 수령들의 부정과 무능에서 비롯되었다.

왕은 이름만 있을 뿐 정치의 실권은 안동 김씨가 전횡했다. 따라서 세도가와 줄이 닿으면 무슨 일이라도 할 수 있었다.

관직은 세도가에 돈을 주면 얼마든지 살 수 있었다. 돈을 바쳐 벼슬자리를 얻은 관리는 들인 밑천을 빼기 위해 백성들로부터 수단 방법을 가리지 않고 신이 나서 재물을 빼앗아갔다. 이러한 상황은 함경도 수자리에서 제주도에서 남쪽 먼 섬까지 매일반이었다.

식전 개가 똥을 참지, 조정이 새삼스럽게 단속을 시작하자 포흠 난 곡식을 다시 채워 놓기 위해 관청에서 나온 방책이 도결이었다.

도결이란 관의 재정이나 부세의 모자라는 부분을 충당하기 위해 원래 징수권을 행사해 오던 호수로부터 토지 일 결당 매겨지는 결가의 책정권을 빼앗아 관에서 직접 행사하는 것을 말한다.

관이 결가를 높이 책정해 부세 차액을 재정 부족분에 충당하겠다는 꼼수이다. 차라리 어린아이 고추 끝에 붙은 밥알을 뜯어 먹지, 이것은 방책이라 할 수도 없는 간악한 도둑질이었다.

이러한 수탈에 가장 큰 피해를 보는 계층은 소작농이다.

그들은 남의 토지를 경작해 농사를 짓는 것만으로는 생계를 꾸릴 수 없었다. 그래서 농번기가 되면 다른 부농에게 노동력을 제공하거나 아니면 농한기에 땔감을 만들어 시장에 팔았다. 부녀자들은 베짜기나 김매기에 매달리고 지주의 부엌일을 도왔다.

부부가 새벽 별을 보고 나가서 저녁별을 보고 집에 들어와도 자식 데리고 하루 두 끼 먹기가 벅찼다. 매년 빚만 늘어났다. 정말 이상한 나라였다.

지주의 지대와 노동력 수탈 외에도 빈농은 고리대에 시달렸다. 결국 농촌을 떠나 떠돌며 비럭질을 하거나 산골 깊숙이 들어가 화전을 일구거나 그렇지 않으면 화적이 되었다. 또는 광산 노동자나 지게꾼, 하역 노동자로 전락했다.

빈농이 야반도주한 지역에 남은 백성들이 연대책임을 지고 떠나간 사람들의 부세 몫까지 내야 했다. 이것을 인징이나 족징이라 했다.

땅을 가지지 못한 양반 사족들도 수탈에서 피할 수 없었다. 두어 대 관직에서 벗어나면 어물전 털어먹고 꼴뚜기 장사를 해야 했다.

집안에 과거 합격자를 가진 각 지역의 사족들은 유향소를 통해 향리들을 견제하고 수령의 자문에 응하면서 향촌에서 지배력을 유지했다.

향회를 통해 유향소의 좌수·별감 같은 향임을 선출했고 이들을 통해 향리들을 통제하고 부세 운영에 영향력을 행사했다. 또 향안과 향규를 만들어 그들의 위세와 특권을 유지했다.

향약과 서원을 운영하며 유교 윤리를 확산시켜 기득권을 유지할 수 있었다.

그러나 임술년에 이르면 전국에 걸쳐 상품경제가 발전하고 신분제가 흐트러지면서 사족이 잡아 흔들던 향촌 기류도 흔들리고 있었다.

지리산 동쪽에 자리 잡은 진주는 경상우도에서 가장 큰 읍이어서 행정 단위로는 진주목이었다.

통일신라 때부터 구주의 하나인 강주의 중심 지역이었다. 다른 큰 읍처럼 고려 때는 여러 고을을 속읍*으로 거느렸다.

고려 후기부터는 점차 속읍이 독립해 떨어져 나갔다. 독립한 속읍에는 관리가 파견되었다.

조선 후기 숙종 때 진주 일부 지역이 하동으로 편입되었다.

그래도 당시 진주의 영역은 넓었다.

서쪽으로는 하동군 적량·옥종·청암면 대부분과 횡천면 일부를 포함하고 동쪽으로는 마산 진전면 일부가 들어가고 남쪽으로는 사천만 일대와 축동, 삼천포 부근 그리고 바다 건너 남해군 창선면을 안았다.

북쪽으로는 천왕봉에서 이어지는 능선을 따라 함양군 마천면과 산청군 금서면 지역과 경계를 이루었다.

북쪽 지리산에서 흘러온 남강이 고을 도회지의 남쪽을 돌아 중앙을 관통해 멀리 동쪽으로 흘러 낙동강과 합류했다.

---

* 수령이 파견되지 않고 인근 고을의 통솔을 받는 작은 고을.

174

진주는 읍의 규모가 큰 만큼 환곡의 양도 다른 지역에 비해 많은 편이었다.

진주는 이미 물 대는 기술로 보가 확산해 강변 낮은 지역에 새 경작지가 개간되어 있었다. 또한 이앙법이 다른 지역보다 앞서 도입되었다.

그래서 진주는 약 사만여 석의 환곡을 보관하고 있었다. 그런데 이 환곡이 장부상으로만 있을 뿐 실제로는 전임 수령과 향리들이 모조리 착복해 버려 쌀은 한 톨도 남아 있지 않았다.

작년인 신유년 십일월.

진주 목사 홍병원은 관내 환곡 창고를 조사했다.

장부에 적혀 있는 바로는 쌀이 산처럼 쌓여 있어야 할 환곡 창고에는 쌀 대신 부황든 허깨비도 보이지 않았다. 쌀 썩는 냄새 대신 남강을 넘어온 마른 바람만 휙 하니 지나갔다.

진주 환곡 포흠은 오래전부터 계속되고 있었고 포흠한 자들은 태반이 도망하거나 죽었고 장부도 대부분 분실되었다.

장부에 기록이 있어도 거둘 농가가 사라져 전혀 조치할 방도가 없다고만 적혀 있었다. 경저리와 지방 수령들의 수작이었다.

홍병원은 이러한 상황을 감사에게 보고했다.

감사는 해결책으로 지징무처 이만 팔천여 석에 대하여 이자를 받지 말고 몇 시기로 나누어 거두고 그 일부는 환곡 액수가 적은 읍으로 이송하여 세금을 받게 해달라고 비변사에 건의했다.

비변사는 감사를 처벌하고 포흠을 저지른 자들은 잡아들여 엄한 형벌로 다스리라 했다.

감사는 뇌물을 써 처벌을 면하고 진주 목사에게 포흠 수납 책임을 넘겨 개 잡듯이 재촉했다.

혹을 떼려다 더 큰 혹을 붙인 홍병원은 그 부담을 진주 백성들에게 떠넘겼다.

사실 환곡의 포흠 양을 민간의 토지에 전가해 징수하기 시작한 것은 지난 을묘년, 당시 목사였던 이곡재 때부터였다. 그 이후 삼 년을 수령들이 이런 짓을 계속했다.

처음에는 일 년에 한 차례 두 냥을 거두었으나 그 뒤로 점차 액수가 커졌다. 무오년에는 일 년에 두 차례나 징수하여 백성들의 불만이 컸다. 이로 인해 무오년과 기미년 두 해 사이 백성 삼천삼백여 호가 진주를 떠났다.

다음 해 경신년.

목사 신억이 두 냥 오전을 거두려 했으나 여론이 들끓어 교체되었다.

홍병원은 신억의 뒤를 이어 부임했다. 그 역시 다른 방법이 없어 도결을 시도했다.

향회를 소집해 사족이 도결을 논의하게 하고 동시에 각 면 부세 담당자인 훈장들을 차출하여 논의에 곁다리로 참여시켰다.

이렇게 불과 수십 명이 억지로 한 논의를 근거로 홍병원은 도결을 결정했다.

이때 토지 한 결당 부담 액수는 여섯 냥 오전이었다. 이전 부담액이 한 결당 두 냥 오전이었던 데 비하면 엄청나게 오른 금액이었다.

당시 진주의 토지 면적은 만오천여 결이었다. 이에 실제로 경작하는 토지를 만 결만 잡아도 도결 액은 모두 육만오천 냥이 되고 쌀로는 이만 석이 넘었다.

이것은 홍병원이 부임 초기에 감사의 질책을 면하려 환곡 포흠 총액을 한꺼번에 해결하려 무모하게 저지른 짓이었다.

등잔불에 콩 볶아 먹을 놈이었다.

여기에 더해 진주에 있던 경상우병영에서도 홍병원의 도결 결정을 틈타 병영의 환곡 포흠을 해결하고자 했다.

원래 경상도 우병마사 병영은 창원에 있었다. 임란 때 창원의 합포영이 불타 없어지자 진주 촉석성으로 우병영을 옮겼다.

병영의 재정은 초기에는 관둔전과 공물에 의지했으나 나중에는 다른 관청과 마찬가지로 병영곡을 확보하여 병영 예하의 각읍에 환곡으로 분급하여 받는 모조가 중요한 수입원이 되었다.

환곡은 병영에서 직접 운영하기도 하고 일부는 각읍에 분급하기도 할 정도로 그 양이 다른 고을에 비해 많아 대개 팔만여 석에 이르렀다.

병영 환곡 분급은 호를 기준으로 하지 않고 토지 면적을 기준으로 했다. 토지 팔 결을 일 부라 하여 토지 일 부당 오십여 석을 분급해 백성들에게는 큰 부담이었다.

본래 병영의 환곡은 셋에 둘은 창고에 보관하고 나머지 하나를 분급해야 함에도 병영에서는 가분*과 입본**이라는 편법을 썼다.

이러한 병영과 관청의 비리로 진주 백성들은 이중으로 고통 받았다.

견디지 못한 백성들은 병영과 조정에 호소해 보았으나 이들이 딱따구리 부작으로 한통속이라 해결될 리가 없었다. 오히려 병영에 끌려가 보복을 받았다.

지역 농민을 대표한 사족이 비변사에 호소했다가 병영에 잡혀가 장을 맞아 거의 죽음 직전에 풀려 나왔다.

백성들은 차라리 읍의 환곡을 받을지언정 병영의 환곡은 받지 않겠다고 했다.

이런 경상 우병영의 환곡을 조정에서 재정 부족을 이유로 자주 거두어들여 애초 팔 만여 석이었던 양이 사오만 석만 남게 되었다. 이렇게 병영곡이 줄자 병영에서는 자체 재정 충당을 위해 토지 일 부당 분급률을 점차 늘여서 보유하고 있는 환곡을 모두 분급했다.

이렇게 해도 재정이 부족하자 원곡을 떼어먹기 시작했다. 병사와 서리가 대놓고 포흠을 해 경신년에 이르면 환곡 삼만오천사백 석 가운데 이만 칠백 석이 사라지고 없었다.

병영에서는 진주목이 도결을 결정한 것을 기회로 이러한 결속분을 해결하려 시도했다.

진주가 병영의 소재지이므로 그 책임을 진주 백성에게 전가할 수밖에

---

* 여러 가지 명목을 만들어 규정 이상의 환곡을 분급하는 것.
** 분급 이전에 곡식의 가격을 예상해 미리 매석 당 한두 냥을 받는 것.

없다고 우겼다. 우병사 백낙신은 임술년 정월에 읍내 백성들을 불러 모아 회유 협박하여 약 육만 냥을 통환*으로 충당하도록 결정했다.

통환을 자기들이 먹어 치운 포흠을 백성에게 전가하는 수단으로 써먹은 것이다.

진주목의 도결 결정으로 여론이 들끓고 있었는데 병영의 통환 결정까지 내려지자 백성들은 보리죽에 물 탄 것처럼 대책이 망연해 어쩔 줄을 몰랐다.

진주 지역에는 진주관아 근처 읍내장을 비롯해 반성장·초촌장·영현장· 엄정장·만가장·사일장·수곡장·대야천장·뭉암장·덕산장·북창장·안간장 등 여러 장시가 번성했다. 진주 안에서는 매일 장이 서고 여기저기서 장이 겹쳤다.

진주는 경남 서부 여러 고을의 조세를 모아 전라와 충청 앞바다를 통해 한양까지 운반하는 우조창이 있었다. 부화곡리의 가산창이 바로 그것이다.

가산창은 영남지역 세 개의 조창 가운데 하나로 진주·곤양·단성·사천· 고성·의령 등 여섯 고을의 전세와 대동미를 집결시켜 한양으로 운반했다.

이곳에서 일부 목돈을 가진 자들이 매매 알선과 숙박 제공으로 이익을 챙길 수 있는 선주인 권리를 얻으려 조정의 재상과 결탁하고 뇌물을 바쳤다.

---

* 호적에 기재된 통호를 중심으로 환곡을 분급하는 방식.

여러 사람이 이권을 다투다 보니 이권을 둘러싼 치열한 난장판이 벌어졌다. 이런저런 사정으로 한양을 비롯한 각지의 물산이나 세태에 관한 정보가 진주로 흘러 들어왔다.

점차 흐트러지는 지배 체제를 막아보려 조정은 지방 수령의 통제력을 강화하려 했다. 이런 수령권 강화 정책과 함께 상품경제의 발전 및 부세 체제의 변화에 따라 자연스럽게 수령의 하급 실무자인 향리의 조직이 커지고 기능도 강화되었다.

육방과 일부 부서 향리들의 자리가 중요한 지위를 차지했다.

이들 직임에는 많은 이권이 따라왔다. 직임을 얻으려 향리들 사이에 경쟁이 벌어졌다.

장사를 통해 부를 획득한 신흥 상인들도 이러한 경쟁에 뛰어들었다. 그들은 면임과 이임 직을 서서히 장악했다. 또한 그들은 사족들이 독점하고 있던 좌수나 별감 같은 향임직도 맡기 시작했다.

향청은 점차 수령의 통제에 묶여 직임보다도 못한 이름만 가진 기구로 전락했다. 명문 사족들은 향청에 참여하기를 꺼렸다. 이러한 사정으로 사족들의 향촌 지배력은 약화되었다.

신흥 상인과 수령 그리고 향리들이 결탁한 새로운 수탈 체제가 확립되었다. 여기에 막강한 돈줄을 가지고 있거나 중앙 관료들과 연계된 일부 토호 사족들도 끼어들었다.

세도가가 오래 집권하면서 그들과 줄이 닿지 못한 사족들이 뜨고도 못 보는 당달봉사가 되어 벼슬과는 거리가 멀어졌다.

벼슬을 하지 못하는 지방 사족들은 점차 똥구멍이 찢어졌다. 아전과 모주 한잔 하면 환자가 석 섬이라는 자조적인 말이 그들 사이에 돌았다.

항간에 그들을 비웃는 노래도 떠돌았다.

'같은 값이면 금가락지 낀 손에 뺨 맞지.

같은 열닷 냥이면 과붓집 머슴살이.

같은 새경이면 부잣집 머슴 살지.'

돈줄을 놓친 사족들 역시 수탈의 대상으로 떨어졌다. 살림이 평민이나 천민들과 비슷해 또아리 살 가리듯 생계를 걱정하는 처지가 되었다.

이러다 보니 방귀 뀐 놈이 성낸다고 임술년에 전국에서 일어난 농민항쟁은 처음에 사족들이 주도하는 일이 잦았다.

수운이 남원 은적암에서 고난을 맛보고 있던 임술년 초, 필제는 진주에서 움직이고 있었다.

임술년 일월 이 일.

진주 관아 서쪽 덕천강가에 자리한 내평리 박수익의 집에 여러 사람이 모였다. 박수익은 사족으로 정소를 주도하던 인물이었다.

홍문관 정오품 관직인 교리를 지낸 이명윤을 비롯해 몰락 사족 유계춘이 논의를 주도했다.

필제는 이때 주성필이라 이름을 속이고 유계춘의 측근으로 참석했다.

이명윤은 진주 관아의 도결과 병영의 통환 결정에 대한 대책을 숙의했다.

이때 필제가 미리 작성한 통문을 보여주자 놀라서 나자빠졌다.

상인과 농민들에게 장이 열리는 날 철시하고 집단 시위로 거사하자는 내용이었다.

이명윤은 정종의 열 번째 아들인 덕천군의 십사 세 손이었다. 덕천군의 십 세 손 이익년이 진주 목사로 부임할 때 조카이던 이집이 진주로 따라와 축곡리에 정착했다. 이집은 이명윤의 증조가 된다.

이후 이 집안에서는 벼슬길이 막혔다가 이명윤에 와 겨우 문과에 급제해 출사했다. 그는 여러 청직에 나갔다가 철종이 들어서자 향리에 은거하고 있었다. 그러므로 이명윤은 아직 산호 기둥에 호박을 주추고 살아 그다지 아쉬울 게 없는 팔자였다.

그는 진주에서 사족으로 명망이 있었고 부자였다. 그러나 이러한 그도 향회 때마다 불려 나가 관청의 비리에 이용당하고 있었다.

진주 목사 홍병원과 우병사 백낙신은 이명원에게도 도결과 통환의 부담을 지게 했다.

그는 여기에 대한 불만으로 이 모임이 궁거워 참석했으나 대세가 강경해지자 부리나케 빠져나와 도망치고 말았다.

이명윤은 사족이었으므로 아직 잃을 것이 많았지만 상황이 절박한 몰락 양반과 일반 백성들을 대변하는 유계춘과 필제는 강경한 방법을 택할 수밖에 없었다.

이전에 환곡의 폐단을 시정하기 위해 진주에서는 명문 사족이 주도해 관아에 조치를 철회하라는 정소를 했었다.

체제가 허용하는 범위 안에서 아직도 배가 부른 사족들이 여러 차례 정소로 청원했으나 이런 온건하게 맥빠진 방법이 위에 받아들여질 턱이 없었다. 좀 더 과격한 행동이 필요한 시기였다.

유계춘은 진주 원당리 출신이었다.

본관은 문화, 남명 제자인 유종지의 구 세 손이었다. 유종지는 정여립 모반 사건에 연루되어 최경영과 함께 심문당하다 마흔넷의 나이로 억울하게 물고 당했다.

이후로 집안이 몰락해 훈도나 찰방 위로 높은 벼슬을 한 사람이 없어 진주 사족 사이에서도 그다지 대우를 받지 못했다.

유계춘은 부친 유지덕이 일찍 세상을 떠 홀어머니 진양 정 씨를 모시고 성장해 매우 빈한한 처지였다. 땅 한 뙈기도 없는 가난뱅이로 지리산에서 나무를 해다 팔아 먹고살았다.

당연히 체제에 대한 불만이 컸다.

그는 몰락 양반을 대표해 거사를 주도해 나갔다.

필제는 유계춘과 손을 잡고 주로 농민들을 만나 그들의 여론을 수렴해 유계춘에게 전달했다. 유계춘은 필제에게 특히 불만이 큰 빈농층인 초군들과 밀접하게 접촉하라 했다.

초군은 산에 오르면 나무꾼이고 들에 나가면 농부인 사람이었다. 농민이면서도 최하 빈곤층이어서 환곡의 폐단에 가장 피해를 크게 입었다.

따라서 과격한 투쟁에 동원해 앞장세우기에 가장 적합한 사람들이었다.

목재는 땔감으로 시장에서 판매되었다. 수요가 많아 읍내는 물론이고 다른 고을 장시에서도 판매했다. 땔나무는 농한기 동안 농가의 생계 수단이었고 특히 경작지가 작은 농민 중에는 여기에 전적으로 매달리는 사람도 적지 않았다.

벌목이 성하면서 초군 수가 늘어나자 이들은 면리 별로 초군청이란 조직을 만들어 서로 의지했다. 우두머리는 좌상으로 불렸다.

좌상은 편지나 회문, 통문과 방문을 작성해 서로 연락하고 집회를 열었다.

필제는 좌상과 죽을 맞춰 초군을 잘 규합해 거사 핵심 세력으로 자리매김했다.

일월 이십구 일.

거사를 주도한 사람들은 박수익의 이웃 산기촌에 있는 사노 검동의 집에서 만나 거듭해 거사를 숙의했다.

이 무렵 진주 인근 단성에서는 사족들이 중심이 되어 관과 싸우고 있었다.

단성은 지리산 천왕봉 아래 수천 호가 사는 작은 현이었다.

단성은 진주보다 환곡 폐단이 더 심했다. 수령과 구실아치들이 전해인 신유년에 환곡 십만여 섬의 절반을 착복했다.

암행어사 이인명이 이를 적발해 이만 칠천 섬을 물렸다. 그러나 구실아치들은 곡식이 아닌 솔가지나 짚·풀·겨 따위로 나락 섬을 채웠다.

풍년이 흉년이고 흉년이 오히려 풍년이었다.

김령과 그의 아들 김인섭이 주도해 임술년 벽두에 청심정에 사족 대표를 모아 포흠의 주역인 이서들을 성토하는 소장을 감영에 보내자고 결정했다. 소장을 받은 감영에서는 관문을 보내 단성 현감더러 부당하게 거두어들인 곡식을 돌려주라 했다.

그러나 단성 현감 임병묵은 감영의 말을 듣지 않았다. 해 먹을 때는 같이 먹고 책임은 자기에게 덮어씌우는 것이 못마땅했기 때문이다.

일월 이십오 일.

읍내 관아 동쪽 객사에서 향원들이 모여 대책을 의논했다. 임병묵은 낌새를 채고 다음 날 새벽 단성 관아를 빠져나와 감영 쪽으로 도망쳤다. 그를 감시하던 사족들이 추격해 도전에서 붙잡았다.

이월 이 일.

임병묵은 재차 도망쳤으나 비진 나루터에서 다시 잡혀 꼴사납게 묶여 돌아왔다.

이월 사 일.

김령이 주동해 사족을 이끌고 관가로 쳐들어갔다. 이서들은 몽둥이와 돌로 사족들에게 반격을 가했다. 김령은 돌멩이에 머리를 맞고 쓰러졌다. 김인섭은 이방이 휘두른 몽둥이에 맞아 얼굴이 피투성이가 되었다.

이에 단성 백성이 모두 들고일어났다. 구실아치의 집을 일일이 찾아 부수고 불태웠다. 이서배들은 모두 창황하게 도망쳤다.

사족들은 밤에 관아로 가 감영에 항의하는 의미로 곡을 했다. 임병묵은 이날 밤 다시 도주해 새벽에 감영에 겨우 도착했으나 감사는 그를 보자마자 파직시켰다.

사족들이 마을의 행정을 장악해 청심청에서 회의를 열어 좌수와 이방을 새로 선출했다. 조정에 자신들의 행위가 정당함을 알리려 복합상소를 할 준비를 서둘렀다.

단성서 벌어진 사태는 인근 진주에 바로 알려졌다.

임술년 이월 육 일.

수곡 장터에서 첫 도회가 열렸다. 관에 한 번 더 청원하자는 주장과 직접 행동에 나서자는 주장이 엇갈렸다. 없을수록 기와집을 지어야 한다. 직접 행동을 강조하던 유계춘이 나섰다.

"여러분. 도둑을 잡으려면 먼저 그 두목부터 잡아야 합니다. 우리 고을에 일어난 이 사단의 두목은 진주 목사와 우병사입니다.

우리는 이들을 징치해야 합니다. 지금 이곳에 모인 사람들이 한마음으로 힘을 모은 뒤에야 고을의 폐단을 고칠 수 있습니다.

이번 거사를 위해 내가 개를 잡아 맹세하고자 하니 여러분도 각기 입술에 개 피를 바르고 맹세하겠습니까?"

삶아 놓은 녹비 끈 같은 사족들이 겁이 나 동의하지 않았다. 유계춘은 사족들의 비겁한 태도에 분노했다.

"내가 공연히 통문만 낭비했습니다. 온건한 방법으로 이 폐단이 해결되리라 생각하면 오산입니다. 내 말을 잘 새겨 보시길 바랍니다."

그러자 초군 무리에 함께 서 있던 필제가 나와 탁한 수리성으로 외쳤다. 장터가 지진이 난 듯 흔들렸다.

"우리 초군은 환곡 폐단의 책임자와 도결 결정에 참가한 자의 집을 부수고 태워 버릴 것입니다. 아무도 우리를 말리지 마시오."

초군들이 우우 소리를 질러 동의를 표시했다.

수곡 도회에는 도결 결정에 억지로 참가한 사족도 일부 나와 있었다. 그들도 속으로는 호박씨를 까면서 이러지도 못하고 저러지도 못해 속이 빈 먹통 짓을 했다.

집회는 다음 날까지 이어졌다. 결국 유계춘의 주장이 통과되어 백성들이 직접 나서서 비리를 해결하는 쪽으로 의견이 모였다.

유계춘은 우유부단한 사족들이 미심쩍어 덕산 장시 바로 전날 수청 거리에서 다시 회의를 열어 자신의 계획을 거듭 확인했다. 수청 거리 회의에는 사실상 초군이 주축을 이루었고 초군은 필제가 주도했다.

사노 맹돌도 동리 사람 삼십여 명을 이끌고 필제와 합류했다.

이월 십사 일.

회문을 돌려 초군들이 집결하면서 봉기가 시작되었다. 백성들은 머리에 흰 수건을 동이고 손에는 지게 작대기를 들었다.

"서리가 착복한 환곡을 백성에게 징수하지 마라."

"환곡을 토지와 호구에 물리기로 한 결정을 취소하라."

그들은 유계춘이 지은 언문 노래를 부르며 행진했다. 길가에서 갓을 쓰고 도포를 차려입은 양반을 보면 가차 없이 짓밟고 옷을 찢었다.

유계춘은 먼저 수곡 장시를 점령하고 이어 수청가 인근 덕산 장시를 공격했다. 장시는 많은 백성이 왕래하는 곳이어서 항쟁에 적격지였다.

당시 대규모 상인들이 지방 관아와 결탁해 장시의 상권을 장악해 이득을 쓸어갔다. 덕산 장시 공격은 이것을 에둘러 질책하는 의미도 있었다.

지방관과 손을 잡고 직접 농민들을 괴롭힌 원흉은 고을 출신인 아전과 양반 토호들이었다.

농민들은 그동안 세금을 거둔답시고 자신들을 괴롭힌 진주 관아 이방과 호방의 집을 먼저 때려 부수었다. 이어 훈장 이윤서의 집을 부쉈다. 그가 진주 관아에서 도결을 결정할 때 앞장서 참석했기 때문이었다. 고리대로 농민을 괴롭힌 양반의 집도 일일이 찾아 불을 질렀다.

농민들은 덕천강 가를 따라 여러 마을을 지나며 지역에 산재한 양반 집을 부수었다. 그러면서 점차 관아가 있는 읍내로 방향을 틀었다.

감영에서는 단성 저항 때처럼 별다른 대책을 내놓지는 못하고 다만 통환을 혁파하겠다는 공문만 발송했다.

유계춘은 코웃음 쳤다. 그는 감사가 상투로 남발하는 종이 쪼가리를 믿을 정도로 순진한 사람이 아니었다.

내평촌에서 밤을 지낸 농민들은 드디어 이월 십팔 일 아침에 평거역으로 진출했다.

초군들은 이미 진주 읍내에 진출해 구실아치들의 집을 불태우고 있었다. 한양에서 세를 거두러 내려와 머물고 있던 관리 나부랭이나 이서들과 결탁해 백성을 착취한 자들의 집을 모두 부수고 가재도구를 불태웠다.

초군들은 머리를 풀어 헤치고 흰 두건을 썼다. 손에는 박달나무 몽둥이를 들었다. 일부 초군들은 미리 관아에 들어가 보관된 각종 문서를 태워버렸다.

목사 홍병원은 서슬이 퍼런 농민들의 함성에 기가 질렸다. 급한 불을 끄려 이명윤을 불러 이들을 회유하려 했다.

이명윤이 관아 앞에 도착했을 때 관문을 지키던 초군들은 그가 평소 관청에 비판적인 태도를 취했다는 것을 알기에 동헌으로 보냈다.

이명윤이 홍병원의 대리로 대중 앞에 나오자 초군을 지휘하던 필제는 그에게 도결을 철폐한다는 감사의 완문을 요구했다. 간이 쪼그라져 창자에 붙은 홍병원은 급하게 완문을 작성해 이명윤에게 주었다.

이명윤은 완문을 필제에게 보여주었다.

완문

완문을 작성해 지급한다.

본 읍의 이른바 도결은 농민의 원에 따라 지금 혁파하니 이에 따라 영구히 따르는 것이 마땅하다.

임술 이월.

목사 홍병원

이방 김윤두

좌수 양모

필제는 완문을 거두어 유계춘에게 전달했다.

다음 날인 이월 십구 일.

초군들은 대안리 읍내 장터에 집결했다. 역시 필제가 지휘했다. 유생 김남수가 필제를 보좌했다.

읍내장은 병영이 있는 촉석성과 바로 접하고 북쪽으로 객사와 접해 있었다. 초군들은 병영을 바로 공격하지 않고 일단 읍내 장터에 모여 시위했다.

똥이 탄 병사 백낙신은 중영 소속 서리 김희순을 제물로 삼았다. 자신이 저지른 작폐를 김희순에게 뒤집어씌워 초군들이 보는 앞에서 김희순을 곤장으로 때려죽였다. 그리고 서둘러 통환 철폐를 약속하는 완문을 써 주었다.

필제는 병사가 보낸 완문을 초군들이 보는 앞에서 찢어 발로 짓밟았다.

백낙신은 이전부터 탐학이 심해 백성들 사이에 평판이 좋지 않았다.

이전에 전라좌수사로 있을 때도 환곡의 포흠 분을 농민에게 더구어 상당한 액수를 착복했었다.

이 사실이 드러나 그는 처벌받았다. 그런데 사 년이 되지 않아 이번에는 경상 우병사가 되어 버젓이 나타났다.

속저고리를 벗더니 은반지를 끼고 나타난 것이다.

우병사가 되었다고 변할 사람이 아니었다.

작년 겨울에는 환곡을 수납할 때 높은 액수를 매겨 거두고 남은 돈 사만천여 냥을 착복했다.

빙고전 삼천팔백 냥으로 쌀 천이백여 석을 마련하여 농민들에게 강제로 나누어 주고 가을에 한 석당 다섯 냥 오전을 거두었다. 이 돈으로 빈농을 상대로 고리대를 했다.

그뿐만이 아니었다. 진주 백성들이 개간한 토지도 수탈했다. 남강 주변에 군사 조련장으로 쓰던 청천 주위를 백성들이 개간해 부쳐 먹었는데 그가 부임하면서 불법 경작이라 몰아 이천여 냥을 부세로 거두어 착복했다.

또 칠원·진해·함안·창원의 부자들을 붙잡아다 광산을 채굴했다는 죄를 뒤집어씌워 위협해 돈을 빼앗고 방면했다. 이 외에 소소한 것은 이루 말할 수도 없었다.

필제는 초군을 동원해 병영에 들어가 백낙신을 불렀다.

병사들이 두려워 감히 대들지 못하고 뿔뿔이 흩어졌다. 백낙신을 호위하던 우후 신효철도 목숨이 두려워 도망갔다.

백낙신은 초군에 둘러싸여 매를 맞고 욕을 먹으며 밤을 새웠다. 초군들은 백낙신이 보는 앞에서 병영 이방 권준범을 때려죽이고 김희순의 시체와 함께 불에 태웠다.

권준범의 아들 권만두가 말리다가 아비와 같이 맞아 죽었고 사촌 동생 권종범도 지게 작대기에 허리를 맞아 반신불수가 되었다.

이월 이십 일.

새벽이 밝았다.

필제는 초군을 이끌고 유계춘을 따라 진주 관아로 들어갔다. 병영을 처벌했으므로 관아도 징치해야 했다.

필제는 홍병원에게 이방 김윤두를 내놓으라고 소리쳤다. 김윤두는 이미 도망쳐 관아에 없었다.

초군들은 홍병원을 교자에 태우고 다시 우병영으로 갔다. 홍병원과 백낙신은 다시 초군들의 질타를 받았다.

점심때가 되자 유계춘은 목사와 병사를 풀어주었다.

필제는 유계춘을 보좌하느라 자리를 비울 수 없었다. 초군 좌상 이귀재에게 유생 김남수와 초군 몇 사람을 데리고 이방 김윤두를 찾으라 지시했다.

이귀재는 초군 최용득·안계손·조성화·강인석과 김윤두에게 원한이 깊은 사노 순서를 데리고 출발했다.

이들은 관아 인근 산골짜기를 뒤졌다. 결국 궁노루처럼 산속에 숨어 있던 김윤두를 사노 순서가 찾아내 이귀재에게 보고했다.

이귀재는 강인석에게 이방을 잡아 오라 했다.

강인석은 산속에서 도주한 김윤두를 차원까지 추격했다. 마침내 같이 갔던 김남수가 이방이 있는 곳을 탐지했다. 이귀재는 개정까지 쫓아가 김윤두를 체포했다.

이귀재가 먼저 몽둥이를 휘두르자 일행이 같이 두드려 김윤두는 그 자리에서 황천으로 떠나갔다. 김윤두의 아들 김재호도 옆에서 귀성거리다가 맞아 병신이 되었다.

이월 이십 일 오후.

유계춘은 거사 농민들을 모두 모아 인원을 나누어 외곽 촌락을 공격했다. 농민들은 소촌리·대여촌리·개천리를 거치며 소촌역과 옥천사를 불태우고 지역 토호들의 집을 골라 부쉈다.

옥천사는 개천리 인근에 있는 큰 절로 중들만 수백 명이 거주했다.

이 절은 소유한 인근 산의 땔나무 채취를 금해 초군들의 원성이 높았고 환곡 분급을 면제받아 그만큼 주변 농민들의 부담을 늘린 죄가 있었다.

절은 불타고 기세를 부리던 중들은 목숨을 부지하려 웃통을 벗은 채 빡빡 깎은 머리를 두 손으로 감싸고 도망쳤다.

봉기 열흘 만인 이십삼 일 밤.

초경에 유계춘은 거사의 성공을 확인하고 농민들을 일단 해산시켰다. 필제는 이쯤에서 유계춘과 다음 일정을 의논했다.

유계춘이 말했다.

"필제, 자네는 이제 몸을 빼고 산채로 돌아가시게. 여기는 내가 책임지고 마무리하겠네. 나야 죽기보다 더하겠는가?

자네는 몸을 잘 살펴 어디서든 자네가 해야 할 일들을 계속하시게."

필제는 좀 더 남아 있겠다고 했으나 유계춘은 말렸다.

필제는 유계춘의 두 손을 꽉 부여잡고 작별을 고했다. 김남수를 집으로 돌려보내고 초군들과도 작별한 후 지리산 칠선봉으로 돌아갔다.

여옥은 부른 배를 두 손으로 안고 남편을 맞이했다.

조정에서는 으레 그랬듯이 앞에서는 회유하고 뒤로 탄압하는 더러운 짓을 했다.

안핵사로 박규수를 보내 홍병원과 백낙신을 파면했다. 동시에 봉기 주모자를 붙잡아 목을 쳤다.

유계춘은 도망가지 않고 기꺼이 잡혀 죽었다.

농민들은 사건을 수습하기 위해 파견된 선무사의 행차를 가로막고 진주 고을 문제를 해결해 주지 않고는 못 떠난다고 집단으로 항의했다.

놀란 박규수는 삼정의 폐단을 없애기 위한 특별 부서를 설치하자고 조정에 건의했다.

 그리하여 삼정이정청이 설치되고 김흥근·김재근·조두순·김병국·김병익 등이 위원으로 임명되었다.

 그런데 바로 이들이 세도정치의 몸통인 안동 김씨요, 삼정 문란의 장본인들인지라 결국 삼정이정청은 맡은 역할을 한 번도 제대로 하지 못했다.

79.

진주에서 일어난 불길은 전국으로 퍼졌다.

삼월 십육 일에는 함양에서 봉기가 일어났다.

백성들은 육 일간 고을을 휩쓸면서 군수와 좌수·구실아치들을 몰아내고 고을을 장악했다.

이웃 고을 거창에도 봉기가 일어나 벼슬아치들을 징치했다.

삼월 이십육 일에는 성주에서 일어났다.

백성 수만 명이 벼슬아치와 악질 지주의 집 육십여 채를 부수고 불질렀다.

사월 이 일에는 선산 백성들이 일어나자 선산 부사는 감영으로 도망갔다.

사월 칠 일에는 개령에서 일어났다.

개령 양반 김규진이 백성들에게 통문을 보내 봉기에 참여하라 독려했다. 경비는 부호들에게 걷겠다고 했다.

개령 현감 김후근이 김규진을 잡아 가두자 이에 농민 수천 명이 이수 장터에 모여 기세를 올리고 바로 관아로 쳐들어가 김규진과 다른 죄수를 풀어주었다. 이어 현감 김후근을 징치하고 구실아치 세 명을 죽이고 문서를 불태웠다. 양반 집과 토호의 집은 모두 불태웠다.

사월 구 일에는 안동에서 일어났다.

백성들은 몇천 명이 떼를 지어 약목에 사는 전 현령 신회용의 집과 지주의 집을 불태웠다. 관아로 들어가서 창고를 불태웠고 부사를 마당에 무릎 꿇리고 요구 조건을 제시했다.

봉기는 잇따라 전라도 지방으로 번져나갔다.

농업 집산지인 익산이 먼저 일어났다.

백성들은 여러 차례 감영과 조정에 폐막을 적어 시정해 달라고 등소했으나 아무런 조치를 받지 못했다. 백성들은 남산에 봉화를 올리고 통문을 돌려 삼월 이십칠 일 삼천여 명이 관아로 쳐들어갔다.

그들은 등소장을 군수 박희순에게 들이밀고 도결로 빼앗은 사천여 냥을 돌려달라고 했다. 박희순이 거절하자 백성들은 군수의 옷을 벗기고 발로 차 시궁창에 처박았다.

똥물 범벅이 된 그를 다시 멍석말이하고 지경 밖에 내다 버렸다.

사월 십육 일에는 함평에서 일어났다.

백성들은 등소가 아무런 효과가 없다는 것을 깨닫고 곧바로 행동으로 들어갔다. 토호와 구실아치 집과 재물을 불태웠다.

죄수를 풀어주고 그 자리에 포졸을 가두었다. 현감 권명규를 두들겨 패서 지경 밖으로 내치고 스스로 고을 행정을 한 달 동안 맡았다.

오월 팔 일, 부안에서 일어났다.

선무사 조구하가 익산과 김제 일대를 돌아다니며 실정을 조사하는 척했다. 그러나 그는 수령과 짜고 제대로 일을 하지 않았다.

조구하가 부안 삼거리를 지날 때 천여 명의 백성들이 길을 막고 이방 김진열의 폐막을 호소했다. 조구하는 말로 때우려 했다.

백성들은 김진열을 잡아다 몽둥이로 패고 발로 차 반죽음을 만들었다.

이를 말리는 선무사의 수행원도 초죽음으로 만들었다.

오월에는 전라병사 백회수가 이임해 한양으로 가면서 부안 지경을 지나갔다.

모내기하던 농민들은 우르르 몰려가 길을 막고 호위하던 비장을 두들겨 팼다. 여자들은 가마에 탄 백회수의 아내를 끌어내 머리채를 흔들고 주먹으로 때리고 옷을 갈기갈기 찢었다.

이어 금구 무주에서 일어났고 해안 지방은 장흥 순천 등지로 번졌다.

충청도는 조금 늦게 일어났다.

오월에 회덕 농민들이 관가로 몰려가 항의하고 구실아치와 지주의 집 칠십여 채를 태웠다. 이어 청주까지 진출하면서 양반 집을 부수고 불질렀다.

공주에서도 수백 명의 농민이 일어나 금강 나루에 모여 폐단을 시정할 것을 요구했다. 다음날 육천여 명이 충청감영으로 모여들었다. 충청감사 유장환은 겁을 먹고 다 들어주겠다고 약속했다. 기세가 오른 백성들은 고을을 돌아다니며 분풀이했다.

오월 중순에는 은진에서 일어났다.

보름 동안 고을을 돌아다니며 그곳 양반인 김씨와 이씨의 집 육십여 채를 불태웠다. 그들은 내친 김에 인근 여산으로 몰려가 화를 풀었다.

진잠 연산 화인 문의에서도 일어났다. 이 지방은 초군들이 주도했다.

가을 추수기가 되자 봉기는 전국으로 더 넓게 확산했다.

시월 이십사 일 함경도 함흥에서 일어났다.

백성들은 선화당으로 몰려가 감옥을 부수고 죄수들은 풀어주었다.

동짓달 삼 일에 경기의 광주에서 일어났다.

남한산성을 경비하는 수어청 경비를 조달하려 환곡을 시행했는데 환곡에 대한 불만이 높자 미봉책으로 환곡 이자를 없애는 대신 토지에 전가해 버린 것이다.

백성 오륙만 명이 삼정이정청 총재관 조두순과 정원용의 집으로 몰려가 시위를 벌였다. 조두순과 정원용은 황급하게 환곡이자를 토지에 전가하지 않겠다고 약속했다.

섣달 칠 일에는 황해도 황주에서 일어났다.

백성 수천 명이 스물다섯 개 조건을 내걸고 구실아치를 몰아냈다. 황주 목사는 겉으로는 들어주는 척하면서 주모자를 잡아 처형했다.

섬 지방 어민들도 일어났다. 그들은 공물을 바로잡고 화전세를 없애라고 요구했다.

전국 각지에 화적이 횡행했다.

임술년 한 해에 경상도에서 열여덟 고을, 전라도에서 쉰네 고을, 충청도에서 마흔세 고을에서 일어났다. 농사를 지어 먹고 사는 호남 지방에서 가장 많이 일어났고 북쪽과 경기 지역에서는 빈도가 낮았다.

당시 고을 백성에게는 부정한 수령을 고을 밖으로 내칠 수 있는 권한이 있었다.

수령을 지경 밖으로 내칠 때에는 북을 지고 거리를 한 바퀴 돌게 하거나 멍석말이하고 매직을 한 뒤 내쫓았다. 그런데 임술년에 일어난 봉기는 수령이나 구실아치를 죽이고 관아나 양반 집에 불을 지르며 과격하게 진행되었다.

그러나 봉기가 산발적으로 일어났고 또한 고립적이어서 이웃 고을과 연계하여 더 큰 규모로 번지지는 못했다. 또 수령과 아전들은 남은 향촌 권력을 쥐고 아직 버틸 힘이 남아 있었다.

조정에서는 군사를 보내 토벌할 힘은 없었다. 안핵사나 선무사를 보내 바로잡는 척만 했다. 그러다가 백성들의 기세가 수그러들면 포졸을 풀어 주모자급은 효수해 조리를 돌리고 종모자 급은 호되게 매를 때려 유배 보냈다.

진주는 유계춘 외 십여 명, 익산은 주모자 십여 명이 효수되었다. 전국에서 봉기로 효수된 백성은 백여 명이 넘었다.

눈치를 살피며 숨어 지내던 수령과 아전들은 봉기가 제풀에 수그러들자 다시 물 만난 고기떼처럼 몰려들어 백성의 살을 뜯어 먹었다.

80.

경상은 신유년 한겨울 동안 매일 밤 물가에 나가 얼음을 깨고 두어 시간씩 몸을 담그고 주문을 외웠다.

'내가 인정하는 것은 나타나게 마련이다.
내가 진리를 부르면 진리가 나에게 올 것이다.'

낮에는 전처럼 창문에 멍석을 드리우고 주문을 외웠고 자주 단식을 했다. 모든 일을 미루어 놓고 기도에 정성을 다 바쳤다.
그러나 천어를 듣지는 못했다.

소리를 보내는 것은 하늘의 의지이다.
그것은 기도를 통해 하늘의 뜻을 간절하게 구하는 사람에게만 주어졌다. 예부터 하늘의 뜻은 사람의 언어로 전달되지 않았다.
하늘은 그냥 자연에서 일어나는 소리로 즉시 응답했다. 그 소리를 보통 사람은 추측해 짐작하는 외에는 달리 해석할 방법이 없었다.
意(의)는 하늘의 뜻을 짐작하는 글자이고 聖(성)은 하늘의 뜻을 이해하는 무녀를 형상한 글자이다. 그래서 音(음)은 신령하다.
밤은 영이 뛰어오르며 이리저리 돌아다니는 세계이다. 이때는 괴이한 불꽃이 날아다니고 초목까지도 소리를 낸다.

비바람이 몰아치는 밤이 오면 자연 전체가 소리가 되어 끓어오르며 소리를 낸다.

그래서 밤은 소리의 세계이며 하늘이 주재하는 세계이다.

소리는 예부터 사람들에게 흔히 무섭고도 알 수 없는 것이었다. 무엇인가에 대한 계시이며 하늘의 본뜻이지만 그 의미를 헤아리기 어려웠다.

소리를 듣는다는 것은 세계가 내 안으로 들어오는 사건이다. 눈은 대가 감고 떠 선별하여 사물을 볼 수 있지만, 귀는 항상 열려 있다.

소리는 내가 귀를 두 손으로 일부러 막지 않는 이상 아무런 장애 없이 내 안으로 흘러 들어온다.

내 안으로 들어오는 소리도 역시 나의 존재를 드러내게 하고 나를 변화시키고 이윽고 나의 인식 속에서 존재의 일부가 된다.

소리는 진정 존재의 기도에 하늘이 보내는 응답이다.

경상은 간절하게 기도했다.

'소리여, 나에게 오라.

천어여, 나에게 들려다오.'

임술년 정월 초였다.

이날도 한밤중에 냇가로 나가 얼음을 깨고 찬물에 들어갔다. 몸을 물에 담그는 순간 캄캄한 허공에서 우레처럼 커다란 소리가 들렸다.

"추운 겨울에 갑자기 찬물에 들어가면 몸에 해롭다."

경상은 깜짝 놀랐다. 아무도 없는 허공에서 너무나도 뚜렷하게 들려온 소리였다.

그토록 기대하던 천어라 하기에는 내용이 매우 평범했다.

추운 겨울에 찬물에 들어가는 것이 몸에 해롭다는 것은 누구라도 아는 상식이다.

그러나 경상은 분명하게 들었다.

그는 바로 냇물에서 일어나 방으로 들어갔다. 이후부터는 냇물에 몸을 담그는 것은 그만두고 방에서만 계속 주문을 외웠다.

어느 날 방의 종지에 기름이 마르지 않는 것을 발견했다. 밤새도록 등잔불을 켜 두어도 기름 반 종지가 그대로 남아 있었다.

다시 스무날이 지나도 종지의 기름은 조금도 줄어들지 않았다.

이때 영덕에 사는 이경중이 기름을 한 종지 가져왔다. 그날 밤 등잔에 그 기름을 붓고 불을 켜 보니 새벽이 되자 다 말라버렸다.

무언가 이적이 일어나고 있었다.

경상은 여러 가지 궁금한 것이 많았으나 수운이 남원에 가 있었으므로 물어볼 사람이 없었다.

81.

철종 13년, 임술년, 1862년, 봄.

춘삼월. 남도 산촌에 봄이 왔다. 골짜기마다 진달래가 만발했다.

가을바람은 총각 바람이지만 봄바람은 처녀 바람이다. 남원에도 봄바람이 불어왔다.

처녀 아이들이 진달래꽃을 따러 무리 지어 들로 나왔다.

남원에서는 앳된 처녀를 연달래, 숙성한 처녀를 진달래, 그리고 나이가 든 여인을 난달래라 불렀다. 그 나이 무렵의 젖꼭지 빛깔을 꽃빛깔에 비긴 것이니 야릇한 표현이었다.

시집 못 가고 죽은 처녀 무덤을 총각이 찾아가고 장가 못 가고 죽은 총각 무덤을 처녀가 찾아갔다. 무덤에 진달래꽃을 꺾어 둥글게 꽃무덤을 만들어 서로 얹어 주었다. 무덤을 진달래꽃으로 장식해 주지 않으면 춘정을 풀지 못하고 죽은 총각과 처녀 귀신들이 혼인을 방해한다는 믿음이 있었다.

남도 젊은이들의 삶에 대한 만끽이 애틋했다.

편안한 계절이 왔다. 은적암 주위도 진달래꽃으로 붉게 물들었다. 멀리 보이던 귀틀집이 녹음 속에 파묻혔다.

수운은 최중희와 더불어 인근 지역을 두루 다니며 인심과 풍속을 살펴 포덕을 했다. 남원에서 이미 열 몇 사람이 입도했다. 때로는 훌쩍 전주까지 다녀왔다.

사람에게는 본래 세 가지 고통이 있다. 육체적 고통과 정신적 고통 그리고 철학적 고통이 그것이다.

몸에 병이 들면 의원을 찾아 해결한다. 정신이 이상하면 무당을 찾아 해결한다.

철학적 고통은 사람이 사람답게 살려는 욕구를 세상이 방해할 때 생긴다. 이 고통을 치료하려면 존재에 대한 깊은 이해를 통해 세상을 보는 눈을 바꾸어 주어야 한다.

자신을 존중할 수 있게 된 사람들이 푸른 눈을 뜨고 하나둘 모이기 시작하면 거기서 잘못된 세상의 틀을 바꿀 수 있는 거대한 힘이 발생한다.

수운은 지금 그 일을 하고 있었다.

고성에 사는 성한서가 수운을 찾아와 입도했다. 성한서는 예전처럼 풍채가 근감했다. 드디어 경상도 남서부 지역에도 동학이 뿌리를 뻗었다. 고성은 북쪽에 진주와 함안, 서쪽에 사천군, 동쪽에 창원군, 남쪽에 통영군이 인접해 있다.

성한서가 근사모아 고성에 자리 잡은 동학은 점차 인근으로 퍼져 함안과 칠원까지 뻗어나갔다.

수운은 가슴에서 우러나오는 「우음」을 읊었다.

'남쪽별이 돌아 차면 은하수도 돌지만 큰 도는 하늘 같아 생멸 시간을 벗어나네.

만 리가 거울 속에 비치니 눈동자가 먼저 알고

삼경에 달이 오르니 문득 생각이 열리도다.

누가 단비를 얻어 사람을 살릴 것인가.

한 세상을 바람 따라 오감에 맡기노라.

백 겹 쌓인 티끌을 내가 씻으려 학 타고 신선대로 가벼이 향하네.

맑은 밤에 달도 밝아 다른 뜻은 없어라.

좋은 낯으로 웃고 좋은 낯으로 말을 나눔은 예로부터 내려오는 풍속이라네.

이 세상에 사람으로 태어나 무슨 얻음이 있었는가.

오늘도 도에 관해 주고받으니

그 속에 이치가 들어 있음을 깨닫지 못함은 잠깐이라네.

뜻이 어진 이에 있다면 필시 내게도 있는 것이다.

하늘이 백성을 내고 또 도를 내었으나 각기 나름대로 기상이 있으니 나는 모른다.

폐부에 통하면 마음먹음에 어김이 없으니 크고 작은 일에 의심할 것이 없구나.'

다시 한 편을 읊었다.

'말 위에서 한식을 맞으니 고향이 아니로다.

집으로 돌아가 옛일을 벗 삼고 싶어라.

의리와 신의여. 또한 예의와 지혜는 그대와 내가 한 번 모이면 이루어질 것이라네.

사람이 오고 감은 또 어느 때일까. 자리를 같이하여 한담하며 상재되기를 바란다.

세상에서 들려오는 소식 또한 알지 못하니 그런지 안 그런지 우선 듣고 싶어라.

서산에 덮인 구름 걷히면 여러 벗들이 모이게 될 것이나

주변을 잘 처리하지 못하면 이름이 빼어나지 않으리.

어찌 이곳에 와 좋은 낯으로 만나 담소도 하고 글도 지으니 뜻은 더욱 깊어라.

오래 여기에 있지 않으려니 마음이 들떠서가 아니다.

또 다른 곳 어진 벗을 보러 가려 함이다.

진나라가 사슴을 잃었으니 나는 어느 무리일까.

봉황이 주나라 왕실에서 울었으니 너희들은 응당 알리라.'

82.

철종 13년, 임술년, 1862년, 삼월.

임술년 삼월 초순.

수운은 남원에서 경주로 돌아왔다.

수운은 바로 용담으로 가지 않았다. 경주 서쪽 건천면 대추밭 골에 있는 백사길과 강원보의 집을 찾아가 번갈아 며칠씩 머물며 고을 분위기를 살폈다.

얼마 후 서면 도리에 있는 박대여의 집으로 옮겼다. 박대여는 근지가 넉넉한 사람이었다. 여기서 한참을 머물렀다.

수운이 떠나고 없는 용담은 한결 한가로운 곳이 되어 있었다.

이윽고 칠월이 되어 용담으로 돌아가는 길에 말을 타고 갔다.

도중 회곡에 이르자 말이 갑자기 길 위에 멈추었다. 수행하던 최중희가 아무리 고삐를 끌어당겨도 꼼짝도 하지 않았다. 최중희가 힘에 겨워 채찍질을 해도 움직이지 않았다.

별안간 길 앞의 높은 방죽이 우레 소리를 내며 무너졌다. 그제야 말은 수운을 쳐다보았다. 수운은 말을 보고 말했다.

"지금 밝은 쪽으로 돌아서면 너의 세계가 변할 것이다."

말은 고개를 끄덕이며 앞으로 나갔다.

도리 관산 자락에 수운의 조부와 조모 그리고 부친과 서 씨 어머니를 모신 묘소가 있었다. 도동 웃골을 건너서 산 쪽으로 올라가면 바로 선산이 나온다. 웃골 안자락에 사는 박만재가 산소를 돌보고 있었다. 수운은 부친이 세상을 떠난 후 자주 이곳에 다니며 여기 사는 박대여와 친분을 가졌다. 박대여는 이전에 수운의 부인 울산 박씨를 중매했다.

용담에서 며칠 머문 후 박대여의 집으로 가기로 했다. 밤중에 문득 큰 비가 내렸다. 개울에 물이 불어 사람들이 용담에 더 머물기를 권했으나 수운은 말 위에 올랐다.

"비록 물이 백 척이라도 나는 건너겠다."

수운은 소리내어 흐르는 급류에 들어가 한 장이 넘는 깊은 물을 스스로 말고삐를 잡고 건넜다.

오월 하순.

수운은 각지 도인들에게 「통유」를 보냈다.

통유

'첫째는 통유한 일이 없었고 둘째는 그렇지 아니한 사단으로 셋째는 부득이 떠났다. 넷째는 정을 참을 수 없어 글을 쓰게 되었라.

천만번 깊이 헤아려 글 속의 하나라도 놓침이 없게 행함이 어떠하랴.

지난해 동짓달에 떠난 것은 본래 강상의 청풍이나 산간의 명월과 더불어 노닐자는 것은 아니었다.

어긋난 세상의 도리를 살피고 관이 지목하는 혐의로 말미암은 것이며 무극한 대도를 닦아 포덕할 마음이 소중해서였다.

해가 바뀌고 달이 지나 다섯 달이 되었다.

들어올 때 처음 뜻은 단지 이 산중에 있으면 구름 덮인 깊은 곳이라 찾아오는 이가 알지 못할 것이며 동자는 약초 캐러 갔다고 가리키며 응대할 것이었다.

이 통유로 말하면 하나는 수행하는 데 마음이 풀리지 않도록 도와주려는 것이요.

하나는 집안의 안부를 듣고자 함이다.

마음에는 근심을 잊고 지내려는 생각이 있었으나 오늘의 형편은 세 갈래 길에서 어사가 출도한 격이다.

세상에서 이름을 감추었지만, 사람들이 내 마음을 알아주지 못하는 까닭일까? 당초에 처신을 잘못한 까닭일까?

각처 여러 벗들이 혹은 일이 있어 찾아오기도 하지만 혹은 일없이 풍문에 따라 오는 이도 반이나 된다.

학을 논하려 머무는 이가 반인데 손님은 자기 하나지만 주인으로서는 헤아릴 수 없이 모여드는 이들을 어찌해야 할까?

궁벽한 산중의 빈한한 골짜기에 손님을 대접할 수 있는 집은 합쳐 보아야 불과 두세 집뿐이다.

집이 많다면 혹시 그렇지 않을 수도 있으며 산출이 넉넉하다면 움막에서라도 즐거움이 있을 것이다.

그러나 이러한 중에도 노인은 시로써 떠나지 못하게 감동을 주고 젊은이는 예로써 굳이 만류한다.

무슨 이유일까?

시로써 마음을 움직이게 하는 것은 학을 권하도록 도와주려는 생각에서였다.

예로써 군이 만류하는 것도 남을 위한 정의를 건디기 어려워서였다.

주인인들 어찌 자공의 마음이 없었으련만 손님이 또한 맹상군의 예로 잘못 알고 받아들이니 어찌 한탄하지 않으랴.

어찌 애석하지 않으랴.

비록 배도의 재물이 있어도 나로서는 이 사태를 감당하기 어려웠다.

백결같이 끼니 걱정을 하고 있어도 사람들은 역시 지켜야 할 인사를 망각하니 이 같음이 그치지 않는다면 끝내는 이로 말미암아 어떤 지경에 이를지 모른다.

그래서 머지않아 떠나려 하니 어찌 민망한 일이 아니랴.

지금은 장마철을 맞아 바람이 일고 비가 뿌려 길게 자란 풀은 옷을 적시니 떠나기에는 만족스럽지 못해 아쉽다.

결국은 어진 벗들을 멀리 바라보며 늘 마무리하지 못한 상태에 있다.

이에 글 몇 줄로 위로하고 타이르려 하니 용서하고 양해함이 어떠하랴.

돌아갈 기일은 초겨울이 될 것 같으나 너무 고대하지 말고 수도에 지극하여 좋은 날 좋은 낮으로 대하기를 천만 번 바란다.'

소문을 듣고 수운을 만나러 찾아오는 사람들이 늘었다. 이로 인해 혹 관의 지목이 들까 하는 우려로 계속 머물러 있기가 꺼려졌다. 만에 하나 무슨 일이 생기면 도인들이 욕을 보아야 한다.

찾아오는 이들이 자기가 먹을 식량을 가져오지 않는 것도 부담이 되었다. 박대여에게 과도한 부담을 주고 싶지 않았다. 곧 떠나려 했으나 마침 장마철이라 좀 더 미루었다.

이어 유월 초 「수덕문」을 지었다.

천도와 인사를 서로 대비시켜 인사는 곧 천도를 근본 삼아 이루어져야 하며 수덕의 요체를 밝혔다. 도를 닦는 근본은 믿음을 바탕으로 올바른 정성을 드리는 데에 있다고 가르쳤다.

「수덕문」에서는 동학의 신·경·성의 요점을 제시했다.

신이라는 글자를 믿을 신 자로 해석하지 않고 사람의 말이라 했다. 또는 올바른 길이 무엇인가를 따지는 글자로 해석했다. 삶에서 올바른 길이 무엇이며 뜻있는 길이 무엇이며 참된 길이 무엇인가를 헤아려 보는 노력이 신이라는 것이다.

올바른 길을 판단하면 이것을 내 마음에 한결같이 간직하는 수행을 해야 한다. 올바른 길을 마음속에 받아들여 한결같이 하는 것이 바로 경이다.

성이란 사람의 말을 이루는 것이라 했다. 즉 한결같이 간직한 생각을 이루어내는 것을 성이라 했다. 보통 성이라면 치성을 드리거나 모시는 일을 생각하기 쉽다. 그런데 수운은 깊이 헤아려서 정한 참된 길을 실천하는 것이 진정한 성이라 했다.

따라서 신경성은 대자적 수행이며 곧 동학 수행의 요체이기도 하다.

도학에는 신에게 청원하는 대향적인 면이 있는 동시에 자기 수행을 통해 높은 경지에 이르는 대자적인 면도 있다. 체험을 통해 새로운 세계를 열어가는 것이 대자적인 행위이다.

　수운은 한울님을 무조건 믿으라 하지는 않았다. 스스로 생각을 바로 세워 존재와 삶의 의미를 선명하게 밝힌 이후에 세상에서 부딪치는 문제들을 하나씩 해결해 나가라고 가르쳤다.

83.

철종 13년 임술년 1862년 6월.

전석모와 정석교는 강경서의 논을 몇 마지기씩 받아 소작을 했다.

같은 도인이라 이제는 서로 모가 없어져 고추 친구처럼 허물없이 지냈다.

정석교가 살던 집에서 얼마 떨어지지 않은 이웃 집에 젊은 과부가 혼자 살고 있었다. 정석교가 등이 굽었을 때는 쳐다보지도 않던 과부가 정석교가 등이 펴져 어엿한 사내로 변한 후부터는 대문 뒤에 숨어서 힐끔힐끔 훔쳐보기 시작했다.

정석교는 알면서도 모르는 체 지나쳤다.

어느 날 갑자기 폭풍우가 몰아쳐 과부의 집이 폭삭 무너지고 말았다. 놀라 얼굴이 이지러진 과부가 허둥지둥 정석교의 집으로 피해왔다.

정석교는 혼자 사는 집에 과부를 들이는 것이 마음에 여의치 않아 입구에서 망설였다.

"집이 무너져 갈 곳이 없는 여자를 비 오는 밤중에 그냥 버려 두실 겁니까?"

"어? 아니오. 일단 비는 피하고 봅시다."

정석교는 과부를 집 안으로 들이긴 했으나 다음 수순이 마땅치 않았다. 과부를 자기가 자던 이불을 주어 덮게 했다. 그리고 등불을 켜 손에 들고 멀찌감치 떨어진 의자에 앉아 잠자는 과부를 지켜보았다.

멀리서 스치며 오갈 때는 몰랐으나 가까이서 보니 과부는 젊고 매우 용모가 아름다웠다. 정석교는 가슴이 방망이 쳐 얼굴이 붉어졌다.

'혼자 사는 아낙이 간도 크다. 사내가 자던 이불을 덮고 저렇게 편안하게 잠이 들다니.'

등불 심지로 쓴 삼베 쪼가리가 다 타 버리자 천장에서 마룻대를 뽑아 불을 붙였다.

어느덧 날이 샜다. 그러나 장대비가 계속 내리고 바람도 세차게 불었다.

창밖이 하얗게 밝아오자 과부는 잠이 깼다.

"저 때문에 밤새 잠을 자지 못했습니까?"

정석교는 당황했다.

"남자와 여자는 예순 살이 되지 않으면 함께 들지 않는다고 했소. 당신도 젊고 나도 젊으니 내가 어찌 잠이 들 수 있었겠소?"

과부가 가까이서 보니 정석교는 선이 굵은 잘생긴 얼굴에 당당한 몸을 가진 호남자였다.

과부는 좋아서 배시시 웃었다.

"그러하면 제가 지금 밖으로 나가면 마음이 편하겠습니까?"

정석교가 더듬거리며 말렸다.

"비가 우렁차게 내리고 바람도 세찬데 어디로 가겠단 말이오?"

"그러면 제가 잠시 더 머물러도 된다는 말씀으로 알겠습니다."

과부는 자리에서 일어나 몸을 추스르고 소매를 걷어 올리더니 아침을 짓기 시작했다.

김이 모락모락 나는 밥상에 두 사람이 앉아 아침을 먹었다.

보리밥에 반찬은 열무김치 하나였으나 정석교는 두꺼비 파리 잡듯 단숨에 먹어 치웠다. 과부는 정석교가 밥을 먹는 모습을 보자 안 먹어도 배가 불러 김치만 몇 조각 입에 넣었다.

그러는 사이 마을 사람들이 무너진 과부네 집에 모이기 시작했다.

"아이고 이 일을 어쩐단 말인가. 홀로 사는 여인네가 큰일을 당했구만."

노인네들이 걱정이 태산 같았다.

"그나저나 아낙은 집이 무너졌는데 도대체 어디로 갔을까?"

여러 사람이 모여 두런거리는 중에 정석교의 집 사립문이 빼꼼 열리더니 과부가 나왔다.

"어르신들, 이리로 와 아침이나 드시고 가시오."

그날부터 과부는 정석교와 한 이불을 덮고 잤다.

강경서에게도 시집가지 않은 과년한 누이동생이 있었다. 얼굴이 밉지 않고 키가 후리후리해 코가 높았다.

정석교가 살림을 차리자 전성문은 작은 일에도 심통을 부렸다. 강경서는 전성문을 살며시 불렀다.

"자네도 석교 못지않은 대장부인데 아내를 구할 생각이 없는가?"

전석문이 투덜거렸다.

"쥐뿔이라도 손에 가진 것이 있어야 내자를 들이지. 천둥벌거숭이인 나에게 어떤 여자가 오겠나?"

"그러면 자네를 좋아하는 여인이 있으면 백년가약을 맺을 의사는 있단 말이렷다. "

"빙충이 같은 석교도 보름달 같은 여인을 얻어 입이 귀밑까지 찢어졌는데 나는 왜 이리 복이 없을꼬?"

"그러면 내일 점심 결에 우리 집에 와 보게. "

다음날 강경서는 아내를 시켜 국수를 삶게 했다.

점심 때가 되자 전석문이 문 앞에서 서성거렸다. 강경서는 그를 불러 밥상에 앉혔다. 건너편에는 강경서의 아내와 누이동생이 따로 상을 차려 점심을 먹었다.

강경서의 누이동생의 눈에 맞은편에서 국수를 먹은 남자의 모습이 들어왔다. 잘생긴 용모도 좋았지만, 특히 젓가락을 든 팔의 우람찬 근육이 더 마음에 들었다. 그녀는 저도 모르게 얼굴이 붉어져 국수 맛을 잃어버렸다.

강경서는 곁눈질로 누이의 모습을 보며 속으로 웃었다.

해가 져 날이 어둑해지자 강경서가 누이동생을 불렀다.

"너도 이제는 그만 뻐기고 시집갈 준비를 해야 하지 않겠니?"

누이는 눈을 흘겼다.

"마음에 드는 남자가 있어야 가지요. "

"이 세상 많고 많은 남자 중에 네 마음에 드는 남자가 없단 말이냐?"

누이가 입매를 오므리며 당차게 말했다.

"사내가 다 사내랍디까? 팔뚝이 무쇠같이 단단해 지리산 호랑이라도 단숨에 때려잡을 기개가 있어야 사내대장부라 하겠지요. "

강경서가 누이의 어깨를 손으로 툭 쳤다.

"됐네. 이 사람아."

혼사는 일사천리도 진행되었다. 전석문도 아내를 얻었다.

강경서가 주례를 서 주었다.

혼례식이 끝나자 강경서가 사람들이 보는 앞에서 전석문에게 말했다.

"이 사람아, 이제부터 자네는 나를 형님이라 불러야 하네."

전석문이 하늘이 무너질 듯 큰소리로 외쳤다.

"아이고 형님, 예 그렇게 하고 말구요. 백 번, 천 번이라도 불러 드리겠소."

노름판에서 만든 악연을 딛고 세 사람은 동학을 만나 친형제처럼 다복한 가정을 이루었다.

84.

철종 13년, 임술년, 1862년, 여름.

경상은 칠월이 되자 문득 수운을 찾아가야겠다는 마음이 들었다.

간소한 차림으로 싸리문을 나섰다. 성하의 계절이었다.

키 큰 편백이 줄지어 늘어서 경상을 지켜보았다. 하늘이 맑아 백 보나 떨어진 먼 곳에 있는 산벚꽃나무 잎새가 흔들리는 것이 선명하게 보였다.

홍송이 우거진 오솔길에 들어서자 솔바람이 이마의 땀을 훔쳐 갔다. 딱따구리가 나무를 쪼는 소리가 골을 흐르는 냇물 소리와 가시버시를 했다.

곳곳에 군집한 대나무 숲에서 호랑이 울음소리가 곧 터져 나올 것만 같았다.

무언가 심상치 않은 날이었다.

잠시 묵상해 보니 백사길이 최중희와 수운의 의복과 편지를 가지고 용담으로 들어가는 것이 보였다.

꿩 두 마리를 사 들고 일단 가정리에 있는 수운의 장조카 세조의 집으로 향했다.

벼가 자라는 논에 물이 가득했다. 넓게 펼쳐진 논에 백로 떼가 춤을 추었다. 물이 오른 나무들이 산등성이를 타고 달려 오르는 듯 무성했다.

길가에 상사화가 무리 지어 피어났다. 금잔화는 허리가 무거워 반쯤 기울어진 채 봉우리를 만들었다.

"여보게, 선생님께서 돌아오셨는가?"

세조는 모른다고 시치미를 뗐다. 경상은 세조에게 꿩 한 마리를 주고 다시 경주 읍내 이무중의 집으로 갔다.

세 칸 기와집이 하늘로 날아오를 듯 번듯했다. 더위를 식히려 마당에 물을 뿌려 놓았던지 흙에서 증기가 뿌실뿌실 올라왔다. 마당 가에 줄을 세워 심은 동백나무 잎이 보석처럼 빛났다. 배롱나무도 붉은 꽃을 피워 장관을 이루었다.

이무중 역시 근지해서 쌀쌀하게 모른다고 하였다.

수운의 거처를 측근들이 철저하게 숨기고 있었다. 경상은 이무중에게도 꿩 한 마리를 주었다.

나중 일이지만 이무중은 수운 순도 후 관원에게 쫓기는 경상을 위해 급하게 밭을 팔아 백 금을 마련해 관리에게 뇌물로 바친다. 그렇게 심지가 깊은 사람이었다.

경상은 다시 북어 한 꿰미를 사 들고 백사길의 집에 가 스승의 거처를 물었으나 그 역시 모른다고 뿌리쳤다. 마음이 썩 편하지 않았다.

경상은 길을 가면서 다시 묵상했다. 수운이 박대여의 집에 좌정해 있는 모습이 선명하게 보였다.

이번에는 박대여의 집을 향해 몇 리를 가는데 백사길이 급히 따라오면서 손을 흔들었다.

"자네 지금 어디로 가는가?"

"선생님께서 지금 박대여 집에 좌정해 계시므로 거기로 간다네."

백사길이 이 말을 듣고 깜짝 놀랐다.

"여보게 자네는 선생님이 박 노인 댁에 계시는 걸 어떻게 알았나?"

"그냥 그런 생각이 들었네."

비로소 백사길이 웃었다.

"그렇다면 나도 같이 가세."

두 사람이 박대여의 집으로 가는 도중 영해 사는 박하선을 만났다. 박하선도 수운이 박대여의 집에 있을 것이라 짐작하고 가던 중이었다.

경상은 박하선이 이미 도를 얻었다고 짐작했다.

세 사람이 박대여의 집 앞에 이르자 수운이 주문을 외는 소리가 대문 밖으로 들렸다. 경상은 기쁨을 이기지 못하여 빠른 걸음으로 걸어 들어가 수운을 뵈었다.

수운은 경상의 손을 마주 잡았다.

"자네는 누구에게 들었는가?"

"마음에 자연스럽게 떠오르는 느낌이 있었습니다."

수운은 기뻐했다.

"그것참 고마운 일이로다."

박하선도 말했다.

"저 역시 그러했습니다."

수운은 박하선의 손을 잡고 고개를 끄덕였다.

경상은 기회를 보아 냇물 목욕을 하다 들은 소리와 스무하루 동안 등잔 기름이 마르지 않던 일들을 머뭇거리며 이야기했다.

수운이 가만히 듣더니 심각하게 말했다.

"하늘에서 나는 소리를 들은 것이 어느 달 며칠이었는가?"

경상이 자세히 헤아려 보고 말했다.

"지난해 섣달 모 일 밤이었습니다."

"그래? 그러면 밤 몇 시였던가?"

"초경 무렵이었습니다."

수운이 무릎을 탁하고 치며 기뻐했다.

"그날 밤 초경에 내가 남원 은적암에서 잠이 오지 않아 도인들을 위해 수덕하는 글을 한번 읊었는데 자네가 그 소리를 들은 모양이구나."

"예?"

경상은 마음에서 갑자기 우레가 요란하더니 이윽고 벼락이 쳤다. 경상은 정신을 차릴 수 없었다. 짧은 순간이 지나자 온 사방이 환해지는 것을 느꼈다.

'그렇게 한마음으로 천어를 듣기를 간절히 원했더니 그날 선생님이 전라도 남원에서 하신 말씀이 경상도 금둥골까지 천 리를 날아와 내게 들렸구나.'

경상은 눈물을 흘리기 시작했다.

'아, 세상이 하나를 머금었구나. 하나가 곧 전부였구나.'

경상은 엎드린 채 통곡하기 시작했다. 경상이 도를 얻는 순간이었다.

'천어가 어찌 따로 있겠는가. 강화는 사람의 사욕과 감정으로 생기는 것이 아니요, 공리와 천심에서 나오는 것을 가리킴이니 말이 이에 합하고 도에 통한다면 어느 것이 천어가 아님이 있겠는가.

그렇다.

천어란 양심에 거리낌이 없을 정도로 순수한 마음과 바른 기운으로 성

실하게 행한 뒤에 내려진 판단이 언어로 표출된 것이다.'

경상은 수운이 강조한 천어의 참뜻을 깨우쳤다. 천어는 양심에 비추어 부끄러움이 없이 성실을 다한 후에 듣는 하늘의 소리였다. 그것은 내 안에서 항상 거하며 내가 깨우치기를 기다리던 참된 진리였다.

수운은 경상의 그런 태도를 보고 그가 도를 얻었음을 알았다.

"이것은 천리의 자연이다. 그대는 큰 조화를 받은 것이니 마음으로 기뻐하고 자부하라."

수운은 경상의 깨우침을 인가했다.

며칠 후 경상은 조용한 때를 보아 수운을 찾아가 물었다.

"제 깨우침을 나아가 여러 사람에게 알려도 되겠습니까?"

수운은 즉석에서 허락했다.

"그것은 이제 자네의 일이 되었다."

그동안 수운은 찾아오는 이들에게 직접 포덕했다. 입도할 사람이 있으면 으레 용담으로 데리고 오거나 수운이 직접 가서 입도식을 올렸다.

이제 경상도 직접 포덕하고 입도식을 올릴 수 있는 자격을 받았다. 경상은 흥해에 사는 김이서를 만나 전후 사실을 말하고 벼 백석을 빌렸다. 그는 선뜻 벼 백석을 내주었다.

경상은 동해안 일대를 다니며 많은 이들에게 포덕해 검곡 포덕이라는 소리를 들었다.

이때 경상이 포덕해 영덕의 우성운·박춘서, 상주의 김문여, 흥해의 박춘언, 예천의 황성백, 청도의 김경화 울진의 김욱생이 입도했다.

85.

철종 13년 임술년 1862년 8월.

팔월에 이르러 수운은 도를 열심히 닦아 수양이 깊어진 제자들에게 포덕을 나서라 권유했다.

경상과 경주에서 약종상을 하는 최자원이 가장 눈에 띄는 수제자였다. 최자원은 생활이 대개 넉넉한 편이어서 사람이 유했다. 경상은 매우 가난했으나 남다르게 사람을 끌어당기는 힘이 있었다.

박하선도 수운이 인정한 제자였다.

구월부터 박대여의 집에 여러 도인이 모였다.

수운을 찾아오는 도인도 있었지만, 경상과 최자원이 포덕한 사람 수도 적지 않았다.

박하선은 영해를 중심으로 포덕을 해 나갔다.

임술년에 연초부터 삼남 일대에 백성들의 저항이 자주 일어나 관에서는 늘 긴장하고 있었다. 이월에 단성과 진주에서 농민 저항이 일어났다. 이어 삼월에 함양·성주·익산에서, 사월에 선산·개령·인동·함평에서, 오월에는 고산·부안·금구·회덕·장흥·상주·순천·공주·현풍·은진·금잠·연산·청주·회인·문의·강진·거창에서, 유월에는 밀양에서 학정에 참다못한 백성들의 저항이 일어났다.

경주 관아는 용담에서 뻗어 나온 기운이 경주 부내를 파고드는 것은 물론이고 경상도 일대로 퍼져나가는 동향을 주시하기 시작했다.

김성언이라는 자칭 선달이 있었다.

일찍 동학에 들어왔다가 배교한 자였다. 술독에 빠진 것처럼 변변치 못한 자였는데 빈한해 기숭밥이나 얻어먹으며 살았다. 윤 가라고도 하고 김 가라고도 해 출신이 분명하지 않았다.

그가 경주 진영에 찾아가 영장 김문수를 만났다.

"관에서 지목하는 최복술이 주변에는 돈이 많은 자가 여럿 있습니다. 일단 죄를 뒤집어씌워 최복술이를 잡아들인 후 방면하는 조건으로 돈을 요구하면 수천 냥은 쉽게 챙길 수 있습니다."

김문수는 회가 동했다.

"그 사람이 그렇게 영향력이 있습니까?"

김성언이 계속 부추겼다.

"하다못해 제자들에게 한 푼씩 거두어도 천 냥이 넘을 겁니다."

"알았소. 내가 부윤 눈치를 보아 조만간에 그놈을 잡아들이겠소."

김문수는 부윤 김진태의 허락을 받아 내서 구월 이십구 일 수운을 체포하기로 했다. 차사 김용만을 보내 수운을 잡아 오라 했다.

수운은 도인 십여 명과 같이 말을 타고 김용만을 따라갔다. 강에 이르러 다리를 건너려 하자 강가에서 빨래하던 백 명이 넘는 아낙들이 모두 일어나 수운에게 고개를 숙여 예의를 차렸다.

아낙들은 수운의 뒤에 보이는 서쪽 하늘에 상서로운 기운이 가득 차 있어 스스로 일어나 절을 했다.

잡아가는 김용만이 되레 겸연쩍어했다.

병영에 들어서니 영장 김문수가 기다리고 있었다.

그는 수운에게 호통을 쳤다.

"너는 일개 한사로 무슨 도덕이 있어 많은 선비를 제자로 거느리고 세상을 조롱하며 이름을 얻어 술가의 말을 하는가? 너의 의술은 의술이 아니요, 박수는 박수가 아니요, 무당은 무당이 아니다. 그런데도 사람들을 술수로 헤아리니 무슨 이유인가?"

수운은 지지 않고 대뜸 김문수를 꾸짖었다.

"하늘의 명을 성이라 하고 하늘 성을 거느리는 것을 도라 하며 도 닦음을 가르침이라 하니 이 삼단으로 사람 가르치는 것을 업을 삼는데 어찌하여 이치에 부당하다고 하는가?"

수운의 눈에서 불꽃이 번쩍였다.

영장은 깜짝 놀라 대꾸할 말을 찾지 못했다. 그 사이 소문을 듣고 사방에서 병영 마당으로 모인 사람이 오륙 백 명이 넘었다. 일부는 영장을 부추긴 김선달을 찾았으나 그는 도망쳐 영장이 거주하는 방안 벽장 속에 숨었다.

사람들이 영장에게 수운을 무고한 김선달을 내놓으라 윽박지르자 결국 영장이 잘못했다고 빌었다. 쓸데없이 까불다 코를 떼었다.

수운은 김문수를 나무라고 박대여의 집으로 가 머물렀다.

얼마 지나지 않아 김문수가 차사를 보내 장을 짊어지고 와 죄를 청했다.

수운이 담담하게 용서했다.

"나는 백면한사다. 어찌 관원과 차사를 벌할 수 있겠는가. 너희의 마음을 내가 알겠으니 그만 돌아가도록 하라."

그 자리에 부윤이 보낸 예리가 숨을 헐떡이며 도착했다.

"선생님 사또 내실께서 병환이 났습니다. 선생님은 약을 쓰지 않고서도 병을 고친다고 합니다. 부도를 한 장 써 줄 수 있겠습니까?"

수운은 아무 말도 하지 않고 잠시 생각에 잠겼다. 잠시 후 예리에게 말했다.

"병이 차도가 있을 터이니 가 보도록 하게."

예리가 놀라서 돌아가 부윤에게 보고했다.

"선생이 말씀하기를 병이 곧 차도가 있을 것이라고 했습니다."

부윤이 좋아서 내실에 들어가니 아내는 이미 일어나 옷을 갈아입고 있었다.

수운은 시월 오 일 용담으로 돌아왔다. 그는 앞으로 관의 지목이 더 심해지리라 예상했다.

애당초 목숨을 내놓고 시작한 일이었다. 자신에게 위해가 닥치더라도 그것은 얼마든지 받아들이리라.

수운이 씨를 뿌린 다시개벽 오만 년 무극대도는 부패한 정치로 메말라가는 백성들 사이에서 요원의 들불처럼 퍼져나가고 있었다.

서둘러야 할 일이 생겼다. 자신을 대신해 도를 이어갈 후계자를 시급하게 양성해야 했다.

시월 십사 일.

수운은 도인들에게 일단 도를 버리라는 「통문」을 발송했다.

통문

'이 글로 알리려는 것은 당초 사람을 가르칠 뜻으로 병든 사람에게 약을 쓰지 않고 스스로 낫게 하며 어린이에게 필력을 얻게 하며 총명을 도와주어 착하게 하자는 것이었다.

어찌 세상에서 칭찬할 일이 아니랴.

이미 수년을 보내면서 나는 화가 생기리라고 의심해 본 적이 없었다.

뜻밖에 도둑을 다스리는 아랫것들에게 모욕을 받았으니 이 무슨 액화인가.

이는 이른바 나쁜 말은 떠도는 것을 막기 어렵고 착한 행실은 전해지지 않는다는 것이다.

이러함이 그치지 않는다면 근거 없는 말은 갈수록 터무니없이 꾸며져 나중에는 도인들에게 화가 어떤 지경에 이를지 알 수 없다.

하물며 이처럼 바른 도를 서양 오랑캐의 학과 같이 돌려버리면 참으로 수치스러운 일이 아니랴.

어떻게 예의지향에 참례할 수 있으며 어떻게 우리 집안의 업에 참여할 수 있으랴.

이제부터 비록 친척의 병이라도 교인하지 말고 앞서 전도한 사람들도 은밀히 살펴 힘껏 찾아내어 이 뜻을 알려주어 모두 도를 버리도록 하여 다시는 모욕을 당하는 폐단이 없게 하라.

그래서 이에 두어 줄의 글을 써 밝혀 펴 보이니 이대로 준행하면 천만다

행하겠다.'

일단 도를 버리라는 통문을 띄웠으나 수운은 용담에 계속 머물러 있을 수는 없었다. 영문을 모르는 도인들이 용담으로 찾아올 것이 분명했다. 또 용담에 더 머물러 있으면 언제라도 다시 관의 지목을 받게 될 염려가 있었다. 일단 어디론가 다시 거처를 옮겨야 했다.

수운은 어디로 갈지 조용하게 수소문했다.

그는 시 한 수를 써서 돌렸다.

병 속에 신선주가 들어 있으니 가히 백만 인을 살리리라.

쓸 데가 있어 천 년 전 빚어 잘 간직하여 오던 술이다.

부질없이 한 번 마개를 열면 냄새는 흩어지고 맛도 엷어지리라.

지금 도 닦는 우리는 입조심하기를 이 술병을 간수 하듯이 하라.

시월 이십 일 밤.

용담에 하늘에서 선녀가 내려왔다.

수운은 서재에 앉아 책을 읽었고 부인과 양녀는 다듬이질과 바느질을 하고 있었다. 수운은 갑자기 속이 북에 찔린 것도 같고 바늘에 찔린 것도 같았다.

홀연히 휘황한 기운이 달처럼 비치므로 문을 열고 마당으로 나갔다. 캄캄한 하늘 가운데 채운이 영롱하고 서기가 밝게 어리어 용담 어귀가 대낮처럼 환하게 밝아졌다.

한 미녀가 녹의홍상을 하고 대문 앞 나무 위 허공에 단정하게 앉아 있었
다.

천성산에서 보았던 바로 그 선녀였다.

식구들이 놀라자 수운은 떠들지 말라 만류했다. 수운이 허리를 숙여 인
사하자 선녀는 조용히 북쪽을 손가락으로 가리켰다. 수운은 가만히 고개
를 끄덕였다.

86.

철종 13년 임술년 1862년 11월.

동짓달 초. 경상이 찾아왔다.

수운이 있을 만한 곳을 물색해 보라 하자 경상은 자기가 사는 금등골을 추천했다. 수운은 그 뜻이 고마워 빙그레 웃었다.

"자네 집은 좁으니 다른 곳을 찾아보시게."

금등골은 깊은 산중이라 은신하기는 좋으나 다른 지역과 왕래가 불편했다. 수운은 산중에 은신할 마음은 없었다. 관의 지목을 피할 수 있는 곳으로 가 포덕을 계속할 생각이었다.

경상은 흥해 매산리 매곡에 사는 손봉조를 찾아가 의논했다.

흥해읍에서 서쪽으로 십 리가 좀 못 되는 매곡은 교통도 편리하고 생활하기도 그다지 궁색하지 않았다. 수운의 큰어머니 오천 정 씨 친정이 있는 곳이기도 했다. 수운은 그곳이라면 당분간 머물겠다고 승낙했다.

십일월 구 일.

수운은 매곡으로 갔다. 얼마 후 수운은 매곡에서 훈장을 자처해 아이들을 가르쳤다. 경상이 용담과 매곡을 오가면서 수운을 모셨다.

며칠이 지난 어느 날, 아침부터 비가 내렸다. 비 오는 날에는 학동들이 오지 않았다.

잦아지는 빗소리를 듣자 문득 용담에 있을 아내와 자식 생각이 났다. 갑자기 처연한 마음이 일어났다.

순박하고 어진 아내와 영특한 자식들이 영문도 모르고 고생하는 모습이 눈에 어렸다.

'내가 지금 무슨 짓을 하고 있는 것일까? 차라리 다시 필부의 삶으로 돌아가 아내와 자식을 살피는 것이 가장의 올바른 도리가 아닐까?

지금도 그렇지만 내가 천명을 받아들인 후 내 아내와 자식들이 겪을 고난을 어찌한단 말인가? 어찌 한단 말인가?'

동짓달 찬비를 타고 마가 들어왔다. 수운은 잠시 한탄했다.

그러나 수운은 바로 마음을 고쳤다.

'나는 한울님으로부터 오만 년 개벽의 씨를 뿌리는 사명을 받은 몸이 아닌가? 육친과 가솔을 아끼는 사사로운 정이야말로 사람이 가지는 끈끈한 상정이라 내가 이미 그것을 넘어선 줄 알았으나 아직도 조그만 조각이 남아 있었구나.'

수운은 마음을 다잡으려 아침부터 밤늦도록 붓을 들고 글자를 썼으나 한 글자도 이루지 못한 채 종이만 두 권 버리고 말았다. 잠시 쉬었다가 다시 썼으나 글씨는 흐트러졌다.

수운은 이상하게 여겨 한울님에게 물었다.

"제가 왜 이렇습니까?"

한울님은 바로 응답했다.

"자네는 지금 사사로운 정으로 마음이 흔들리고 있다. 잠시 서예를 중지하라. 후에 반드시 필력을 돌려주겠다."

그 뒤로는 매일 학동들과 어울려 글을 읽으며 공부하는 것을 일과로 삼았다.

경상이 솜을 두툼하게 넣은 누비이불 한 채와 겨울옷 한 벌을 지어 왔다. 추운 겨울을 날 방도를 차렸다.

수운은 처자들이 끼니를 어찌 해결하는지 물었다. 경상은 쌀과 고기를 사고 돈 사오십 금을 마련하여 수운의 서찰과 함께 용담 본가에 들렀다.

그해 겨울은 유독 눈이 많이 내렸다.

87.

철종 13년, 임술년, 1862년, 12월.

섣달이 되자 수운은 마음이 조금 진정되었다.
「화결시」를 지었다.

방방곡곡 가고 또 가보니
물마다 산마다 낱낱이 알겠노라.
소나무와 측백은 푸릇푸릇 서 있는데
가지마다 잎새마다 매듭도 수만이다.
늙은 학이 새끼를 쳐 천하에 퍼뜨리자
날아오고 날아가고 우러러보기 그지없어라.
운이여, 운이여, 얻었는가 못 얻었는가.
때로다, 때로다, 깨달음이로다.
봉황새여, 봉황새여, 현자로구나.
황하수여, 황하수여, 성인이로다.
춘궁에 도화 이화 요요하게 피어나자
지사 남아들이 즐기고 즐기는구나.
겹겹이 쌓인 골짜기와 봉우리의 높고 높음이여
한 오름 두 오름 조금씩 조금씩 읊조리로다

밝고 밝은 그 운수는 제각기 밝고

같고 같은 배움을 음미하면 생각하고 생각하는 것 같구나.

만 년 나뭇가지 위에 천 떨기 꽃이요,

네 바다 구름 사이로 한 줄기 달이 비치네.

누각에 오른 사람은 마치 학의 등을 탄 것 같고

배 위에 말이 오르니, 마치 천상의 용과 같구나.

사람 중에 공자는 없어도 뜻은 공자 같고

글은 만 권을 읽지 않았으나 뜻만은 크다 하리라.

온 천지에 백설이 휘날리니

산으로 돌아가는 새들이 나는 것도 끊겼구나.

동쪽 산으로 오르고자 하니 밝고도 밝음이여.

그런데 서산의 봉우리는 웬일로 길을 막고 또 막는가.

여러 지방 도인들이 매곡으로 찾아왔다.

보은과 남원, 고성에서도 찾아왔다. 수운은 교단 조직을 만들 때가 되었다고 생각했다.

당금은 조정의 용납을 받지 못해 마음 놓고 강회를 열 수도 없었고 학당을 설치해 지도자를 둘 수도 없었다. 생각을 거듭하여 접을 단위로 조직을 구성하기로 했다. 이전에 장사할 때 보부상 조직을 잘 살펴둔 것이 도움이 되었다.

그들의 의리와 인정의 힘을 결속하던 접에 도덕과 지혜 그리고 한울님을 위하는 마음이 결합되면 만요불괴의 조직이 될 것이었다.

도인들 각자의 인맥을 중심으로 접을 조직하게 했다. 그래서 김 아무개 접, 이 아무개 접과 같은 명칭이 자연스럽게 생겼다.

임술년 섣달그믐. 처음 접주를 임명했다.

경주 접주는 백사길과 강원보, 영덕은 오명철, 영해는 박하선, 대구·청도·기내는 김주서, 청하는 이민순, 영일은 김이서, 안동은 이무중, 단양은 민사엽, 영양은 황재민, 영천은 김선달, 신령은 하치욱, 고성은 성한서, 울산은 서군효, 경주 읍내는 이내겸, 장기는 최중희를 임명했다.

이중 황재민은 갑자년 이후에는 용담에서 살게 되는데 이후 을축년 시형이 태백산 중으로 피신할 때 김성문 전덕원 정시겸 전윤오 김성진 백선원 박황언 권성옥 심성길 김계악 등과 함께 따른다. 더 후의 일이지만 신미년 삼월 이필제의 영해작변에 참여했다가 시형을 따라 태백산중으로 피신하고 같은 해 오월에 시형과 결의를 맺는 사람이다.

동학에서는 도인 수를 계산할 때 사람을 단위로 하지 않고 가호를 단위로 했다. 당시 접의 규모를 사십에서 육십 호 정도로 보면 열여섯 곳 접주를 임명했으므로 도인 수는 약 천 명 정도였다.

수운이 남원에 머물 때 포덕했고 이미 수운을 찾아오는 발걸음이 있던 전라도 지역은 접주가 정해지지 않았으므로 실제 그 수는 좀 더 많을 터였다.

같은 접에 속한 도인들은 한 가족처럼 화목하게 지냈다.

같은 접 도인들은 사실 일가친척이 많았다. 그래서 자연스럽게 서로 돕고 살았다.

남원 도인 이수천은 문덕봉 밑 서매리에서 민씨 척족 민달수의 땅을 소작했다. 민달수는 이수천의 아내가 미목이 수려한 것을 평소에 탐내다가 추수가 끝날 때쯤부터 대놓고 끈적거리기 시작했다.

"자네 집사람을 내 집에 와 보름만 내 시중을 들게 하게나. 그러면 내가 내년 봄에 자네가 부치는 땅을 배로 늘려 주겠네. 어떤가?"

이수천은 발목에 붙은 거머리 떼듯 민달수의 청을 물리쳤다.

섣달은 지주가 소작인들에게 다음 해 부칠 땅을 나누는 달이다.

날 샌 올빼미 신세가 된 민달수는 마름을 시켜 내년부터는 이수천의 소작을 끊겠다고 통보했다.

이수천은 며칠 속으로 끙끙 앓다가 작정하고 집을 나섰다.

먼저 민달수의 땅을 부쳐 먹던 처남 차재병을 만나 자초지종을 말했다. 차재병은 장비처럼 화를 내며 자기와 친한 김태규를 불렀다. 김태규도 민달수의 땅을 부치고 살았다.

김태규는 민달수의 다리몽댕이를 부러뜨리자고 방방 뛰었다.

세 사람은 차재병의 집에서 막걸리를 마시며 머리를 모았다.

결론은 민달수의 땅을 소작하는 사람들에게 이 사실을 알리고 내년에는 모두 민달수의 땅에서 농사를 짓지 않겠다고 시위하자는 것이었다.

민달수의 땅을 소작하던 사람들은 대개 일가친척이라 만나서 말하기 쉬웠다. 사람들은 민달수의 도리를 버린 행패에 한결같이 분노했다.

그러나 선결해야 할 문제가 있었다.

만약 민달수가 똥구멍 찔린 소처럼 배를 퉁겨 내년 농사를 포기한다면 소작에 의지해 삶을 꾸리던 사람들이 내년 한 해 동안 먹고 살길이 끊어지고 만다.

이렇게 된다면 문제가 커진다. 가난을 등에 지고 살던 사람들이라 다른 방법을 찾지 못했다.

고리봉 밑 생암 평야 천석 지주 박우술도 도인이었다.

그는 이 소식을 듣자 맨발로 이수천을 찾아왔다.

"내가 내년 서매리 도인들이 먹을 양식을 모두 낼 터이니 아무 근심하지 말고 민달수의 더러운 버르장머리를 고쳐 놓으시오."

이수천은 차재병과 김태규를 데리고 민달수에게 가 소작인 모두가 내년 농사를 짓지 않겠다고 통보했다.

민달수는 자기가 한 행세는 잊어버리고 펄쩍펄쩍 뛰었다.

부끄러운 일은 천 리 밖으로 날아다닌다.

이 소문은 금방 남원 일대로 퍼졌다.

민달수는 바깥을 돌아다닐 엄두도 못 내고 방안에서 이불을 둘러쓰고 끙끙 앓았다.

그러더니 섣달그믐을 넘기지 못하고 몰래 이수천을 불러 자기가 잘못했다고 굴복했다.

88.

철종 14년, 계해년, 1863년, 4월 6일. 수운 40세.

수운은 매곡에서 새해를 맞았다.
정월 초. 「결시」를 발표했다.

오늘 도의 장래를 묻지만, 어찌 알랴.
새 아침에 뜻이 있으니 계해년이다.
공을 이룬 지 얼마인데 또다시 때를 기다려야 하나.
늦다고 한할 것이 무엇이랴,
그것은 그러하게 되리라.
때에는 그 때가 있으니 한한들 어찌하랴.
새 아침에 노래를 읊으며 좋은 바람이 불어오기를 기다리노라.
지난해에 서북의 영우를 찾아갔는데
뒤에야 나의 집안에서 이날의 기약을 알았다네.
봄 오는 소식은 응당 알지만,
지상신선의 소식도 가까워지네.
이날 이때 영우들이 모였지만
대도의 그 속마음은 알지 못하네.

일월 육 일.

수운은 잠시 매곡 손봉조의 집을 떠나 용담에 들러 가족을 만나보고 돌아왔다. 매곡동에도 더는 머무를 수 없어 이월 초, 영천 이필선의 집으로 옮겼다.

여기서도 훈장을 맡아 학동들에게 글을 가르쳤다. 이따금 도인들이 찾아오면 수행하는 법을 지도했다.

삼월 초에 다시 신령 하처일의 집으로 가 며칠 묵었다.

이승에 머무는 얼마 남지 않은 시간에 이렇게 떠돌며 세월만 허비할 수는 없었다. 수운은 마음을 굳게 먹었다.

'어차피 관의 지목은 피할 수 없는 일이다.

다시 용담으로 돌아가야 한다.

어떤 고난과 박해가 있더라도 겪어내자.

죽어야 한다면 기꺼이 죽자.

경신년 사월. 한울님을 만나던 그 순간 나는 존재에게 죽음이란 없다는 것을 깨달았지 않는가?

존재에게는 지금 여기 이 순간만 계속 이어진다.

세속에서의 죽음은 또 다른 차원의 삶으로 이어지는 문지방일 뿐이다.

그리고 어느 곳에서도 한울님은 항상 존재와 같이 있을 것이다.

용담으로 돌아가 포덕을 마무리하자.

그것은 한울님에게서 도를 받은 사람의 마땅히 가야 할 길이다.

그리고 마땅한 후계자를 얻어야 한다.

앞으로 다가올 험한 세월을 이겨내고 도를 지켜나갈 깊고 굳건한 성품

을 가진 사람을 찾아보자.'

　삼월 구 일.

　북쪽으로 전전한 지 사 개월 만에 수운은 다시 용담으로 돌아왔다.

　어느덧 손이 풀려 글씨를 쓸 수 있었다. 둘째 아들 세청과 세청의 친구 김춘발·성일규·하한룡·강유를 불러 글과 글씨를 가르쳤다.

　도인들이 찾아오면 龜(구)·龍(룡)·雲(운)·祥(상) 같은 글자를 써 주며 지도했다.

　"글씨 쓰는 법을 닦고 이루는 이치는 일심에 있습니다.

　사람의 마음이 같지 않음을 애석히 여겨 안팎이 없도록 반듯하게 써야 합니다. 마음을 편안히 갖고 기운을 바르게 한 다음 첫 획을 긋는데 만법은 이 한 점에 있습니다.

　먼저 붓털을 부드럽게 하려면 먹을 몇 말은 갈아야 합니다. 두꺼운 종이를 택하여 글자를 쓰되 필법에는 크게 쓸 때의 법과 작게 쓸 때의 법이 다릅니다. 먼저 위엄 있게 시작하여 엄정함을 위주해야 하며 형체는 태산의 층암처럼 해야 합니다."

　서예를 가르치며 에둘러 도를 지시해 보였다.

89.

사월이 되자 수운이 용담으로 돌아왔다는 소식이 널리 퍼져 각지 도인들이 줄을 이어 찾아왔다. 후일 도차주가 된 강수도 이때 영덕에서 일부러 찾아왔다.

천 리 밖 인연도 한 가닥 실에 의해 맺어진다.

수운은 강수에게 「좌잠」을 써 주었다.

'우리 도의 이치는 넓으나 요약하면 많은 말로 설명할 필요가 없다.

별다른 도리가 없고 성경신 석 자이다.

이를 힘써 공부하여 이치를 꿰뚫으면 비로소 알게 된다.

잡념이 일어나도 두려워 말고 오로지 앎을 깨우치려 걱정하라.'

사월에 영덕 관아에서 동학을 탄압했다.

영덕 도인들은 관의 지목을 피하려 인근 산속에 막을 치고 수련했다. 이것을 트집 잡아 관아에서 사람이 나와 도인들을 체포해 갔다.

관장은 동학의 가르침이나 도인들의 활동에는 관심도 없고 이해할 만한 학문도 부족했다. 다만 죄를 덮어씌워 족치면 돈이 생긴다는 것만 알았다. 결국 영덕 도인들은 돈을 주고 풀려나왔다.

이후 다른 지방에서도 소문이 나 관장들은 도인들에게 돈을 뜯어내는 맛을 들여 툭 하면 잡아가는 한심한 작태가 계속되었다.

사월 그믐이 되자 용담정 일대는 푸른 숲으로 변해 가고 물소리도 맑았다.

수운은 용담 집터 주변을 거닐다 「우음」을 한 수 지었다.

'천하를 다녀보지 못했으나 구주는 들어서 아는데
남아가 헛되이 심상을 노닐고 있노라.
흐르는 물소리를 들으니 동정호가 아닌 것을 알겠지만
평상에 앉아 있노라니 악양루에 와 있는 듯하구나.'

오월 하순.

수운은 위축되지 않고 더 적극적으로 포덕을 전개하기로 했다. 접별로 용담에 도인들을 모아 집단 수행 방식으로 지도했다.

통문을 보내 접별로 한 번에 사오십 명씩 모아 용담에서 오륙 일간 숙식하면서 수련했다.

유월에는 수련을 마친 각처 도인들에게 글자를 종이에 써 나누어주었다. 영덕 강수에게는 미리 써둔 性(성) 자를 골라 주면서 敬齋(경재)라 제호를 써 주었다.

도인들의 집단 수련은 활기를 띠고 진행되었다.

90.

철종 14년, 계해년, 1863년, 4월 6일.

비변사에서 난동 부린 백성을 조사한 제주 안핵겸찰리사 이건필의 계본을 왕에게 보고했다.

왕은 전교를 내렸다.

전교

'찰리사를 보내고서 섬의 백성 때문에 마음을 놓지 못하였는데 조사 장계를 보니 좋지 못한 버릇이 어찌 이리도 심한가?

설사 원통하고 괴로운 단서가 있다 하더라도 어찌 호소할 방도가 없어 떼 지은 무리를 불러 모아 수령을 능멸하고 공격하여 관인과 병부를 겁탈하는 지경에 까지 이른단 말인가?

수령의 죄는 말할 것도 없으나 일찍이 순박하고 후하다고 일컬어지던 풍속인데 어찌 이렇게 모질고 흉한 일을 벌인단 말인가?

너무나 통탄스럽고 놀라워 차라리 아무 말도 하고 싶지 않다.

죄를 지은 우두머리에게는 이미 법을 적용했으니 같은 죄를 지은 자들에게도 역시 당해 형률을 적용하도록 묘당에서 품처하게 하라.'

비변사에서 다시 보고했다.

'제주도는 큰 바다가 가로막고 있어 명령은 즉시 시행되지 않고 숨겨진 일은 위로 알려지기 어렵습니다. 전부터 조정에서는 내지보다 더 걱정하고 회유하여 잘못을 저지를 때마다 너그럽게 용서하였고 곤란하다는 소식을 들을 때마다 소생시킬 생각을 하였습니다.

본래 순박하고 후한 풍속인데다 항상 덕에 의한 교화를 무성하게 입고 있으므로 각자 편안하게 생업에 종사하여 형벌까지 받는 일은 거의 없었습니다.

그런데 이번에 뜻하지 않게 용서할 수 없는 죄를 저질렀습니다.

나라에 일정한 법이 있으니 어찌 높였다 낮추었다 하겠습니까? 그러나 조사 결과를 기록한 문안을 여러 차례 읽어 보니 적이 불쌍하고 측은합니다.

과다한 세금을 멋대로 걷어 이 백성을 범죄에 저촉하게 한 것은 참으로 수령의 죄입니다. 그러나 폐단을 말하고 억울함을 하소연할 방도가 없다고 해서 감히 무리를 모아 난을 일으켜 수령을 위협하고 병부를 빼앗으려고도 합니까? 전에 없던 변고라 하겠습니다.

이미 반역의 형태가 갖추어졌으니 국가의 기강을 확립하고 백성의 버릇을 가다듬는 도리로 볼 때 수괴와 동조자를 모두 죽여 크게 징치하여야 마땅합니다.

하지만 모두 살리고자 하시는 성상의 생각을 본받아 감히 수범과 종범을 구분하는 가벼운 규정을 적용하기를 청합니다.

통문을 돌려 무리를 모으고 난을 일으켜 관청에 들이닥치며 인명을 함부로 살상하고 문서를 마음대로 불태울 때 스스로 난동의 수괴가 되어 지휘하고 속인 자는 바로 강제검과 김홍채인데 이미 처형되었습니다.

그다음 참모로서 동조한 자는 조만송과 장환인데 조만송은 피살되고 장환은 도망 중입니다. 기한을 정해 염탐해 잡아들이게 해서 속히 당해 형률을 시행해야겠습니다.

또 그다음은 박홍렬로 처음과 두 번째 난을 일으킨 곳에는 참여하지 않았으므로 무죄라고 변명할 단서가 된다고 하나 조사할 때 죄상이 거의 다 탄로나 가릴 수 없었습니다. 강제검이 병부를 탈취하고자 할 때 옆에 있으면서 만류하지 않았고 김연홍이 본 읍의 수령에게 갈 때 동행하여 함께 협박하였습니다.

그 행적으로 보자면 여러 사람의 공초에서 자주 나오긴 했으나 그 실정으로 보자면 수괴라고 곧장 단정하기는 어렵습니다.

김연홍이 동헌에서 소란을 피울 때 삿갓을 공격해 병부 주머니를 집었다고 말하는 사람도 있고 무정에 모였을 때는 지팡이를 들고 나무 방망이를 지고 수령을 협박하여 들것에 메우고 앞장서서 사람을 죽이며 문서를 불태우는 등 모든 변고에 참여하였다고 말한 사람도 있습니다.

다른 사람의 공초를 믿기 어렵다고는 하나 흉악한 일에 동조한 죄를 어찌 벗어날 수 있겠습니까?

현재득은 임가의 공초로 볼 때 함께 모사하고 동조한 자로서 가장 긴요한 범인입니다. 강제검과 친밀하게 지내며 형방 일을 처리하기까지 하였고 조만송과 부화뇌동하여 파출을 선창하기까지 하였습니다.

이들 셋은 용서할 수 없는 죄를 저질렀으나 앞장서서 난을 일으킨 수괴와는 차이가 있으니 특별히 사형을 감하는 규정을 시행하여 모두 세 차례 엄중한 형벌을 가한 뒤 다른 도의 멀고 험한 섬에 정배하겠습니다.

이유락이 수령의 옷깃을 손에 쥐고 있었는지는 확실한 증거가 없지만 객사에서 소리를 지른 것은 다른 사람의 공초에 나와 있습니다.

강팽록은 향교의 직임을 지낸 몸으로 관문에 돌입하여 원수를 함께 치자고 주장하였으니 더욱 흉악한 괴수와 호응한 행적을 알 수 있습니다.

김석구는 처음부터 끝까지 모의에 참여하였다는 여러 사람의 공초가 있고 돌을 돌리며 무리에게 맹세하였으니 더더욱 너무 패악합니다.

조명순은 즉석에서 우두머리가 되어 몽둥이를 들고 무리를 불렀습니다.

이상 네 놈은 두 차례 엄중한 형벌을 가한 뒤 다른 도의 먼 곳으로 정배하겠습니다. 통문 돌리기를 주장한 김두일, 세금 장부를 찢고 불태운 안광실, 모이자고 약속하여 남의 집을 친 김석량 등 이상 여섯 놈은 모두 한 차례 엄중한 형벌을 가한 뒤 다른 도에 정배하겠습니다.

홍봉효 형제와 홍원학 김여진 송운백 이계락 강여신 등 여덟 놈은 종종 머물면서 논의에 참여한 사람도 있고, 살짝 갔다가 곧장 돌아온 사람도 있고, 가서 보고 장부를 조사한 사람도 있고, 집을 헐 때 함께 본 사람도 있는데 중요한 죄는 없다 하더라도 완전히 용서할 수는 없으니 모두 한 차례 엄중한 형벌을 가한 뒤 징계하고 석방하겠습니다.

그 밖에 정기영 박재학 강필득은 모두 처벌을 논하는 명단에 들어 있는데 당시 관청에 있던 수교 아전 통인으로서 방어하는 데에 최선을 다하지 않았으므로 역시 형추한 뒤 석방하겠습니다.

고을의 도망간 아전 송인원 송응환 정승우 세 놈은 본도에서 기어이 잡아 무겁게 처벌하도록 하겠습니다.

양민이 난을 일으키게 한 허물은 목민관에게 있는데 전 목사는 이미 앞서 처벌을 청하였고 판관 구원조는 주민의 말만 듣고 장계를 작성하고 난을 일으킨 무리를 따라가 크게 체모를 손상시켜 수치스럽게 한 것이 적지 않으므로 먼저 파직하고 나중에 잡아들이는 법을 시행하는 것이 어떻겠습니까?"

왕은 병색이 완연했다.

하체가 썩고 있었다.

"그리하라."

91.

칠월 초부터는 여러 지역에서 동학을 탄압했다.

수운은 수련을 중지하고 칠월 이십삼 일 파접 통문을 보냈다.

동학이 활발하게 활동하자 지방 유생들과 관에서는 두려워했다. 이들은 동학을 서학과 동일시하여 탄압하는 구실로 삼았다.

동학은 비록 이름이 다르나 알고 보면 서학을 위장한 데 지나지 않는다는 논리였다.

서학으로 몰아간다는 것은 역시 동학을 사학으로 규정하여 제거하겠다는 심산이었다.

수운은 이번 탄압을 심각하게 보았다. 결국은 올 일이었다. 만일의 사태를 생각하면 이제는 서둘러 후계를 정할 때가 되었다. 수운은 심고를 거듭했다.

칠월 이십삼 일.

파접하는 날에 사오십 명 정도 도인이 모였다. 이 자리에는 경상도 있었다. 수운은 여러 도인 앞에서 경상을 북도중주인으로 임명했다.

"진실로 성공자는 가는 것이다. 이 운수를 생각하니 필시 그대 때문에 생겨난 것이구나. 이제부터 도의 일을 신중하게 처리하여 나의 가르침에 어김이 없도록 하시오."

경상이 놀라서 말했다.

"어찌하여 저에게 이런 막중한 일을 맡기십니까?"

수운이 부드러운 목소리로 말했다.

"이는 곧 운이니라. 운이니 난들 어쩌겠는가. 앞으로 자네가 할 일을 자네에게 주어진 천명이라 생각하고 즐겁게 하시게. 자네는 마땅히 명심하고 내 말을 잊지 말길 바라네."

경상이 다시 사양했다.

"선생님, 이 직은 저에게 과분합니다."

수운은 웃었다.

"일인즉 그리되었다. 걱정하지도 말고 의심하지도 마시게."

이때 수운이 나이가 마흔이었고 경상은 서른일곱이었다.

북도중은 경주 이북 지역의 도중을 말한다.

수운이 사는 경주 이남 지역은 자신이 직접 관할하고 북쪽 지역 도중 일은 경상이 맡도록 분담한 것이다. 북도중 지역은 경주 북산중·영일·청하·영덕·영해·평해·울진·진보·안동·영양·단양·신녕·예천·상주·보은 등지였다.

상당히 넓은 지역이었다.

수운은 도인들에게

"지금부터 경상을 북접 주인으로 정했으니 내왕하는 도인들은 먼저 금등골을 거쳐 나에게 오도록 하시오." 하여 경상에게 권위를 실어 주었다.

92.

추석을 이틀 앞둔 팔월 십삼 일, 저녁 무렵 경상은 수운을 찾아갔다.

추석 명절을 선생님과 같이 지내기 위해서였다. 동트기 전에 금등골을 떠나 칠십 리 길을 단숨에 걸어 정오가 좀 지나 용담에 도착했다. 경상을 본 수운은 기뻐했다.

"추석이 멀지 않았는데 어찌 이리 급히 왔소."

수운은 「영소」를 짓고 「흥비가」를 노래했다.

마침 박하선을 비롯하여 도인 대여섯 명이 대문을 열고 들어왔다. 박하선이 큰소리로 인사했다.

"선생님께서 홀로 추석을 보내시는 것 같아 저희가 모시고 같이 지내러 왔습니다."

스승과 제자가 도중 일을 의논하면서 하룻밤을 오붓하게 보냈다.

다음날 십사 일 밤.

가을바람이 나무 사이를 지나가는 소리가 들렸다. 수운은 경상을 홀로 불러 마주 앉았다.

수운은 「처사가」를 읊었다.

'푸른 소나무와 노란 국화꽃은 띠를 두른 듯하고
율리의 맑은 바람이 부는데
신선이 나는 구절을 읊으니

늙은 학이 날아와 춤을 추고

소식이 적벽에서 뱃놀이할 때의 달이로다.'

수운은 시를 읊고 한참 동안 묵묵히 생각에 잠겼다. 잠시 후 경상에게 무릎을 단정히 하고 앞에 와 앉게 했다.

경상이 놀라 무릎을 꿇고 단정하게 앉았다. 잠시 후 수운은 경상더러 손과 발을 굽히고 펴보라 했다.

경상은 애를 썼으나 정신이 있는 듯 없는 듯해 도무지 손과 발을 움직일 수가 없었다. 수운이 이를 바라보다 웃었다.

"그대는 어찌하여 몸이 굳었는가?"

이 말을 듣자 비로소 경상은 기신을 차리고 몸을 움직일 수 있었다.

"조금 전엔 꼼짝도 못 하더니 이제는 왜 몸이 말을 듣는가."

경상이 이마에 흐른 땀을 손등으로 훔쳤다.

"그 까닭을 모르겠습니다."

"이것이 바로 조화의 대단함이다. 후세에 난을 당한들 무엇을 걱정하겠는가. 자네에게 내 도를 주니 나를 이어 포덕에 힘을 써 주시게.

이후로는 가슴을 펴고 눈을 들어 앞만 보고 나아가야 하네. 거친 바람이 불어올 터이니 신중하고 또 신중하시게."

경상이 일어나 큰절을 올렸다.

경상은 팔월 십오 일 새벽, 수운이 다시 경상을 불러 가르침을 전했다.

"우리 도는 유불선 세 도를 겸하여 나온 것이다."

경상이 물었다.

"어찌하여 겸해진 것입니까?"

"유학은 붓을 던져 글자를 이루고 입을 열어 운을 부르고 제사에 소와 양을 쓰니 이에 유학이라고 한다.

불도는 도량을 깨끗이 하고 손으로는 염주를 잡고 머리에는 흰납을 쓰고 등을 켜니 이에 불도라고 한다.

또 선도는 용모를 바꾸어 조화를 부리고 의관은 채색이 있는 것을 입고 제사를 지낼 때는 폐백을 쓰며 예주를 올리니 이에 선도라고 한다.

우리 도는 때에 따라 그때그때 알맞은 제례의 방법을 따른다."

날이 훤하게 밝아왔다.

수운은 수심정기 넉 자를 경상에게 주었다.

"후에 병을 다스릴 때 이것을 행하여 쓰라."

그리고 符圖(부도)를 주고 특히 붓을 잡아 受(수)와 命(명) 두 자를 써주었다.

한울님께 고하여 결을 받아 시를 지었다.

'용담의 물이 흘러 사해의 근원이 되고, 검악에 사람이 있어 한 조각 굳은 마음이다.'

수운은 시를 경상에게 주었다.

"이 시는 그대의 장래 일을 위해 내린 강결의 시이다. 영원히 잊지 않도록 하라."

경상을 일어나 다시 수운에게 큰절을 올렸다.

이로써 후계 작업이 성공적으로 마무리되었다.

이 무렵 청하 도인 이경여가 산막을 치고 여러 사람을 수련시키다 이웃의 고발로 경상 감영에 잡혀가 심문받았다.

이경여는 고문으로 팔꿈치의 뼈가 다 드러났다.

관장이 회유했다.

"만약 네가 배교한다면 지금이라도 당장 풀어주겠다. 어떠냐?"

동방 누룩 뜬 모습으로 묶여 있던 이경여는 물 거슬러 오르는 뱃사공처럼 펄쩍 뛰었다.

"내가 지금 여기서 목숨을 잃더라도 나의 학을 버릴 수는 없다."

난감해진 관장이 인근의 고행승을 불렀다. 그 스님은 마음이 흔들릴 때마다 손가락을 하나씩 잘라내며 수도했던 사람이었다.

관장은 이경여 앞에 스님을 마주앉게 했다.

스님이 먼저 물었다.

"동학에도 극락이 있소?"

"있습니다."

"어디에 있소?"

"우리가 사는 여기에 있습니다."

"우리 극락은 업보에 따라 왕생하는데 선생의 극락은 이 험한 곳에 있다니 그게 무슨 말이오?"

"세상의 모든 일은 한울님의 조화 안에 있소. 현실이 험하다면 현실을 극락으로 바꾸어 나가면 되지 않겠소?"

"우리는 험한 현실을 외면하고 마음 안으로 들어갔습니다. 그러나 동학은 구체적인 실천을 염두에 두고 있군요."

"사람이라면 누구라도 한울님을 모시고 있습니다. 모두가 소중하고 아름다운 존재들입니다. 우리가 서로 더불어 존중하며 산다면 극락은 이 세상에 이루어집니다. 그래서 동학은 믿는 것이 아니고 하는 것이라 합니다."

스님은 손가락 없는 손을 들어 보이며 말했다.

"나는 구차하게 숨어 안으로만 들어갔는데 당신은 목숨을 걸고 자신을 드러내 앞으로 나가는군요. 내가 졌습니다."

스님은 뒤도 돌아보지 않고 가 버렸다.

강수가 나서 영덕 도인들이 이백 냥을 모아 관에 속전을 바치고 이경여를 구해내고 사건이 더 확대되지 않도록 무마시켰다.

영해 지역에도 다른 지역과 마찬가지로 유생들이 앞서서 동학을 배척했다. 영양과 진보 도인들이 집단으로 일월산에 들어가 막을 치고 수도한 일이 관에 알려져 한때 시끄러웠다.

여러 곳에서 동시에 동학을 탄압하기 시작했다.

93.

여러 지역에서 칠월부터 시작한 동학 배척이 구월에도 계속되었다.

안동을 중심으로 한 경상도 지역은 남인 세력의 세거지였다. 남인 세력은 당시 정권에서 소외되어 있었다.

이들은 남명 조식의 영향을 받아 출사하지 않고 처사의 삶으로 만족하는 풍조가 있었다. 그래서 그들은 고향에서 자신의 이론과 학문을 닦는 데치중했다.

사람이란 일을 겪으며 지각이 드는 법인데 그러다 보니 고립되어 자기들이 세운 원칙만 맹신하고 허망한 고담준론에 빠지기 일쑤였다. 주자가서라고 하면 서고, 주자가 앉으라고 하면 앉으면서 다른 생각은 전혀 하지못했다.

성리학 이외의 학은 이단으로 불온시하고 탄압의 대상으로 삼았다.

공자에게서부터 시작해 중국과 주변 나라를 어루만지는 전체 유학사에서 성리학은 그야말로 원류를 이탈한 이단적인 탁류라는 것을 그들이 과연 이해할 수 있을까?

성리학이 유학의 탈을 쓴 불교라는 사실을 그들이 과연 납득할 수 있을까?

문둥이 자지만 떼어먹는 어리석고 답답한 사람들이었다.

양반 유림의 세력이 강하다는 것은, 그만큼 그들의 기득권이 확고하다는 의미이기도 했다. 세물전 영감 흉내만 내는 어리석고 답답한 사람들이 거머쥔 기득권은 백성에 대한 가렴주구로 이어졌다.

먼저 상주 지역 유생들이 동학을 적대시했다. 상주 외서면 우산리에 있는 우산 서원은 불탄 강아지 않는 소리를 냈다.

구월 십삼 일 자로 무슨 임진년 원수 대하듯 동학 배척 통문을 만들어 상급 서원인 도남서원으로 보냈다.

우산서원통문

'이 글로 통유할 일은 삼가 맹자께서 양묵의 언설이 사라지지 않으면 공자의 도가 불명해지므로 양묵을 물리치는 것은 성인의 도리라고 능히 말할 수 있다고 했다.

정자도 양묵을 불도의 말에 비하며 그 폐해가 우심하므로 학자는 마땅히 음탕한 말과 미색을 멀리해야 한다고 하였다.

이같이 아니하면 그 속에 마구 빠져들게 된다 했다.

아, 지금 소위 동학이란 것은 어떤 무리의 요마 흉물인지 제 모습을 포장해 알 수가 없다.

대체로 생각해 보면 그 지은 이름으로 보아 그 죄가 만 가지로 드러나니 곧 서양의 학을 하는 도적들이다.

말하기를 서라 하고 양이라 하고 천주라 하니 우리 동방의 불량배 무리이다.

방치하면 같이 망할 우환이 있을 것은 그 이름을 보아도 가히 알 수 있다.

대저 본래의 서를 동이라 하고 양을 선이라 하고 학을 하는 바도 천주라

호칭하니 오랑캐나 황건적 도주와 같음을 가려볼 수 있다.

지금 동이라는 명목을 가지고 있으니 이 적도들의 흉측하고 음흉한 계략은 동 한 자를 훔쳤다.

장차 예의를 밝히는 우리 동방에 그들이 섞이면 한없는 욕이 되어 천하 만세에 이어질 것이다.

우리 동방의 벼슬아치와 선비는 어찌 서두르지 않으랴.

두려워 말고 용기를 내면 통렬히 열어나갈 수 있다고 생각한다.

여태 양학이 치열하여 나라 안에 가득 찼으나 감히 영남에는 한 발자국도 들여 놓지 못했다.

당시 여러 선배가 바르게 유학을 밝히고 사설을 배척하는 데 힘을 다하여 이루어 냈기 때문이다.

이 일은 이미 지난 일이지만 효험이 컸음이 드러났다.

이번의 요마 흉측한 술책은 분명한 서학인데 근본은 바꾸지 않고 이름만 바꾸었다. 지난날에는 어정거리며 감히 이 지역에 들어오지 못했으나 지금은 매우 한심한 곳이 되어 버렸다.

당연히 들어앉아 뜻을 구하기 위해 글을 읽고 닦아 행하는 선비들은 우려하지 않으나 지식이 얕고 재주가 옅어 새것을 좋아하여 괴상하게 행하려는 무리는 잘못 빠져들지 않으리라 보장하기 어렵다.

하물며 무지한 백성은 그들에게 더욱 감염되기 쉬울 것이다.

지금 도모해야 할 것은 빨리 가려내어 마땅히 엄하게 죄 주어 다스려야 하리라 생각된다.

단지 가려내기만 하면 무엇하랴.

유도를 밝혀 그 근원을 더욱 깊게 하도록 엄한 법을 만들어 그들을 가려 과감하게 단속해야 한다.

선비로서 할 일은 그들의 간사함을 살펴보거나 그들의 행동을 단단히 살펴보는 것이다.

또한, 다만 토죄에 그치면 무엇하랴.

그들의 죄악을 성토하여 온 세상에 드러내 준엄하게 설득시켜 가르쳐 막아야 하며, 유도의 가르침으로 급하게 번져 가는 물살을 막아야 하며, 그 비뚤어짐을 분명히 알고 그 심지를 크게 정해야 옳을 것이다.

모름지기 이같이 하면 우리 유도도 마치 중천의 해와 같이 밝아지리라.

백성의 행실을 돌려놓으면 모두 북돋을 수 있으리라.

그들이 이르는 동학이란 것은 바로 선과 악을 어지럽히는 쭉쟁이 풀싹이라 하겠다. 마땅히 햇빛을 못 보게 얽힌 덩굴을 뽑아 버려야 한다.

이 어찌 영남에서 글 읽는 우리의 급선무가 아니겠는가.

우리는 남모르게 나라를 걱정하는 마음을 이기지 못해 감히 미혹된 의견을 펴 보여 태평함을 돕고자 엎드려 위에 있는 여러분에게 청하는 것이다.

진정 분연히 여긴 지 오래이니 바라건대 채납하여 통문을 내려 빨리 도내 서원에 돌려 널리 효유해 평안토록 크게 방비해 능히 보존하면 다행이겠다.'

우문통 도남서원 계해 구월십삼일 우산서원 원장 진사 홍은표 재임유학 정직우

우남서원 통문을 받은 도남서원은 십이월 초하루, 통문을 다시 만들어 상주 외남면 신상리에 있는 옥성서원을 비롯한 인근 여러 서원에 보냈다.

도남서원통문

이 글로 통유하게 된 것은 바로 우산서원에서 본원에 보내온 글을 접해 보았기 때문이다.

우리는 수선의 처지에 있으면서 이단을 물리치는 일에 먼저 일을 꾸미지 못해 이를 부끄럽게 생각한다.

그러나 우산서원은 곧 우리 고을의 서원이라 우리가 한 일과 같은 셈이니 우산서원 선비들의 말은 곧 우리들의 말이다.

이에 감히 뒤이어 그 사단에 도내 군자들과 같이 힘을 다하기를 청하는 바이니 양해 바란다.

동학이란 어떤 것인가.

서학의 명목을 다시 이어가자는 것으로 한 짝으로 태어난 이들을 우리나라 백성이라 할 수 있겠는가.

즉 그들이 하는 말과 하는 일은 이미 참모습을 감추고 사악함이 만 가지가 하나같으니 얻을 것은 없다.

그들의 행위가 무엇이 요사하고 흉악한 기도인지 서양의 학인 오랑캐 짐승의 도에 비해 더 심한지를 실로 모르고 있다.

그러나 전해지는 말을 대강 들으니 그들이 이른바 송주하는 천주라는 것은 서양에 의부한 것이고 부적과 물로 병을 치료하는 것은 황건적의 행위를 도습한 것이다.

하나같이 귀천의 차등을 두지 않고 백정과 술장사들이 어울리며, 엷은 휘장을 치고 남녀가 뒤섞여 홀어미와 홀아비가 가까이하며, 재물이 있든 없든 서로 돕기를 좋아하니 가난한 이들이 기뻐한다.

도당을 널리 거두어들이는 것을 제일의 공으로 삼아 한 마을에 들어앉으면 온 마을 사람들을 끌어들이려 힘을 다하니 점차 전파되면 그들의 세력은 천하에 넘칠 것이다. 흡사 황건적 두목 장각이 삼십 육방에 벌려놓고 지휘하는 것 같으니 교의 주인이라 받드는 두목은 위엄이 대단하여 장차 지방관의 권한도 물리치고 마음대로 행하게 될 것이다.

대저 세상 풍조가 스며들어 경문의 가르침이 손상되고 풀려 버리니 이상한 말이 떠들썩한 경우는 어느 시대에도 없지 않았다.

그러나 지금은 더 심해 여기저기서 뒤섞여 나오니 언제 또다시 회복하랴.

그들 모두는 참된 이치를 어지럽혀 혹세무민하기 때문에 거기에 빠진 자는 후세에 화가 될 것이다.

옛 어진 선비들이 이단을 배척한 것은 이런 때문임을 어찌 모르는가.

아, 그들이 하는 서양의 교는 분명히 진실을 어지럽히는 무리이다.

더욱이 이들은 비루하고 버릇없어 비웃어도 좋을 만한데 이를 모르고 빠져든 자는 과연 무엇이 그렇게 했는가.

새것을 좋아하는 사람은 대개 새로운 말이면 모두 잘 들으려 하며 빨리 이루기를 좋아하는 사람은 대개 지름길로 모두 달려가려 한다.

노자나 부처의 현허한 이치와 적멸의 이치와 육구연과 왕양명의 인욕과 도리의 이치는 금세에 이르러 더욱 낡아 새롭지 못하다.

천주를 부건과 모곤이라는 엄한 상제의 설을 이즈음에 부르짖음이 마음에 들어맞았다 하니 하늘과 땅 사이라는 것을 알지 못하고 속아 넘어간 자가 많다.

이 때문에 이번의 소위 동학이라 하는 것도 바로 무당의 하나로 귀신에게 비는 자의 종류에 지나지 않는다.

무지한 천류가 많이 물들어 나무꾼과 초동과 같은 더벅머리 아이들이 다투어 송주하기 때문에 그들의 하는 말에는 원래 조금도 헷갈림이 없으니 비슷한데 근거하여 난류인지 진류인지 견줄 방도가 없다.

문벌 좋은 집안의 재주 있는 사람들이 점차 물들어갈 염려는 없으나 오히려 부족함을 좌교의 윤리를 본떠 자신의 필설을 더럽히며 밝은 도리를 논척할 수 있다.

옛 사람은 이단을 오랑캐나 금수라 칭하였으니 이는 이단을 배척하고 지목하는 극치의 화두이다.

그러나 지금 소위 적도는 도깨비에게 홀려 빠져든 데 지나지 않는다.

오랑캐나 금수는 오히려 형적이 있지만, 도깨비는 어떤 형상인지 그려낼 수 없다.

그러나 그 죄를 용납하기 어려운 것은 동학의 명목이요,

그 조짐이 두려울 만한 것은 무리를 모으는 일이다.

아, 그들이 통탄스럽다.

동학이 행하는 죄목을 가지고 우산서원에서 띄운 문유에 상세하게 가려 드러냈으니 이해를 바란다.

이제 얽어 놓지 않으면 저 적들은 스스로 한 무리를 지을 것이다.

은밀히 서로 동학을 전수하여 깊은 산속 으슥한 곳에 근거지를 만들어 퍼져 물들게 된다.

고을과 마을의 중심에 한 번 들어가면 장인과 장사치는 소업을 전폐하고, 밭 가는 자도 또한 일하지 아니하면 그들이 꾀하려는 것이 무엇이겠으며 그들이 끝내 이르려 하는 곳이 어디이겠는가?

이는 오랑캐들과 이 땅에서 섞여 살자는 것과 다름이 없다.

해괴한 기미가 조석으로 박두하고 있음은 뻔한 일이다.

이를 보고 조금도 괴이치 않게 여기며 듣고도 편안히 여긴다면 어찌 유식한 이들의 천만부당함을 근심하고 한탄하지 않으랴.

한 가지는 유학을 밝게 풀이해 그들이 삿되고 저열한 짓을 못 하도록 해야 하며, 한 가지는 법조문을 엄하게 확립하여 그들 요적으로 하여금 두려움을 알게 하여 부진한 유도를 이어나가 나라의 원기를 강성하게 하면 천만다행이겠다.

이렇게 한다면 그들의 속임수에 들어간 무지한 천류는 비록 혹시라도 헷갈림이 생겨 돌아올 줄 모르면 스스로 형벌에 이르게 되어 또한 욕을 보게 될 것이다.

우문통 옥성서원 계해 십이월 초일일 도남서원 원장 전별제 정윤우 회원 전참판 유후조.

유림은 일부 유생들이 동학에 가담하는 사례가 늘자 더 서둘렀다. 당시 동학에 입교한 도인은 대부분 농민이었다. 간혹 종이 장사나 약종상 그리고 퇴리들도 들어왔다.

그런데 시든 배추 속잎 같던 유생 중에서도 얽은 구멍에 슬기가 드는지 동학에 입도하는 자가 생기기 시작했다.

그러다 보니 동학도인들은 양반 상놈 차별이 없고 먹을 것을 서로 나누어 먹고 세상 돌아가는 형편도 남보다 빨리 알 수 있었다.

저 잘난 멋에 살던 속 좁은 유림은 동학이 백성 속에 스며들면서 자신들의 영향력과 권위가 떨어지는 것이 견디기 어려웠다.

94.

시월 이십팔 일.

수운은 마흔 번째 생일을 맞았다.

수운은 돌아가는 사태가 심상치 않아 생일잔치가 부담스러웠다. 이런 뜻을 아는 경상은 영덕 접에 은밀히 기별하여 준비를 당부했다.

강수가 도인들을 이끌고 용담에 와 예를 갖추어 생일을 축하했다. 수운은 음식을 먹은 후 좌우를 돌아보고 말했다.

"세상에서 나를 천황씨라 하리라."

새 세상을 여는 도를 얻어 폈으니 천지를 연 천황씨와 같다는 말이었다.

"내가 어제 시 한 수를 얻었는데 자네들이 해석해 보게."

'내 마음 지극히 묘연한 사이를 생각하니
의심컨대 태양이 흘러 비치는 그림자를 따르네.'

뜻을 알기 어려워 모두 조용했다. 상을 물리자 수운이 다시 말했다.

"홍비가는 전에 반포한 바 있다. 누가 그것을 외울 수 있는가?"

강수가 홀로 좌중에서 나와 모두 외웠다.

수운이 각 구절마다 뜻을 물으니 강수가 잘 대답하지 못했다. 수운이 웃었다.

"그대는 진실로 묵방의 사람이다."

"묵방의 사람이란 무슨 뜻입니까?"

수운은 동쪽을 가리키고 서쪽을 가리켰다.

강수가 다시 홍비가 중 한 구절인 문장군의 뜻을 물었다.

"그대가 마음이 통하게 되면 자연히 알게 될 것이다."

강수가 다시 무궁의 이치를 물었다. 수운은 역시 마음이 통하면 자연히 알게 될 것이라 대답했다.

수운은 항상 제자들에게 말해왔다.

"개벽 이후로 세상에 한울님을 친히 모시고 문답하고 가르침을 받은 사람이 있었는가? 내가 헛된 말을 하는 것이 아니다. 세상이 혹 그렇지 않다 하여 헛된 말로 알면 이것은 각자의 운이라 하겠다. 그런 까닭으로 천운은 순환하여 가서 돌아오지 않는 것이 없으니 이로써 오만 년 무극의 도를 나에게 명하여 내린 것이다.

이것은 내 집안의 성덕이 아니다. 내가 받은 이 무극의 도는 옛날에도 듣지 못하고 지금도 들어보지 못한 일이요, 옛날에도 비교할 수 없고 지금도 비교할 수 없는 법이다.

아아! 세상 사람들이 도를 훼손하는 것 역시 아마 그러할 것이니 우리 도인들은 공경하고 삼갈지어다."

잠시 후 수운은 며칠 전에 꾼 이상한 꿈 이야기를 했다.

"태양에서 뻗친 살기가 나의 왼쪽 허벅지에 닿자 화기로 변해 밤새도록 사람 인 자를 그렸다. 깨어나 보니 여전히 허벅지에 보라색 흔적이 남아 있었소.

흔적은 삼 일이 지나도 지워지지 않더군. 이로써 마음속으로 장차 화가 이를 것을 알게 되었소.

이때부터 한울님이 강화의 가르침을 거두어들이고 다만 시석을 피하는 법만 가르쳐 주었다오."

수운은 또 난해한 말을 했다.

"오늘 이후 도 닦는 일에 도리를 다하려면 하나에 있고 둘에 있지 않다. 셋에 있고 넷에 있지 않다. 다섯에 있고 여섯에 있지 않다."

수운의 마음을 누구보다 깊이 이해하는 경상은 이 말을 듣고 홀로 비감한 심정이 되었다.

'지난번 선생님이 처음 포덕을 할 때에 도법의 모든 차례가 오직 스물한 자에 있을 뿐이라고 했는데 떠도는 말을 듣고 이를 닦고 떠도는 주문을 듣고 이를 읊는 자가 많으니 이것은 성덕이 공경스럽게 전해지지 못하는 것이다.

이런 까닭으로 스승의 가르침을 받음이 없으면 예와 의가 어찌 나타나겠는가?

예로부터 스승이 서로 전해주는 것에 연원이 있었으니 어찌 잘못 전하는 것으로 감히 성덕을 어기겠는가? 진실로 닦는 사람은 실이 있고 물어서 닦는 사람은 허가 있은즉 이후부터 허와 실은 역시 그 사람의 사람 됨됨이에 있는 것이며 또 그 사람이 드리는 정성에 있는 것이다.

지금 도에 들어와 한 번 입도식을 갖는 것은 개과천선하여 영원히 한울님을 모신다는 것을 깊이 맹세하는 것이요, 축문을 읽는 것은 하늘이 덮어주고 땅이 실어 주는 은혜와 해와 달이 비추어주는 덕을 안다는 것을 말하는 것이다.

다른 도리가 있는 것이 아니라 다만 믿음 공경 정성 것 자에 있을 뿐이다

선생님은 지금 마지막 삶을 정리하고 있다.

오늘 하는 말들은 깊이 새겨들어야 한다.

일삼오에 있고 이사륙에 있지 않다는 말은 무엇을 가르치려는 것일까?

일삼오는 홀수이며 떠오르는 양수를 뜻한다. 이사륙은 짝수로 가라앉는 음수를 뜻한다.

일삼오가 盛(성)을 상징한다면 이사륙은 衰(쇠)를 상징한다.

일은 아마 수심정기를 의미하고, 삼은 신경성을, 오는 인의예지신 다섯 가지 실천을 의미하지 않을까?

이는 오관의 욕구인 기쁨과 노여움에 빠진 상태를, 사는 신경성의 반대인 역리자 비루자 혹세자 기천자를, 육은 인의예지신과 반대되는 육욕 즉 생사이목구비에서 생기는 욕구를 의미한 것은 아닐까?'

95.

동짓달 초순.

강수가 수운을 찾아왔다.

"선생님, 옛글에 선생님을 예언한 글이 있어 여쭈어보려 왔습니다."

"그래, 무슨 내용인가?"

"예, 옛글에 말하기를 하우씨가 구 년 동안 치수할 때 한 번은 태산에 오르니 산 위에 큰 짐승이 있었답니다. 머리도 없고 꼬리도 없어 그 형상이 기괴해 세상에서 보지 못했던 짐승이었답니다.

그래서 우가 아무리 자세히 보아도 그 괴물을 알 수가 없어 이내 괴이한 짐승이라 여겨 활을 쏘았습니다. 활을 쏘았는데 맞지 않고 포를 쏘았는데도 죽지 않았습니다.

형상은 용도 아니고 뱀도 아니고 마치 커다란 바위 같았습니다.

우는 이 사실을 요 임금에게 고하니 요가 말했답니다.

'그 짐승은 태어나 이미 앞에 천년의 운을 받았고 뒤로 천년의 운으로 다시 나오고 또 동방 태양의 운을 기다려 다시 화생할 것이다.

그러므로 그 짐승은 세 번 화생할 운을 가지고 생겨났다.

주나라가 멸망하게 되면 동방에 이르러 태양의 기운으로 백 명의 자식을 낳게 될 것이다.'

대명 연간에 장처사라는 사람이 있어 황장과 논결했습니다.

'아름답구나. 동방이여. 기이하구나. 동방이여. 천년이 지나 이씨의 끝

에 이르면 도학 선생이 태양의 기운으로 그 세상에 태어나고 제자가 이십
팔 수의 정령에 응해 지상신선 이백 명이 나오고 덕이 사해에 흘러 이름이
천하에 떨칠 것이다.'

여기에서 말하는 이씨의 끝은 바로 지금을 의미하고 도학 선생이 태양
의 기운으로 그 세상에 태어난다는 것은 바로 선생님을 뜻하는 것입니다.
제 말이 틀렸습니까?"

수운은 빙그레 웃었다.

"세상을 우리가 다 알 수는 없다. 사람은 한 길을 깊게 파다 보면 세상은
그 부분의 속살을 조금 보여줄 뿐이다.

세상은 절대로 자신의 모든 것을 보여주지 않는다. 사람도 절대로 세상
의 모든 것을 알 수는 없다.

장님이 코끼리 만지듯 우리는 세상의 한 부분을 겨우 알 수도 모를 수도
있다가 본래의 곳으로 돌아가는 존재이다.

이 모든 것은 한울님의 조화일 뿐이다. 사람으로 한울님의 조화를 어떻
게 모두 알 수가 있겠는가. 다만 한울님을 나에게 모시고 최선을 다해 살
아갈 뿐이다."

강수가 가고 난 다음 수운은 깊은 심고에 들었다.

이윽고 이 문제에 대해서는 제자들에게 한 번 가르칠 필요가 있다고 생
각했다.

이에 수운은 「불연기연」을 지었다.

'노래하여 이르노라.

천고의 만물이여. 저마다 이루어짐이 있고 저마다 생긴 생김새가 있구나.

보이는 대로 논하면 그러하고 그럴듯하지만, 온 바를 헤아려 보면 멀고도 심히 멀어 역시 묘연한 일이요 가늠해 말하기 어렵다.

내가 나를 생각해 보면 위로는 부모님이 이에 계시고 아래로는 자손이 저기에 있다.

오는 세상에 견주면 내가 나를 생각하는 이치와 다름이 없고 지난 세상을 찾아 올라가면 어찌 사람이 사람으로 되는지를 가려내기 어려워 분간할 수 없게 된다.

아, 이같이 헤아림이여.

기연한 쪽으로 미루어보면 기연하고 기연한 것 같으나 불연한 쪽으로 캐어 생각하면 불연하고 불연하도다.

어찌 그러한가.

아득한 옛날에 천황씨는 사람이 되었고 임금이 되었다.

이 사람의 뿌리가 없으니 어찌 불연이라 하지 않으랴.

그런데 세상에 어찌 부모 없는 사람이 있으랴.

그 조상을 생각하면 기연 기연하고 기연하기 때문이다.

그러나 세상에는 임금이 만들어지고 스승이 만들어진다.

임금은 법을 가지고 이루어지고 스승은 예를 가르치는 것으로 이루어진다.

첫 임금 자리는 전해 준 임금이 없는데 어디서 법강을 받았으며 첫 스승은 가르친 스승이 없는데 어디서 예의를 본받았을까.

알 수 없고 알 수 없는 일이다.

나면서부터 알아 그러한가 저절로 되어 그러한가.

나면서부터 알았다 해도 마음은 가물가물해지고 저절로 되었다 해도 그 이치는 멀어 아득해진다.

이렇다면 불연은 알지 못하므로 불연을 말하지 않는다는 것이며, 기연은 바로 보고 알게 되므로 믿는다는 것이다.

그래서 말단을 미루어 추측해 보고 그 본바탕을 곰곰이 생각해 보니 만물은 만물이 되고 이치는 이치가 되는 큰일은 대단히 아득하구나.

하물며 이 세상 사람이여 어찌 무지하랴, 어찌 무지하랴.

역수가 정해진 지 몇 해인가.

세운은 스스로 왔다 회복되는 것은 예나 지금이나 변함이 없음이여!

어찌 운이라 하며 어찌 회복된다고 하는가.

아, 만물의 불연함이여, 헤아려 밝히고 기록하여 비추어 보도록 하리라.

사시의 변화에는 차례가 있음이여, 어찌 그러하며 어찌 그러한가.

산 위에 물이 있음이여, 어찌 그럴 수 있으며, 어찌 그럴 수 있는가.

갓난아기의 어리고 어림이여, 말은 못 하지만 부모는 알아보니

어찌 무지하다고 말하며 어찌 무지하다고 말하랴.

이 세상 사람이여, 어찌 무지하다고 하랴.

성인의 태어나심이여, 황하수는 천년마다 한 번씩 맑아지는데

세운이 스스로 와 회복하는 것인가, 물이 스스로 알아 변하는 것인가.

밭가는 소가 말을 들음이여, 마음이 있는 듯하고 지각이 있는 듯하다.

힘을 가지고 살아감에 충분하지만 왜 고생하며 왜 잡혀 죽는가.

까마귀 새끼의 반포지효여, 저것도 역시 효도와 우애를 알고 있구나.

제비가 주인을 알아봄이여, 가난해도 돌아오고 가난해도 돌아오누나.

이러므로 단정하기 어려운 불연이라 하고 쉽게 판단되는 것은 기연이라 한다.

근원을 캐어 들어가는 쪽으로 견주어 보면 불연 불연하고 또 불연한 일이요

물형이 이루어진 것에 부쳐보면 기연 기연하고 또 기연한 이치인가 하노라.'

수운은 우주의 모든 만물에 나타나는 현상과 그 현상의 근원이 되는 본질의 문제를 기연과 불연이라 나누었다.

기연이란 우리의 경험과 인식으로 알 수 있고 설명할 수 있는 세계이고 불연이란 우리의 일상적인 경험의 세계로는 이해하기 어려울 뿐만 아니라 그 사실을 규명하기도 어려운 세계를 말한다.

겉으로 드러나는 만물의 일부는 기연이 되지만 그 만물의 뿌리는 불연에 닿고 있으므로 외면상 기연과 불연이 서로 다르게 보여도 궁극적으로는 같은 뿌리를 지니고 있다는 것을 서술했다.

수운은 이렇게 불연과 기연의 논리로 시천주와 이에 이르는 길을 설파했다.

이어 「팔절」의 앞 구절을 지어 각처에 돌려 구절 뒤에 이치에 합당한 문

장을 짓게 했다.

'밝음이 있는 곳을 알지 못하거든
덕이 있는 곳을 알지 못하거든
명이 있는 곳을 알지 못하거든
도가 있는 곳을 알지 못하거든
정성이 있는 곳을 알지 못하거든
공경이 되는 바를 알지 못하거든
두려움이 되는 바를 알지 못하거든
마음의 얻고 잃음을 알지 못하거든'

천도의 무궁한 흐름 속에서 인도의 시간은 저 나름의 궤적을 그리며 스스로 흘러갔다.

96.

동짓달 중순.

영해 접주 박하선이 찾아와 영해 접에 피부병이 유행하니 대책을 마련해 주기를 청했다.

동학하는 사람에게만 피부병이 전염되어 일반인들이 입교하기를 꺼린다고 했다.

수운이 가만히 헤아려 보니 그 피부병은 풍습이었다. 앞서 수운도 풍습을 앓은 적이 있었다.

풍습은 구슬 같은 물집이 온몸에 생기는 마마를 닮은 피부병이다. 한 번 발병하면 몸 구석구석 물집이 생기지 않는 곳이 없었다.

매우 가려워 손으로 긁어 몸에 헐지 않는 곳이 없을 정도였다. 그러나 통증이 없는 것이 특징이었다.

당시 북도중 지역에 풍습이 유독 극성을 부렸다. 도인은 남녀노소를 가리지 않고 풍습에 걸려 공부에 힘을 쓸 수 없었다.

"이후에 가서 뜻한 바를 지어 한울님께 고하시오."

수운은 박하선에게 진정서를 지어 오라 했다. 며칠 후 박하선은 한울님에게 올리는 소지를 지어 왔다.

"내가 반드시 명을 받고 제를 받겠다."

수운이 붓을 잡고 잠시 멈추어 쉬니 제가 내렸다.

'얻기도 어렵고 구하기도 어려우나
실제로 이것은 어려운 것이 아니다.
마음이 화하고 기운이 화해서
봄같이 화해지기를 기다리라.'

수운은 붓을 들어 이 글을 써 주었다. 박하선은 약방문을 써 주는 줄 알았는데 시를 써 주자 의아하게 생각했다.

풍습을 앓았던 경험이 있는 수운은 조금 기다리면 풍습이 저절로 낫는다는 것을 알고 있었다. 그러니 특별한 약을 쓰지 않아도 마음과 기를 온화하게 가지고 기다리면 저절로 낫는다고 알려준 것이다.

97.

동짓달 하순이 되자 분위기가 더 어수선해졌다.

여기저기서 술렁거리는 소리가 들렸다. 유생들이 관과 손을 잡고 도인들에 대한 지목을 강화했다.

조정도 움직였다.

조선은 성리학에 반하는 어떤 종류의 학문도 이단으로 몰았다. 조정은 동학을 이단으로 지목해 시월부터 탄압책을 논의해 왔다.

동짓달 이십 일 오시.

정운구를 선전관으로 임명해 수운을 체포하라 지시했다.

정운구는 육천선전표신 일 부와 육여이마패 일 척을 받았다. 그는 무예별감 양유풍과 장한익, 좌변 포도군관 이은식과 종자 고영준을 불렀다. 이들은 정운구의 심복이었다.

이튿날.

긴목들은 모두 정운구 집에서 묵으며 일정을 조정했다. 정운구가 심복들에게 주의를 주었다.

"최복술이는 역적이니 인정을 줄 필요가 없다. 주변 인물들도 뒈질 놈은 뒈지고 뻐드러질 놈은 뻐드러지게 사정을 두지 말고 체포한다."

양유풍이 물었다.

"역적의 무리가 많습니까?"

정운구가 난색을 했다.

"적지 않다고 들었다. 우리가 내려가면서 자세히 살펴 군졸이 필요하면 지방의 병영에서 관군을 동원하면 된다.

우리는 임금의 명을 받은 시어사라는 점을 명심하라. 장상 대신에게 허물이 있으면 규탄해 바로 잡고 종실 귀척도 교만하고 간악하면 탄핵하고 간사한 소인배가 조정에 있으면 쫓아내고 세도에 붙어 뇌물을 받거나 이권을 탐하는 자가 있으면 모두 물리치는 것이 어사의 임무이다.

하물며 변방의 보잘것없는 역적의 사정을 봐줄 이유는 없다. 차질 없이 모두 체포하도록 각자 예민하게 정신을 써야 할 것이다.

이번 일을 잘 처리하면 후한 보상이 따를 것이다."

당시 시어사의 차림새는 누추하기 이를 데 없었다. 추한 옷, 더러운 얼굴과 둔한 말, 망가진 안장과 짧은 모자에 헤어진 띠를 맨 사람을 보면 관리들은 그가 시어사인 줄 알고 두려워했다.

시어사의 감찰 행각도 암행은 물론 감찰각시를 여자 정보원으로 두어 지목을 받은 자의 내방까지 침투시켰다. 이 시어사가 들추어낸 비리 부정 부패에 대한 처리는 철저했다.

절대권자인 왕이 세자일 때 익히는 제왕학에도 아무리 임금의 비위에 거슬리는 감찰에 대한 징계가 올라와도 이를 척결하는 것이 인군의 도리가 되는 첫걸음이라고 씌어 있었다.

장계에 의한 당사자의 척결 말고도 감찰관 저희끼리 합의해서 누구라도 제재를 가할 수 있는 관행이 있었다.

비상한 일이 생기면 감찰들이 한밤중에 모이는데 이것을 야다시라 했다. 이때 지목된 관리의 비리와 죄상을 널빤지에다 적는다.

밤중에 이 죄목판을 당사자 집 대문에 걸고 가시덤불을 높이 쌓아 대문을 틀어막는다. 이렇게 야다시를 당하면 조정의 발령이 있어도 영원히 관직 반열에 참여하지 못한다,

이런 감찰의 우두머리가 선전관이다. 정운구의 세도가 짐작이 간다.

이십이 일.

정운구는 아침 일찍 일어나 길을 떠났다. 모두 거지 차림으로 신분을 감추고 경상도 쪽을 향해 걸어갔다.

사 일 후, 이십오 일.

문경 새재를 넘어 경상도 경계에 들어섰다. 여기서 경주까지 남은 거리가 사백여 리에 열 곳이 넘는 군현이 있다. 운구는 고을마다 들러 동학에 관한 정보를 탐문했다. 여러 가지를 탐색해 아직 알지 못했던 동태를 찾아내려 했다.

고을마다 동학도가 없는 곳이 없었다. 그 수는 경주가 가까워질수록 점점 더 많아졌다.

주막의 아낙이나 산골의 초동도 주문을 외우고 있었다. 그 동작이 자연스러웠고 애써 숨기려 하지도 않았다.

정운구가 넌지시 도를 전한 스승을 물어보니 대개가 최 선생이라 하며 선생이 혼자 도를 깨달아 얻었고 사는 집은 경주라 했다.

미구에 닥쳐올 사태를 짐작한 수운은 마무리 준비를 시작했다.

경상을 불러 그동안 지은 글들을 건네주며 출판하라고 지시했다. 한문으로 된 글들과 국문 가사로 된 글들이었다.

당시 수운이 글을 지으면 도인들이 이를 필사하여 나누어 소지했다. 그런데 필사할 때마다 글자가 틀리거나 빠지는 경우가 있었다. 그래서 원본과 뜻이 달라 잘못 전해지곤 했다.

수운은 경상에게 인쇄본을 만들어 보급하는 임무를 주었다.

경상은 몇몇 도인들과 의논하고 비용을 마련하기 위해 용담을 떠났다.

이로써 후계자 경상을 피신시켰다. 이렇게라도 하지 않으면 죽더라도 끝까지 수운 옆에서 떠나지 않을 사람이었다.

98.

섣달 육 일.

정운구는 경주에 도착했다.

일행을 사방으로 흩어 동학의 실상을 자세히 살폈다. 구역을 분담하여 양유풍은 절간을 찾아가고, 장한익은 마을에서 나무하고 소치는 사람을 만났다. 이은식과 고영준은 시장에 들어가 장사하는 사람들을 만났다.

동학을 모르는 사람도 있었고 아는 사람도 있었다.

탐문한 정보를 모아 종합했다.

최 선생은 오륙 년 전에 울산으로 이사가 무명 장사를 했고, 근년에 고향으로 돌아온 후 사람들에게 다가가 도를 말했는데 선생이 하늘에 치성 드리는 제사를 지내고 돌아오자 공중에서 책 한 권이 떨어져 학을 받게 되었단다.

도를 처음 익힐 때는 반드시 몸과 입을 깨끗이 하고 열세 자 초학 주문을 받고 다음으로 여덟 자 강령 주문을 받고 다시 열세 자 본주문을 받는단다.

동학에 입도하는 사람은 화를 면하고 병이 떨어지고 신령이 접한다고 해 여러 사람이 이를 믿고 빠져들었고, 눈이 있어도 글자를 모르는 아낙들이 어지럽게 뒤섞여 밤낮을 가리지 않는단다.

또 선약을 복용해 한번 약을 먹으면 마음이 동학에 기울어 다시는 정신

차리려는 생각이 없어지고 약을 끊으면 미친 증세가 일어나 남의 눈을 빼먹고 죽는단다.

그들은 매달 초하루와 보름에 돼지를 잡고 과일을 사 깨끗하고 외딴 산 속으로 들어가 제단을 차리고 하늘에 제사를 지내며 강령 주문을 외워 신령을 내리게 하며 강론은 주로 최 선생의 집에서 한단다.

최 선생은 강론하는 자리에서 주문을 외워 신령이 내리게 한 후 나무칼을 손에 쥐고 꿇어앉았다가 일어나 칼춤을 추면 한 길도 넘게 공중으로 떠올라 한참 만에 내려온단다.

섣달 구 일.

대충 윤곽을 파악한 정운구는 용담 주변 지형과 수운 측근들의 움직임을 살피기 위해 양유풍과 고영준을 입도하려는 자로 가장시켜 용담정으로 보냈다.

양유풍은 오전에 현곡면 가정리 용치골에 들어가 동구에 사는 자신의 정보원 장영규를 만났다. 장영규는 듣지도 못한 천어를 들었다고 거짓말을 하다 제풀에 무안해 동학에서 떨어져 나간 자였다.

장영규가 길라잡이가 되어 양유풍을 용담정 앞까지 안내했다.

처음 찾아와 공부하기를 청하는 사람들이 길가에 줄을 지어 서 있었다. 차례가 되면 집 앞에서 지키는 도인에게 옷소매에서 예물로 건시 꼬지를 꺼내 주기도 하고, 요대를 풀어 서너 냥 정도 전문을 꺼내 전하기도 했다.

양유풍과 고영준도 줄을 섰다. 차례가 되자 두 사람 몫으로 다섯 냥을 예물로 전했다.

두 사람이 용담정으로 들어가니 두 칸 방에 도인들이 가득 앉아 있었다.

수운은 사랑에 있었다. 어떤 사람이 수운에게 묻는 소리가 들렸다.

"학할 때 주문을 소리 내 읽지 않고 속으로 읽어도 되겠습니까?"

수운이 대답했다.

"만약 마음으로만 읽고 입으로 읽지 않으면 학을 하지 않는 것과 같소."

"남이 제가 학을 하는 것을 알까 꺼려 소리를 내 읽을 수 없습니다."

"그러면 학을 하지 않는 것이 좋겠소."

"선약은 어찌 써야 합니까?"

"정성스러운 마음을 가지지 않고 약을 먹으면 죽음을 면하지 못할 수도 있소."

그러자 그 사람은 대강 인사만 하고 밖으로 나갔다.

다음 사람이 사랑으로 들어갔다. 그는 사랑에 들어가자마자 수운에게 절을 했다.

"저는 박응환이라고 합니다."

수운은 앉아서 맞절을 했다.

"저는 몸에 여러 군데 종창이 있습니다. 어릴 적부터 끊임없이 종창이 나옵니다. 한꺼번에 여러 개가 곪으니 일을 제대로 할 수가 없습니다.

항상 몸에서 썩는 내가 나 사람을 만나기가 무섭습니다. 견디다 못한 아내도 친정으로 가버렸습니다. 선생님 저를 좀 고쳐주십시오. 저도 사람처럼 살고 싶습니다."

"성심을 다해 한울님을 공경하고 사람이 지켜야 할 도리를 돈독하게 하시오. 그러면 다시는 종창이 나오지 않을 것이오."

수운이 박응환의 두 손을 잡아주자 박응환의 팔에 있던 종창 서너 개가 말끔히 사라졌다. 박응환은 두 눈이 화등잔만큼 커졌다.

"선생님 저도 선생님의 학을 받겠습니다. 저도 제자로 받아주십시오. 선생님의 은혜를 평생토록 갚겠습니다."

"그러면 기다리던 사람들과 같이 내일 아침에 학을 받도록 하시오."

박응환은 다시 절을 하고 나갔다.

다음 차례로 이정화가 들어갔다. 그도 오랫동안 알 수 없는 병으로 누워 있던 사람이었다. 이정화가 절을 하자 수운은 바로 주문이 적힌 종이를 꺼내 주었다. 이정화는 그 자리에서 주문을 읽었다. 그러자 갑자기 몸이 가벼워지는 것을 느꼈다. 놀란 눈으로 수운을 쳐다보자 수운은 말없이 웃기만 했다.

"당신은 글을 아는 분이군요."

수운이 묻자 이정화는 고개를 끄덕였다.

"예 집안에서 대대로 유학을 해 어릴 적부터 몇 자 익혔습니다."

수운은 부를 짓고 다음 운을 지어 보라 했다. 이정화가 붓을 들어 다음 운을 짓자 그의 병은 씻은 듯이 나았다.

이정화는 감격에 겨워 눈물을 흘렸다.

"하늘이 신인을 내셨군요. 선생님 저도 학을 받겠습니다."

"그렇다면 내일 아침에 학을 받도록 하시오."

수운은 앉은 자리 옆에 육언구문을 쌓아두었다. 종이 한 장에 십여 구를 써놓았다.

'나의 학은 이미 이루어졌습니다.'

'한울님 외는 두렵지 않습니다.'

'이 서책은 다만 학을 높이 숭상할 수 있게 합니다.'

'우리 학 이외에 어찌 다른 학이 없겠습니까?'

'그러나 그 학들은 본뜻을 잃어 가합하지 못합니다.'

이런 글들이 적혀 있었다.

벽에는 자신의 필적을 두루 붙여 놓았는데 범서와 같은 자획도 있었다. 양유풍은 무슨 뜻인지 읽어 보려 했으나 도무지 해독할 수 없었다.

이윽고 차례가 되자 양유풍은 고영준과 수운에게 다가가 공손히 절을 했다.

"긴객은 어디서 오신 분이오?"

양유풍이 말했다.

"저희는 한양에서 소식을 듣고 먼 길을 일부러 입도하고자 찾아왔습니다."

수운은 대번에 양유풍을 알아보았다. 양유풍도 수운을 알아보고 놀란 얼굴을 했다. 그러나 두 사람은 남의 이목이 있어 내색하지 않고 웃는 낯으로 마주했다.

수운이 먼저 말했다.

"보다시피 낮에는 번거로워 공부를 받을 짬이 없으니 먼저 점심과 저녁을 들고 나서 오늘 밤에 가르침을 받도록 합시다."

양유풍이 눈치를 채고 얼른 대답했다.

"말씀은 고맙습니다. 그러나 학을 받으려면 몸부터 청결하게 해야겠습니다. 우리는 여러 날 걸어오느라 몸도 의복도 매우 불결합니다. 그리고 잠자리도 아직 정하지 못했습니다. 우선 어디 가서 몸을 씻고 조금 쉰 다음 다시 와 학을 받으면 안 되겠습니까?"

수운은 부드럽게 말했다.

"정 그러면 읍으로 가 남문 밖 최자원과 이내겸을 찾아가시오. 두 사람에게 내 말을 전하면 잠자리를 마련해 드릴 것이니 평안하게 지낼 수 있을 것이오. 최자원은 내 수제자이고 이내겸은 나와 친숙한 사이라오."

두 사람은 용담정에서 나왔다.

양유풍은 고영규에게 장 씨를 데리고 장 씨 집으로 가 있게 했다. 그들이 멀리 가는 것을 확인하고 다시 수운에게 들어갔다. 수운은 안방으로 유풍을 불러 단둘이서 만났다.

"여보게 유풍, 오래간만일세."

"그렇네, 시간이 제법 흘렀지."

두 사람은 손을 마주 잡고 흔들었다. 무인의 피가 식지 않았다. 수운이 양유풍을 쳐다보며 조용히 말했다.

"자네는 나를 잡으러 여기에 왔겠지?"

양유풍이 조용히 고개를 끄덕였다.

"나는 최복술이 역적질을 했다고 해 잡으러 왔는데 자네일 줄은 미처 몰랐네. 자네 이름은 최 제선이 아니었나? 이게 도대체 어떻게 된 일인가?"

"복술은 내 아명일세. 이 사람아. 조금 전 자네도 보았겠지만 나는 바늘 구멍으로 하늘을 엿보고 바가지로 바닷물을 재는 사람이 아닐세. 내가 무슨 역적질을 하겠나?"

"나야 선전관이 하는 말을 믿을 수밖에 더 있겠나?"

"괜찮네. 내가 괜히 하는 말일세. 누가 와도 오기는 와야 할 터이니. 차라
리 자네가 와 다행일세."

양유풍이 소리를 낮추어 말했다.

"이보게 제선이, 선전관 정운구가 지금 경주 관아에 와 있네. 나는 자네
의 동태를 염탐하러 여기 왔다네. 도대체 자네는 무슨 역적질을 했는가?"

"나는 다만 내가 깨달은 학을 백성들에게 가르칠 뿐일세."

"무엇을 깨달았단 말인가?"

"세상에 태어나 살아가는 사람은 고관대작이든 아동주졸이든 누구나 모
두 내면에 한울님을 모셨다는 것을 알았네."

"이 사람아, 그런 말이 어디 있는가? 그건 엄격한 신분 질서를 무너뜨리
는 말이 아닌가? 조선의 근본 뿌리를 흔드는 가르침이니 조정에서 자네를
역적으로 볼 수밖에 없었겠구만.

그나저나 이제 일이 이렇게 되었으니 자네는 속히 피신하게. 내가 어떻
게든 하루 말미를 만들 터이니 바로 어디로든 피신하게. 여기서 선전관에
게 잡히면 자네는 죽은 목숨일세."

수운은 빙그레 웃었다.

"나는 여기서 자네에게 잡혀가겠네. 어디로 피신할 생각은 없네. 나는
셋을 가지고 넷이라고 을러메는 사람이 아닐세. 이미 내 깨달음의 씨를 뿌
려 놓았으니 나는 죽어도 여한이 없네. 그러니 자네가 나를 잡아가시게."

"나는 자네가 하는 말을 도무지 이해하지 못하겠네. 자네도 가족이 있을

것이고 가르친 제자들이 있을 터인데, 지금이라도 그들과 함께 피신하라니까."

제선은 세상 편한 사람처럼 웃었다.

"여보게 유풍, 이제부터 나는 자네에게 잡혀갈 준비를 하고 있겠네. 자네는 어서 가 선전관에게 보고하게."

고영규는 장영규에게 동학의 주문을 물어 여러 장 베꼈다. 양유풍은 고영규를 데리고 경주 관아로 가 기다리고 있던 정운구에게 자신이 보고 온 사람이 동학의 교주가 확실하다고 보고했다.

정운구는 전후 사정을 따져보더니 양유풍의 말을 믿고 밤을 틈타 습격하기로 정했다.

수운은 양유풍을 보내고 나서 오늘 밤 그들이 집에 닥치리라 예상했다.

도인들과 저녁을 같이 먹었다. 그리고 오늘 밤은 가족과 중요한 일을 상의할 것이니 도인들은 각자 자기 집으로 돌아가라고 일렀다.

도인들이 흩어지자 사람을 보내 최자원과 이내겸에게 미리 피하라 연락했다. 두 사람은 스승의 전갈을 믿을 수도 없고 믿지 않을 수도 없어 쉬이 마음을 정하지 못했다.

강원보와 백사길은 수운의 말을 들었으나 차마 가지 못하고 용담정 주위를 맴돌았다. 건넌방에는 박응환과 이정화를 비롯해 멀리서 왔던 도인이 스무 명 남짓 눌러앉았다. 그들도 가지 않겠다고 했다.

밤이 되자 바람이 찼다. 날이 흐려 달도 보이지 않았다. 부엉이도 울지 않았다.

수운은 박씨 부인을 불러, 오늘 밤 모진 일이 있을 터이니 마음을 단단히 먹으라 일렀다. 박씨 부인은 수운이 갑자기 하는 말이 무슨 뜻인지 몰라 어쩔 줄을 몰랐다.

사랑채로 건너가 두 아들을 데리고 벌벌 떨고 있었다.

수운은 서재에 촛불을 켜고 주문을 외며 양유풍을 기다렸다.

정운구는 수하를 데리고 이경에 경주 진영에 도착해 어사 출도를 알리고 장졸 서른 명을 동원했다.

장졸들은 각자 방망이를 차고 긴 포승을 준비했다. 장졸들이 모두 모이자 늦은 해시에 행동 지침을 내리고 출발했다.

부민들이 잠든 경주 거리는 달빛이 내려 조용했다 정운구는 이십 리 떨어진 용담까지 단숨에 걸어갔다. 자정이 지나 있었다.

섣달 십 일이 되었다.

용담정 주위에 포위망을 넓게 잡아 단단하게 치고 나니 축시가 되었다. 정운구가 손짓하자 장유풍이 방망이 두 개를 부딪쳐 소리로 신호했다.

밤의 적막을 깨며 교졸들이 우우 소리 지르며 용담정 안으로 달려들었다.

양유풍은 수운이 피신했기를 바라며 수운이 있던 서재를 향해 바로 뛰어들었다. 정운구의 수하들도 방망이를 휘두르며 뒤를 따랐다.

수운은 서재에 앉아 양유풍을 맞이했다. 양유풍은 고개를 저으며 수운을 결박했다. 끈을 묶는 손이 떨렸다.

수운을 데리고 밖으로 나오자 기다리던 정운구가 방망이로 다짜고짜 수운의 머리를 내리쳤다. 머리에 생긴 상처에서 흐른 피가 얼굴을 덮어 누구인지 알아볼 수 없게 되었다.

　이 방 저 방에서 잠자던 도인 스물세 명도 체포되었다.

　정운구는 박씨 부인과 맏아들 세청도 포박하라 일렀다. 주변을 돌며 상황을 살피던 강원보와 백사길도 교졸에게 잡혔다.

　정운구는 장졸을 시켜 수운을 사다리 한복판에 얽어매게 했다. 두 다리는 사다리 양편 대목에 갈라 나누어 얽고 두 팔은 뒷짐을 지워 묶었다. 상투는 뒤로 풀어 사다리 간목에 칭칭 감아 얼굴을 하늘로 향하게 했다.

　중죄인을 잡아갈 때 포박하던 방식이었다.

　정운구는 체포한 사람들을 모두 데리고 경주 관아로 들어갔다.

　포도군관 이은식이 불에 달군 쇠로 수운의 이마를 지져 파기했다. 생김새와 흉터를 기록한 후 발에 쇠사슬을 채웠다. 같이 잡혀 온 도인들은 부옥에 수감되었다.

　정운구는 어사 출도 직후 진영에 비밀히 지시해 최자원과 이내겸을 미리 잡아 가두어 놓으라 했다.

　이내겸은 집에 있다 잡혔다. 이내겸도 교졸이 생김새와 흉터를 기록한 후, 발에 쇠사슬을 채워 감방에 가두었다. 동구에서 길을 안내한 장영규도 잡아들였다. 최자원은 미리 도망갔다.

　그러나 경주진영에서 부중을 밤새 뒤져 결국 그를 체포했다.

　정운구는 이은식에게 명해 까막뒤짐으로 수운 집에서 꺼낸 문건과 서찰과 서책들은 하나하나 단단히 봉해 서첩으로 만들어 봉정하도록 했다. 이은식은 적바림을 해 정운구에게 바쳤다.

압수한 문건 중 「논학문」에 수운이 동학의 교주가 된 근본 교리가 상세하게 기록되어 있었다. 정운구는 「논학문」을 자기가 따로 보관했다.

일차 조사가 끝난 후 수운은 관아 부근 형산강 기슭 커다란 나무 밑에 묶였다. 얼굴이 피투성이가 되고 제대로 입지도 못한 채 밤새도록 뼈를 에이는 형산강 겨울바람을 맞았다.

밤에 피는 별들이 향기를 보내주었다. 별빛이 찬란한 밤 한가운데 등불처럼 불타는 자신의 가슴을 바치고 삼라만상에 차고 넘치는 생명의 찬연한 광명을 제선은 다만 황홀하게 바라보았다.

무엇인가 가슴속에서 바깥으로 날아가고 또 무엇인가 바깥에서 가슴속으로 들어오는 것을 느꼈다. 영혼의 심연과 우주의 심연이 신비하게 소통하고 있었다.

유풍은 멀리 떨어져서 밤새 그를 지켰다. 그는 강 건너 커다란 팽나무 밑에 선 채 깊은 생각에 잠겼다.

'나도 지금 왕이 허약해 나라의 기강이 무너지고 백성들이 세도정치로 신음하고 있음은 알고 있다.

광 안에 있는 쥐가 굶은 까마귀 양식까지 채가는 세상에서 무과에 급제해 무인의 길을 걷고 있다고 하나 부패한 문인 관리 밑에서 바른말 한마디 못하고 비뚤어진 체제에 묻혀 하루하루 살고 있다는 것도 잘 알고 있다.

그러나 나는 이렇게 잘못된 틀을 바꾸어 새로운 세상을 만들어 보겠다는 생각은 감히 엄두도 내지 못하는 사람이다.

제선은 그것을 시도하고 이루다 지금 죽을 지경에 처하고 말았다.

그가 이 땅에 뿌린 씨는 이 순간에도 맹렬하게 퍼져나가고 있을 것이다.

그것이 지금 그에게 단 하나의 위로가 되어 줄 것이다.

그건 그렇다 해도 그는 피신할 말미를 충분히 주었음에도 거절했다.

비록 자신은 대의를 위해 목숨을 바친다 해도 그에게 딸린 가족이 겪어야 할 고난은 어쩐단 말인가?

나는 내 자식을 위해서는 못 할 일이 없다.

생각이 큰 사내에게는 가족의 안위 정도는 보이지도 않는단 말인가?

아니면 큰 꿈과 사사로운 가족 간의 정리는 이 세상에서는 영원히 같이 갈 수 없는 평행선이란 말인가?

제선은 예전 무과를 보던 때부터 결코 평범한 사람은 아니었다.

그러나 이렇게 큰 그릇이리라고는 생각하지 못했다.

그는 존경할 만한 사람이다.

저런 사람과 친구로 인연을 맺었다는 것만으로도 나에게는 큰 영광이다.

나는 나와 내 가족이 유복하게 사는 데 가장 큰 가치를 둔 사람이다.

백성들의 고통이야 내 일이 아니라고 알면서도 내북친 사람이다.

나는 제선의 발뒤꿈치도 못 따라갈 사람이다.

그러나 아무리 그렇다고 하더라도 하늘도 눈이 있으련만 왜 이런 걸 보고도 벼락을 내리지 않는단 말인가? 이 차가운 겨울밤에 칼날 같은 강바람을 맞으며 온갖 고통을 묵묵히 견디어내는 저 친구가 가여워 어쩐단 말인가?'

유풍은 새벽이 올 때까지 제선을 지켜보다 자리를 떴다.

아침이 되자 실없는 아이들과 영문을 모르는 농민들이 구경하러 모였
다.

"저 사람이 역적질한 임금이야. 그놈 이제 죽게 되었네."

구경꾼들이 자꾸 몰렸다.

철없는 아이는 발끝으로 견대팔을 툭툭 건드렸다.

99.

정운구는 해가 궁둥이를 비추도록 늦잠을 자고 천천히 일어나 수운과 이내겸 두 사람을 서울로 출발시켰다.

잔풍했으나 먹구름이 짙어 날이 흐리고 침침했다.

압송 책임은 이은식이 맡았다. 정운구는 행렬 뒤에서 말을 타고 따라갔다. 양유풍도 정운구 뒤를 따라갔다. 수운의 손발에 형쇄를 채우고 길목을 벗기고 말에 태웠다.

첫 번째 기착지는 영천이었다.

압송을 맡은 포졸들이 두 사람에게 입에 담기 어려운 욕설을 뱉으며 잔 채질을 했다. 죄인의 친척으로부터 뇌물을 바치게 하려는 속셈이었다. 당시 이런 행패로 돈을 뜯어내는 것이 관행이었다.

수운의 조카 세조가 금품을 가지고 왔다. 이은식이 웃으며 돈을 받았다.

조용하던 수운이 갑자기 말 위에 앉은 채로 기침을 했다. 그러자 말이 앞으로 나가지 못했다. 말굽이 땅에 붙어 꼼짝도 하지 않았다. 둘러싼 수십 명 포졸이 깜짝 놀랐다. 정운구도 놀라서 어쩔 줄을 몰랐다.

잠시 후 수운이 다시 가볍게 기침하자 비로소 말이 움직일 수 있었다. 이은식은 식은땀을 흘리며 받았던 돈을 세조에게 돌려주었다.

정운구는 심장이 떨어지는 줄 알았으나 체면 때문에 내색하지 못했다. 양유풍은 혀를 쩍쩍 찼다.

이후로 포졸들의 행패는 없었다. 일행은 이날 늦게 숙소인 영천까지 갔다. 영천에서 자고 십이 일에는 대구에 이르러 하룻밤을 묵었다.

다음날 금호를 거쳐 하루 육칠십 리씩 북상했다.

정운구는 애초 영남 길을 따라 새재를 넘어 충주를 거쳐 한양으로 올라갈 예정이었다. 그런데 상주에 도착하자 새재에 동학도 수천 명이 모여 있다는 첩보가 전해졌다.

사실은 필제가 수운을 구출하려 화적들을 매복시키고 기다리고 있었는데 이 정보가 새어 나가고 말았다. 정운구는 길을 바꾸어 보은으로 향했다.

필제는 이 소식을 듣고 발을 동동 굴렀다. 박희성이 필제를 달랬다.

"여보게 아우, 산채에서 가까운 곳에서 저들을 치면 우리 전체가 위험해지네. 산채를 다른 곳으로 옮기는 일은 지금으로선 현명하지 못하네. 자네가 우겨서 억지로 매복까지는 했으나 차라리 잘된 일일세. 나중에 어디에서도 구할 방법이 있을 걸세. 그러니 우리 조금만 더 기다려 보세."

이치에 맞는 말에 필제도 수긍할 수밖에 없었다. 발이 빠른 부하에게 은밀하게 그들을 뒤쫓아 기회가 포착되면 즉시 본채로 연락하라고 지시해 보냈다.

수운은 십육 일 저녁에야 보은 역참에 도착했다.

보은 이방 양계희는 도인이었다. 그는 하늘에서 용이 내려 온 듯이 마중을 나갔다. 자기가 할 수 있는 성심으로 수운의 조석을 받들었고 깃것을 새로 지었다. 노비로 돈 오 민도 마련했다.

나흘 후 이십 일, 수운은 과천 역참에 도착했다.

100.

계해년 섣달 초여드레. 날씨가 살을 베어내는 듯 사나웠다. 이번 겨울은 예년보다 유난히 추웠다.

대조전에서 시임 원임 대신과 각 신이 왕을 문안했다. 왕은 매우 위독했다. 하체가 썩더니 뱃살까지 문드러졌다. 약원을 사옹원으로 옮겨 시약청으로 만들었다. 묘사, 전궁, 산천에 날짜 가리지 말고 왕이 쾌차하도록 기도하게 했다.

목숨이 기울자, 대보를 대왕대비전에 봉납하고 군사를 불러 궁성을 호위했다.

왕은 묘시에 창덕궁 대조전에서 승하했다. 향년 서른셋이었다. 천아성이 궁궐에서 울려 퍼졌다.

왕은 뒤를 이을 자손이 없었다. 생전에 이명복에게 대를 이으려는 뜻을 품고 있었다.

장동 김 씨들은 이를 눈치 채고 있었다. 김홍근이 떠들고 다녔다.

"이명복 뒤에는 홍선이 있어 두 임금이 생긴다. 신하가 두 임금을 섬긴다는 것은 어불성설이다."

김병학은 자기 딸을 왕후로 간택하겠다고 문중에 말하고 홍선을 만났다. 홍선은 아들이 왕이 되면 기꺼이 국혼을 하겠다고 약속해 주어 안동 김씨들의 불안을 자신이 알고 있다는 것을 에둘러 알렸다.

익종의 왕비 조 대비가 명했다. 그녀는 헌종의 모친이면서 영의정을 지낸 조만영의 딸이었다. 아직도 일족이 조정 요직에 박혀 있었다.

"흥선군의 적자인 차남 임자생 명복에게 왕위를 잇게 하라."

영의정 김좌근과 도승지 민치상, 영중추부사 정원용이 위의를 갖추어 운현궁 사저에 가 이명복을 대궐로 모셨다.

근장군사 대호군과 선전관이 선두에 섰다. 창검으로 무장한 군사 이백 명이 가마를 호위했다. 연도에 구름처럼 모인 사람 중에 열세 살 민자영이 보고 있었고 열네 살 김옥균도 서 있었다.

왕비 조 씨는 명복을 익종의 계통을 이어받은 익성군에 봉하고 이어 왕으로 책립했다. 왕의 나이 불과 열두 살이었다.

어린 왕은 조 씨를 높여 대왕대비라 하고, 헌종의 왕비 홍 씨를 왕대비로 하고, 흥선군을 대원군으로 삼았다.

대왕대비전에서 승전색을 통해 구전으로 하교했다.

"임금이 죽은 지 스무엿새 동안 정무를 맡아 보는 임시 벼슬인 원상은 원로대신 중에서 임명하게 되어 있다. 영중추부사 정원용이 맡도록 하라."

곧 국장을 선포했다. 장례에 필요한 물품을 확보하고 상여를 메고 끄는 여사군을 상인으로 확보하려 철시령을 내렸다.

여사군은 직접 상여를 메는 운군과 상여 앞뒤에 줄을 달아 끌고 가는 인군으로 나뉜다. 상인들은 인군에 충당되었다.

시장 상인들은 백목전 유기전 어물전이 업종별로 교대해서 줄을 끌었다.

운군은 양반이나 양반 자제로 세웠는데 선택받는 자체가 벼슬이었다. 벼슬에 환장한 어떤 양반은 청국에 공부하러 간 자식을 급하게 불렀다.

왕실은 정원이 백 명인 운군 자리를 무려 사백오십 명에게 두당 백 냥씩 팔아먹었다.

철시령과 더불어 차출령을 내렸다.

전국의 기생들이 차출되어 인산 날 운구 길목에서 곡을 한다. 곡이 끝나면 인군들이 쉬거나 교대하는 곳에서 국을 끓이고 안주상을 차려야 한다.

일패 곡비들도 한양으로 모였다.

권문세가나 부잣집에 초상이 나면 불려 가 대신 울어주는 아낙을 곡비라 했다.

이들은 얼마나 서럽게 우는가에 따라 등급이 나뉘었다. 일패 곡비는 국상이 있으면 무조건 차출되어 한양으로 올라갔다. 일패 곡비가 눈물을 비오듯이 흘리는 데는 비결이 있었다.

허리춤에 겨자와 후추 아니면 고추씨를 갈아 담은 주머니를 차고 있다가 때가 되면 눈물주머니에서 분말을 꺼내 손등에 칠하고 울었다. 이렇게 마음을 모질게 먹고 억지로 울어주고 받는 돈을 누대라 했다.

국상의 누대는 베 다섯 필이었다.

섣달 십삼 일.

명복은 창덕궁에서 조선 이십육 대 왕으로 즉위했다.

왕은 등극 교문을 내리고 이어 대왕대비의 수렴 교문을 내렸다. 대왕대비는 희정당에서 수렴청정의 예를 행한 후 바로 홍선이 정사를 섭정하게 하고 조두순을 영의정, 김병학을 우의정, 이경하를 훈련대장 겸 포도대장으로 삼았다.

김홍근은 이 모든 조치가 못마땅했다. 조회에서 불만을 토로했다.

"예로부터 국왕의 사친은 정사에 참여하지 못했습니다. 사친은 사저로 돌아가 죽을 때까지 부귀를 누리면서 편안하게 사는 것이 옳습니다."

그러나 이미 대세는 기울었다.

홍선은 지위가 임금과 같아져 모든 권력이 공덕리 구름재에 집중되었다. 문무백관이 그의 지휘를 받았고 온 백성이 그에게 기대를 걸었다. 홍선은 섭정을 시작하면서 포부를 밝혔다.

'나는 천 리를 지척으로 삼겠다.'

이것은 종친과 가깝게 지내겠다는 소리였다.

'나는 태산을 평지로 만들겠다.'

이것은 세도가를 거세하겠다는 소리였다.

'나는 남대문을 삼층으로 올리겠다.'

이것은 남인을 등용하겠다는 소리였다.

101.

　홍선은 이전 정미년에 종친부의 실무를 맡는 유사 당상에 임명된 적이
있었다.

　이후 십 년 동안 한두 해를 제외하고 계해년 대원군에 봉작되기 전까지
계속 종친부 유사 당상을 맡았다. 당시 종친부는 군에 봉작된 사람들 사오
명 정도의 모임으로 정치적 의미는 거의 없었다.

　홍선은 정미년에 유사 당상을 맡으면서 종친부의 권한을 확대하려 시도
했다. 병신년에 종부시가 독점하던, 전주 이씨 중에서 태조 이성계 후손들
의 족보를 편찬하는 선원록을 종친부가 넘겨받으려 했다.

　이는 유명무실한 종친부가 선원록에 드는 선파인을 통할하는 권한을 확
보하려는 의도였다. 종부시는 당연히 이에 반대했다.

　전례 없는 일을 추진한 홍선군은 유사 당상에서 파직되었다.

　경평군은 풍계군 제사를 받들기 위해 신해년에 입양된 후 철종의 총애
를 받았다. 그가 당시 권력을 잡고 있던 안동 김씨들을 비방하다가 미움을
받아 귀양을 가야 할 신세가 되었다.

　화가 난 김씨들은 아예 풍계군의 양자 자리도 끊어 버리려 했다. 그런데
종실의 양자 문제는 형식일지라도 종친부의 결정을 거쳐야 했다. 아무리
안동 김씨 세상이라지만 이는 해도 해도 너무하다는 반발이 종실 내부에
서 일어났다.

　당시 종친부 유사 당상이던 익평군은 처신이 곤란해 몸이 아프다는 핑

계로 아예 출근도 하지 않았다.

이쯤 되면 안동 김씨들도 난처해졌다.

이때 흥선군이 다시 종친부 유사 당상이 되어 경평군의 양자관계를 끊고 대신 이신덕을 풍계군의 사손으로 입양시키는 문서에 도장을 찍어주었다.

주는 것이 있으면 받을 것이 생기는 법. 며칠 후 그동안 종부시가 맡아온 선원록의 수정 및 간행을 종친부가 맡으라는 조처가 내려왔다. 새 선원록 출간 작업은 곧바로 착수되었다.

철종이 죽기 삼 년 전의 일이다.

조선은 왕의 친척은 벼슬이나 이권에서 단절되어 있었다. 임금이 지친 집에 드나드는 것을 분경이라 하여 법으로 금했다.

정종이 왕이 된 후 가장 먼저 한 일은 아들 중 열다섯 명을 중으로 만든 것이었다. 양녕이 미친 척하고 방종하게 살았던 것도 권력으로부터 자신을 소외시킴으로써 동생을 편하게 하려는 결단이었을 것이다.

수양이 집현전 총재관이 되어 역대병요를 완성하고 나서 공이 있는 학사들에게 상급을 내릴 때 하위지는 거절했다.

"임금이 어리고 나라 안에 의심이 많은데 종실이 관직과 상급으로 조신을 농락하여서는 안 되고 조신 또한 이에 동조하여서는 안 됩니다."

그는 병을 핑계로 사직하고 시골로 내려가 버렸다. 임금의 친척이 책 하나 편찬하는 미미한 벼슬자리에 있는 것도 거슬렸던 것이다.

종친은 직계 오 대손까지 돈녕부나 의빈부에서 품계를 주어, 먹고 살게 해 주는 대신 일체 벼슬과 권력을 넘볼 수 없게 했다.

신하들도 상피라 하여 부자 형제 간에 영향을 미치는 벼슬자리가 오면 어느 한쪽이 사퇴했다. 또는 자신의 친족 외족 처족이 사는 고을에 배임받으면 사양해야 했다.

이 제도가 밝게 지켜지면 태평 시대이고 그렇지 못하면 난세였는데 예외가 없었다.

세도정치 시기에는 비변사에 권력이 집중되어 있었다.

비변사의 실권은 비변사 당상이 장악하였고 이들은 왕에게 견제를 받지 않으면서 구성원을 임명할 수 있었다.

비변사 당상 자리는 다른 관서와 달리 상피제도의 규정을 받지 않아 몇몇 핵심 가문이 독점했다. 이들은 한양에 거주하면서 대략 십이 촌에서 이십 촌 정도 친족 범위 내에서 비변사를 비롯한 주요 고위 관직을 독차지했다.

대개 안동 김씨 중에서 병자호란 때 충절을 세운 김상헌과 감상용의 후손과 풍양 조씨 중에서 조희보의 후손을 꼽을 수 있다. 그러므로 정책 결정은 사적인 자리에서 이루어지는 경우가 많았다.

각 가문의 중심인물들, 흔히 세도가라고 부르는 사람들은 아예 관료에 임명되지 않고도 권력을 행사할 수 있었다.

이러한 정치 관행이 있었으므로 흥선은 왕의 생부라는 권위를 가지고 세도가처럼 행세할 수 있었다.

그는 집권 초반기부터 그동안 권력에서 소외되었던 남인이나 북인 혹은 무신들을 중용해 외척을 배제하고 당쟁을 가라앉혔다. 그리고 과감하게 개혁을 단행했다.

이명복이 즉위한 계해년 말.

조선은 커다란 위기에 직면해 있었다. 그것은 전 해 임술년에 전국에서 일어난 농민 항쟁이 잠시 소강상태를 유지하고는 있었지만, 언제 다시 불이 붙을지 조마조마한 형국이 이어지고 있었기 때문이었다.

당시 조정은 이러한 항쟁이 그동안 누적된 탐관의 착취로 인해 마치 둑이 터져서 큰물이 흐르는 듯한 현상이라고 판단했다. 그러나 조정은 여기에 대해 마땅한 대책을 수립하지 않았고, 더구나 자신들의 기득권을 양보할 의사도 전혀 없었다.

동아시아의 시국은 서쪽 세력이 밀려들어 청국은 영길리국, 불령국과 전쟁을 치렀고 일본은 혁신을 부르짖고 있었다.

조선에도 현명한 정치 지도자가 나와 변화하는 시국에 대응하여 새 기틀을 세워야 할 절박한 시기였다.

홍선은 우선 세도정치 아래서 각종 부정과 비리를 저지르며 까부새던 벼슬아치들을 과감히 숙청하고 이들이 부정으로 축적한 재산을 철저히 조사해 국고에 환속시켰다. 세금도 합리적이고 공평하게 부과하려 했다.

비록 이러한 정책이 토지분배라는 농민들의 근본 바람과는 거리가 있었지만, 그동안 누구도 쉽게 손대지 못했던 문제에 칼을 댄 것만으로도 백성의 신망을 얻기에 충분했다.

초기에는 그랬단 말이다.

102.

박유붕은 청도의 관상가였다.

자신의 관상을 보니 애꾸가 되어야 출세하는 상이었다. 그는 마음을 다지고 한쪽 눈을 가위로 찔렀다. 사람들은 그를 일목거사라 불렀다.

한양에 올라와 목멱산 아래 회현방 움막에서 살았다. 홍선의 상을 보아주더니 깍지손을 하고 남양 부사 자리를 달라고 했다. 뒤이어 홍선의 아들 이명복의 상을 보더니 자지러졌다. 그는 주위의 사람을 물리치고 조용히 말했다.

"당신은 틀림없이 왕이 될 것입니다. 앞으로 이 말을 아무에게도 하면 안 됩니다."

이명복은 왕이 된 이듬해 잊지 않고 박유붕을 발탁했다. 이후 박유붕은 정삼품 수사함까지 올랐다.

박유붕은 코가 이마에 닿아 돌아다녔다.

주위 사람들이 만류했다.

"여보게 조금이라도 뒤를 사려야지 그렇게 배를 퉁기다가는 터지기 십상일세."

그러나 그의 기고만장은 사그러지지 않았다.

나중에 이 소식을 들은 이명복은 그가 종차 없다고 사약을 내렸다.

박유붕은 이명복이 왕이 되면 자기를 죽일 자라는 것까지는 못 본 모양이다.

만인이란 사람도 있었다.

그는 세상을 버리고 산에 칩거했다. 이명복이 왕이 되기 전 잠저에 찾아와 미리 축하했다.

"자연만 보고 있으면 문득 사람이 그리워지는 법입니다. 제가 보니 이분은 후에 중흥의 임금이 되실 분입니다."

갑자년 초 고종이 즉위한 후 흥선이 만인을 찾아 소원을 물었다.

"산에 사는 사람이 무엇을 바라겠습니까? 그저 해인사에 있는 장경 천 부만 주십시오."

흥선은 그의 소원을 들어주기 위해 장경 간역 사업을 벌였다. 만인도 참여했다.

간역 사업이 끝나자 만인은 장경 천 부를 바다에 띄웠다. 그 후로 만인은 사라져 세상에 나타나지 않았다.

103.

수운이 과천 역참에 도착하던 시기에 조정은 철종이 죽으면서 권력의 향배가 바뀌며 대단히 긴박하게 돌아가고 있었다.

홍선은 영의정 김좌근을 사직시키고 그 자리에 좌의정 조두순을 임명했다. 김병기는 깐보고 광주 유수로 쫓아냈다. 김병기는 놀라서 깨끔질하듯 광주로 달려갔다.

홍선은 장동 김문을 손보느라 수운을 다룰 여유가 없었다.

장동 김문은 안동 김씨 일족을 일컫는 말이다. 김조순이 자하동에 살아 붙여진 이름이었다.

김조순은 순조의 장인으로 외척 세도의 기틀을 마련했던 자였다. 자하동은 경복궁 북쪽 창의문 바깥으로 북악산과 인왕산 사이에 낀 골짜기였다. 이 자하동을 백성들은 자동이라 부르고 장동이라고도 불렀다.

김조순이 국구가 된 이후 삼 대에 걸쳐 국혼을 맺고 안동 김씨들이 왕 대신 정치를 맡았다. 그래서 백성들은 김조순 일족을 장동 김씨를 줄여 장김이라 불렀다.

김조순은 말년에 교동으로 이사했다. 그러나 그의 아들 김유근과 김좌근 그리고 손자 김병기는 계속 장동에서 살았다.

이들이 지금 홍선에 의해 내리막을 달리고 있었다.

수운의 처리는 대왕대비가 승인하는 형식을 밟아 지시가 내려갔다.

계해년 섣달 이십일 일.

비변사에서 제의했다.

'선전관 정운구가 서면으로 보고한 경주의 동학 죄인 최복술 등의 사건에 대하여 묘당에서 제의하여 처결하게 하라는 지시가 있었습니다.

최가가 비록 두목이라 하나 도당이 이미 번성하였으므로 응당 속속들이 밝혀내야 할 것입니다.

거의 천 리나 되는 지역에서 염탐하고 체포하는 일이 계속된다면 연도가 소란스럽게 될 것이니 딱합니다.

최복술, 이내겸 두 놈을 포도청이 경상도 감영으로 하송시켜 경주에 가두어둔 죄인들과 함께 하나하나 그 내력과 소행을 따져보고 경중을 가려 다시 보고하게끔 명령하는 것이 어떻겠습니까?'

대왕대비가 승인했다.

104.

섣달 십육 일.

포도청 관졸들은 수운과 이내겸을 다시 대구로 압송하기 위해 과천을 떠났다.

용인 양지 역참에 도착해 일박하고, 이십칠 일에 충주 달천역, 이십팔 일에 문경 요성역을 향해 움직였다. 수운이 되돌아온다는 소식을 들은 도인 백여 명은 새재 첫 관문인 주흘관 상초곡 마을에 모였다.

충주에서는 일찍 떠났으나 눈길로 인해 저녁 일곱 시경에 겨우 상초곡에 당도했다. 일부 도인들은 길가 주막에서 엿보기도 하고, 일부는 관솔불을 켜 들고 압송되는 수운의 뒤를 따라가며 눈물을 흘렸다.

수운이 문경읍에서 동쪽으로 오리 떨어진 요성역에 도착한 것은 캄캄한 늦은 저녁이었다.

이십구 일에는 아침 일찍부터 서둘러 점촌 쪽에 있는 유곡역으로 향했다. 점촌에서 북쪽으로 십 리 지점에 있는 유곡역에 당도한 것은 점심 때쯤이었다. 이 역은 영남 길의 열여덟 개 역참을 관할하는 찰방역이다.

수운은 여기서 설을 맞은 후 삼 일간 체류했다.

105.

고종 1년, 갑자년, 1864년, 1월 4일.

갑자년 정월 사 일.

수운은 다시 대구를 향해 떠났다.

이날은 상주 낙동 역에서 일박하고 오 일에는 선산군 상림역에 도착했다. 상림역에는 중마 두 필, 하마 네 필, 역리 이백여 명, 노비 스물세 명, 비여덟 명이 배치되어 교대를 기다리고 있었다.

이 역참에서 일박한 다음 금호를 거쳐 육 일에 비로소 대구 감영에 도착했다.

이날 수운과 이내겸을 포도청으로부터 인계받은 경상감사 서헌순은 두 사람을 일단 감영에 수감하고 오는 십오 일에 심문하기로 했다.

말을 타니 견마잡이가 필요했다. 서헌순은 신문관 세 명을 선임했다. 상주목사 조영화, 지례현감 정기화, 산청현감 이기재가 선임되었다.

상주목사 조영화는 상주 도남서원에서 동학 배척이 일어났을 때부터 관여했던 위인이었다. 지례현감 정기화도 동학도인이 많았던 지역의 관장이었다. 이때 경주에 가두었던 도인 스물세 명이 대구 감영으로 이감되었다.

피신 중이던 경상은 수운이 대구로 환송되었다는 소식을 들었다. 옥바라지를 위해 여러 고을을 돌아다니며 비용을 모았다.

다행히 영덕 유상호가 백여 금을 선뜻 내놓았다. 각 접에서도 모금이 있었다. 옥바라지 자금으로 영덕과 영해 두 접에서 육백여 금, 홍해 연일 접에서 삼백 금, 평해 울진 접에서 삼백오십 금, 안동 영양접에서 오백 금을 거두어냈다. 상주접 황문규도 거금을 냈다.

각 접 지도자들도 연일 은밀하게 대구 성안으로 모여들었다.

수운의 옥바라지는 곽덕원이 자원했다. 그는 학식이 깊은 사람이라 수운을 지극히 존경했다. 현풍 출신으로 당시 대구 감영 옥리로 있었다. 그는 나중에 수운이 형을 받자 시신을 염습해 장례를 치르는 데 참여하게 된다.

당시 옥바라지를 하는 사람은 거지꼴을 해야 했다. 곽덕원은 망건을 벗고 머리를 풀고 얼굴에 숯검정을 칠하고 누더기를 입고 굵은 새끼줄을 허리에 둘렀다. 하루 세끼 맛있는 음식을 차려 수운에게 들였다.

하루 일이 끝나더라도 혹시 미진한 것이 없는지 세심하게 둘러보고 집에 갔다.

수운의 뒷바라지를 위해 대구로 숨어든 사람은 경상을 위시해 여럿이 있었다.

수운의 조카 세조, 신령 접주 하치욱, 영해 접주 박하선, 청하 도인 이경여, 고성 접주 최규언, 신령 사람 하처일, 대구·청도·기재 접주 김주서, 울산 접주 서군효, 박여인·강선달, 경상의 매부 임익서, 영덕 사람 임근조, 상주 사람 전덕원, 영덕 사람 전석문, 영덕 접주 오명철 그리고 곽덕원 들이었다.

대부분 접주들이 모였다.

이들은 한곳에 모여 사태가 진행되는 과정을 예의 주시하고 있었다. 수운이 해를 당해도 접 조직은 여전히 건재했다.

106.

감옥에 징역표라는 것이 있었다.

이를테면 일 년 징역을 받았을 경우 백 일 동안은 오 등 징역이라 하여 무거운 칼을 목에 씌웠고 다음 백일은 사 등 징역인 무거운 족쇄를 채웠다.

삼 등 징역은 차꼬를 양 발목에 채우는 양체, 이 등 징역은 한 발에만 차꼬를 채우는 편체, 드디어 일등 징역이 되면 차꼬를 채우지 않아서 자유롭게 걸어 다닐 수 있었다.

복역 성적이 좋거나 죄질이 가볍거나 복역 날짜가 거의 끝나 가면 바깥 나들이를 할 수 있는 특전이 주어지는데 이것을 특등 징역이라 불렀다. 특등 죄수들은 옥중에서 짚신이나 미투리를 엮어 시장에 내다 팔고 다시 짚이나 삼 왕골 같은 짚신 재료를 사서 들어 올 수 있었다.

짚신은 팔아 남긴 돈으로 주막에 들러 한잔 거나하게 취한 채 옥문 앞에 와

"이리 오너라!" 하고 큰소리를 쳤다. 짚신을 팔아 번 돈으로 사식을 사 먹고 어려운 사람도 돕고 얼마는 옥졸들 허리춤에 슬쩍 넣어주기도 했으니 특등 죄수들 기세가 이다지도 당당할 수 있었다.

경상 감영 감옥 특등 죄수들은 물장사를 했다.

물장사로 돈을 번 죄수와 단골 주막 주모의 연애가 화제가 되기도 했다.

경상감영은 보름 명절이 지나면 곧 심문에 들어갈 예정이었다. 그러나 비가 계속 내려 이십 일에 이르러야 심문을 시작했다.

경상감사 서헌순이 동헌 가운데 앉고 참사관 상주목사 조영화, 지례현감 정기화, 산청현감 이기재는 옆에 입회했다.

수운은 심문 첫날 감옥에서 선화당 뜰로 끌려 나왔다. 큰 칼을 목에 씌운 채 형틀에 묶어 놓고 옥졸이 먼저 심하게 매질을 했다. 수운은 네 번, 이내겸과 이정화는 세 번, 강원보는 두 번, 나머지 도인은 한 번씩 혹독한 심문을 받았다.

최자원은 뇌물을 주고 풀려나 어디론가 사라졌다.

107.

이월 이십 일,

수운은 마지막으로 혹독한 심문을 받았다.

서헌순은 전날 밤 수청 들던 관기가 잠 주정이 있어 밤새 은근히 시달린 터라 아직 맑은 정신이 돌아오지 않았다. 일부러 육포를 입에 넣고 꺼귀꺼귀 씹었다.

이때 수운의 다리가 부러지며 우레 소리를 냈다. 서헌순은 놀라서 씹지도 않은 육포를 삼켰다.

"무슨 소리가 이렇게 요란한가?"

포졸이 대답했다.

"죄인의 다리가 부러지는 소리입니다."

서헌순은 육포가 목 가운데 걸려 기침을 심하게 했다. 그도 인간이라 죄책감을 느꼈다.

"이것으로 심문을 마치겠다. 죄인을 그만 하옥시켜라."

날이 저물었다. 곽덕원이 밥상을 들고 감옥으로 들어갔다. 수운은 곽덕원에게 당부했다.

"경상이 지금 성 중에 있는가? 내 말을 꼭 전해 멀리 피하게 하시오. 만일 경상이 잡히면 우리 도가 매우 위태롭게 될 것이오. 번거롭게 여기지 말고 집에 갈 때 찾아가 내 말을 꼭 전하시오."

곽덕원은 경상은 이미 떠났다고 했다.

수운은 시 한 수를 읊더니 이 시를 외워 도인들에게 알려주라 했다.

'혐의를 잡으려 물 위에 등불을 밝히나 혐의할 틈새가 없고

기둥은 말라 버린 모습이나 그 힘은 여전히 남아 있도다.'

수운이 체포된 며칠 후 영교와 옥리 오십여 명이 경상의 처소를 포위하
고 수색했었다.

경상은 정월 이십 일 대구에서 관이 자신을 잡으려 한다는 말을 듣고 김
춘발과 같이 스무하룻날 아침 대구 성을 빠져나와 안동으로 숨었었다.

108.

경상감사 서헌순 장계.

'참사관 상주목사 조영화 지례현감 정기화 산청현감 이기재는 심문할 때 입회하여 철저하게 밝혀냈습니다.

최복술은 경주 백성으로 훈학을 업으로 하고 있었는데 양학이 나오고 있다는 소문을 들었다 합니다.

양학이 세력을 떨치자 의관지류로서 차마 볼 수 없어 하늘을 공경하고 천리를 순종하는 마음으로 '위천주고아정 영세불망만사의'라는 열세 자를 지었고 이름을 동학이라 했는데 이것은 동국의 뜻을 담았다고 했습니다.

양학은 음이라 할 수 있고 동학은 양이라 할 수 있는데 양이 음을 제어하려면 늘 열세 자 주문을 읽어야 한다고 하였습니다.

그 아들이 감질로 앓게 되자 이 주문을 외워 저절로 낫게 했다고 하며 풍증과 간질은 물론 병에 걸린 사람들에게 외우게 하면 곧 차도가 있었다 합니다.

또한 필법을 약간 알고 있는 사람이며 혹시 글씨를 써달라 하면 매번 龜(구) 자나 龍(용) 자를 써주었다 합니다.

병을 치료하려는 사람이 있으면 산에 들어가 제사를 지냈는데 소를 잡는 일은 없었다 합니다.

잡병에 걸린 사람이 있으면 종이에 弓(궁) 자를 써서 불살라 마시도록 하면 차도가 있었다 합니다.

원근에서 온 사람이 있어 부득이 머물도록 허락하다 보니 도당이란 이름이 생기게 되었다 합니다.

붓을 들면 신령이 내리고 칼춤을 추면 공중에 떠올랐다 하며 돈과 쌀을 토색하는 일은 애당초 없었다 합니다.

선생과 제자라는 호칭도 또한 그가 스스로 부른 것이 아니라 합니다.

이러므로 사교와 달라 처음부터 숨기거나 가리지 않았다 합니다.

퇴리 이내겸은 아비가 병에 차도가 없자 최가를 찾아갔는데 열세 자 주문을 주면서 외우기를 권하므로 밤낮 외어보았으나 차도가 없어 바로 중단하고 물리치는 글을 지었다 합니다.

그때 돌린 이른바 문서로는 「포덕문」과 「수덕문」이었고 주문은 '지기금지원위대강'이라 했고 또한 '위천주고아정 영세불망만사지'라 했으며 칼노래는 '용천검 드는 칼을 아니 쓰고 무엇하리'라는 것이었습니다.

입산하여 천제를 올릴 때 돼지고기와 떡 국수 과일을 차렸는데 병을 낫게 하자는 뜻에서 나온 것이라 합니다.

복술은 본래 글씨에 이름이 나 있었으며 龜(구) 龍(용) 祥(상) 雲(운) 義(의) 등 글자를 여러 사람에게 써주었다 합니다.

이에 학부형들은 수고했다는 답례로 약간의 돈과 양식을 주었을 뿐이고 토색하는 일은 없었음이 사실입니다.

종이 장사 강원보는 그가 풍담으로 누워 있을 때 주문을 외우면 빠졌던 머리칼도 다시 난다는 소문을 듣고 찾아갔다 하며 병이 나은 후에는 필요치 않아 외우기를 폐하였으므로 더 할 말이 없다 하였습니다.

박응환은 병이 생겨 최가를 찾아갔더니 성심을 다해 한울님을 공경하고 사람이 지켜야 할 도리를 항상 돈독하게 하면 병도 곧 나을 것이라 하기에 기다리다 아침에 학을 받으라 하여 머물렀다 붙잡혔다고 아뢸 것이 없다 했습니다.

동몽 김의갑은 복술과 같은 한 동리에 살고 있었으므로 감히 있던 일을 속이랴 하면서 복술의 아들 인득이 늘 나무칼을 가지고 춤을 추어 뛰어올랐으며 용천검 드는 칼이라는 노래를 불렀다고 하였습니다.

그것이 거짓임을 알게 되자 상종하지 않았다 했습니다.

잡류들이 모이면 적어도 삼십 인은 되었고 뒷산에서 천제를 올리며 병이 낫기를 축원하였습니다.

끝내 효험이 나타나지 않자 많은 이가 등을 돌려 가 버렸습니다.

또한 최한은 출입이 빈번했는데 밤길을 나설 때 자주 횃불을 밝혀 온 동리 사람들이 꾸짖었다고 했습니다.

이정화는 오랫동안 병석에 누웠다가 최가를 찾아가 위천주의 열세 자를 배웠고 부를 짓고 다음으로 운을 지어 보라 하여 결국 부와 운을 짓자 복술이 받아쓰셨다며 이날 밤 유숙하다 같이 붙잡혔다고 합니다.

동몽 최인득은 칼춤을 추었는데 이는 본심이 아니라 문득 광기가 발작해 나무칼을 들고 혹은 춤추고 노래하니 그 노래는 시호 시호라는 곡이었습니다.

이를 익히려면 먼저 하늘에 제사를 올려야 한다고 했습니다.

복술을 다시 문초하려 하니 경신년에 서양이 먼저 중국을 점령하고 다음으로 우리나라에 나오려 한다는 말을 듣자 변란이 있을 것을 예측했다 했습니다.

그래서 열세 자 주문을 지어 사람을 가르쳐 그들을 제압하려 했고 하늘에 제사 지내는 일에 정성을 다하였으므로 사태가 불리하지 않다고 했습니다.

서양의 글은 반드시 규 자로 이름하고 있으니 규 자는 활 궁 자 밑에 두 점이 들어 있기에 불살라 마시면 액막이가 될 수 있다고 했습니다.

초학 시에 신령이 통하여 몸이 떨리더니 하루는 하느님이 가르쳐 주기를 '근일 바다를 왕래하는 선박은 모두 서양인이다. 검무가 아니면 이를 제압할 수 없다.' 하며 검가 한 편을 주었다 했습니다.

글은 과연 부와 창으로 지었다 하며 이 일은 더 아뢸 것이 없다 했습니다.

내겸을 다시 문초하니 복술의 이른바 검가는

'시호시호 이내시호 부재래지 시호로다.

만세일지 장부로서 오만 년 시호로다.

용천검 드는 칼을 아니 쓰고 무엇하리.

무수장삼 떨쳐입고 이 칼 저 칼 옆에 짚고

호호 망망 너른 천지 일신으로 비껴 서서

칼 노래 한 곡조를 시호시호 불러내니

용천검 드는 칼은 번득이며 일월을 희롱하고

게으른 긴 소매는 우주를 덮고 있고

자고 명장 어디 있나 장부 당전 무장사라

좋을시고 좋을시고 이내 시호 좋을시고' 라 했습니다.

아울러 신선의 약이란 것은 弓(궁) 자의 반자 뜻을 취하여 종이에 그린 것입니다. 두 궁 자로 된 지방을 풀이하기를 그 이름은 태극이요 다른 이름은 궁궁이라 했습니다.

소위 대강 여덟 자를 외우면 몸이 떨려 들은 것을 모두 고한다 했습니다.

조상빈은 복술을 만나 보니 '한울님이 내려와 정녕 나에게 가르침을 주었다' 하며 이르기를 '금년 이월과 오월 사이에 서양 사람이 용만으로부터 나오게 되면 나의 통문을 기다렸다가 일제히 뒤따라 나서라 했다'며 '이 검무를 익힌 이들이 보국안민의 공훈을 세우게 되면 나는 고관이 되고 너희들도 각기 다음 자리를 맡게 되리라 했다'고 했습니다.

정화를 다시 문초하니 그는 복술이 천제를 할 때 강령 주문을 외웠는데 복술은 칼도 휘두르고 글씨도 잘 썼으며 병이 속히 낫도록 빌어 여귀는 달아나고 학신은 도망가게 했다고 했습니다.

이른바 선약이란 두 활 궁 자를 종이에 써 혹은 불에 살라 마시고 혹은 씹어 삼키게 했다고 했습니다.

복술은 궁궁에 대해 풀이하기를 임진년과 임신년에는 이재송송 이재가 가라는 말이 있었으나 갑자년에는 이재궁궁이므로 궁 자를 써서 불에 태워 마시면 제압할 수 있다고 했습니다.

복술을 세 번째 문초하니 '서양인이 나오면 사특한 마귀의 가르침에 속을 것이니 갑자년에는 전해진 말처럼 궁궁이재해야 한다' 했습니다.

또 '이른바 귀마인 하느님이 와 정녕 일러 말하기를 계해년 동짓달 십구일에 서양인이 나오므로 갑자년 정월이면 소문이 있을 것이라 했고 계해년 시월에는 너는 하양 현감이 되며 십이월에는 이조판서가 될 것이라 했다'고 했습니다.

칼춤을 역시 귀마가 시킨 것이요 필법은 접신 후에 더욱 뛰어났으며 원하는 사람이 많아 종종 써 주었다 합니다.

하루에 수백 리씩 간다는 말이 있으나 평소 걸음이 더디어 수십 리만 가도 발이 부르튼다 했습니다.

교자를 타고 나다닌다는 설은 마침 작년에 신령 영천을 내왕한 일이 있어 그렇게 됐다고 했습니다.

일월산에 소동이 났다는 설은 어떤 사람이 입산해 천제를 지낸 일이 그리 되었다 하며 그는 들어가지 않았으므로 더 할 말이 없다 했습니다.

내겸을 세 번째로 문초하니 일월산의 설은 영양 진보 사람이 산 밑에 막을 치고 모여 학을 익힌 것을 말한 것이라 했습니다.

복술이 입산했다는 말은 듣지 못했다 했습니다.

동몽 성일규는 칼춤을 시험 삼아 배울 때 처음에는 몸이 떨리는 듯했으나 끝내 공중으로 떠오르는 조짐은 없었다 했습니다.

복술을 네 번째로 심문하니 '옥편 등의 글자 해석에 규 자를 도경이라 했으므로 서학은 이 도경의 종류와 같은 것이라 멋대로 추측해 그 이익됨이 규 자에 있다고 하여 그것을 취했으며 궁 자 밑에 점이 둘 있으므로 곧 궁궁이 되는 것이다'라고 했습니다.

계해년 십이월 십구 일을 기한으로 하여 소식이 없으면 공부하는 무리가 알참이 없다고 인정하지 않을까 두려워 갑자년 시월 열하루로 바꾸었다고 했습니다.

만일 시월이 지나면 공부할 뜻을 그만두고 서로 맹약하여 전량과 갑병 등의 일을 마련하여 서양 도둑이 나오면 주문과 검무로 막을 것이며 천신의 도움으로 적장을 잡도록 준비한다고 했습니다.

원보를 다시 문초하니 북술이 이르기를 '서양 도둑은 화공을 잘하니 갑병으로 대적할 것이 아니라 오직 동학이라야 그들을 진멸할 것'이라 했으며 또 말하기를 '서양인은 일본으로 들어가 천주당을 세우고 우리나라로 나와 또한 이 당을 세울 것이니 내가 마땅히 초멸할 것'이라 했습니다.

정화를 다시 문초하니 "'최한이 말하기를 나무칼은 쇠칼보다 이로우니 양인의 눈을 현혹시키면 보검으로 알 것이니 비록 단단한 갑옷과 날카로운 병기로도 감히 우리에게 근접하지 못할 것'이라 했다" 하였습니다.

최가와 가장 친한 수제자라 칭하는 자는 곧 최자원 강원보 백원수 최신오 최경오 등이라 합니다.

백원수의 머슴인 김인찬은 동학의 주문을 외우다 돌연 광기가 발해 어린 아들 용성에게 강령 집필케 했더니 대서하기를 인찬은 대장이 되고 용성은 중군이 되고 강원보는 훈도가 된다고 하여 곧 머슴을 쫓아냈다고 했습니다.

모두 대질해 문초를 받아 이번의 요악한 무리를 철저히 들춰냈습니다.

복술은 본시 요망한 종류로서 감히 속임수를 품고 주문을 지어 위천주의 요사한 설을 퍼뜨려 사람들을 부추겼으며 서양을 배척한다며 오히려 사학을 도습해 포덕의 글을 꾸며 음으로 불순한 생각을 꾀했습니다.

궁약을 비방이라 하며 칼춤과 검가를 퍼뜨려 흉악한 노래로 태평한 세상에 난리를 걱정하도록 하여 남몰래 무리를 지었습니다.

움직이면 귀신이 가르침을 내렸다 하니 그 술책은 하내풍각이요 모두가 그에게 돈과 양식을 바치니 후한의 미적이요 엄한 법이 통하지 않으니 조금이라도 허용하기가 어렵습니다.

원보 등도 함께 범했으니 용서할 수 없는 죄목입니다.

정석교 등도 역시 중하게 처분해야 할 것이고 전석문 등도 아울러 진장이 없는가를 합당하게 참작해야 할 것입니다.

다행히도 거괴를 체포하여 소굴과 뿌리를 완전히 드러내어 차례대로 열거하여 등문하오니 처분이 내리기를 공손히 기다리겠습니다.

장경서 등은 꾸짖어 깨우치도록 엄히 훈계해야 한다 했습니다.

교지가 있기를 품하니 동조에서 처분이 있기를 바랍니다.'

중요한 죄목의 하나인 사설을 퍼뜨렸다는 보고를 보면 천신이 강림하여 금년 이월과 오월 사이에 서양인이 나온다느니 보국안민의 공훈을 세우면 고관이 된다고 하였다느니 하는 것들이다.

수운이 쓴 글들에 대해서는 일언반구도 심문하지 않았다. 이단 사설로 규정하기 위해 엉뚱하고 날조된 죄목을 줄줄이 만들어 추궁했다.

바꾸어 말하면 없는 죄를 만들어 뒤집어씌우고 말았다는 말이다.

109.

이월 이십구 일.

조정은 서헌순의 장계에 대해 조대비로부터 묘당에서 품하여 처리하라 지시했다.

조대비는 순조의 아들 익종의 비이고, 풍은 부원군 조만영의 딸이다.

순조 십구 년 세자빈으로 책봉되어 헌종을 낳았다. 익종이 보위에 오르지 못하고 죽자 중전 자리에 앉지도 못했던 여인이다. 헌종이 즉위하자 왕대비 존호를 받고 철종이 후사 없이 죽자 중신들을 중회당에 소집해 열한 살 먹은 이명복으로 대통을 잇게 한 장본인이다.

대왕대비 전교

'갑자년 삼월 이 일.

의정부에서 영백의 동학 사계장, 복계, 의정부 계언 등이 모두 동학이 양사를 승습하여 된 것이며 그 명목을 옮겨 추한 악한을 현란케 한다고 하였다.

이단 사설로 인심이 빠져들었으니 교화를 밝게 하지 못했음이 한탄스럽다.

진실로 천토를 일찍이 행하지 아니하고 방헌을 썼지 아니하면 황건이나 백련의 대환이 닥칠까 두렵노라.

이번에 영옥의 여러 죄수는 매우 어리석고 민첩하지 못해 이단의 지목을 가려 책망할 값어치조차 없다.

그들 또한 불쌍하기 이를 데 없으나 마음을 흐트러뜨리지 말라는 것을 훈정으로 이르는 바이다.

사람을 속이고 홀려 무리를 모은 그 행적은 경중하지 않을 수 없다.

경상감사의 사계는 묘당에서 품해 처리하라.'

결국 조대비는 좌우 사람들이 일러주는 대로 동학을 서양의 요사한 가르침을 그대로 옮겨 이름만 바꾼 데 지나지 않는다고 잘못 판단했다. 그러므로 세상을 헷갈리게 하고 어지럽혔으니 속히 엄벌을 내리지 않으면 나라의 법을 세울 수 없다고 한 것이다.

조정을 움직이는 사람들의 세상 물정에 대한 인식 수준이 이런 정도에 불과했다.

삼월 이 일.

형이 떨어졌다.

'최복술은 효수하여 경중하라.

강원보는 엄형 이 차하고 절도에 유배 보내 종신케 하라.

이내겸·이정화·박창욱·박응환·조상빈·조상식·정석교·백원수는 엄형 일 차하고 원지에 유배 보내라.

신덕훈·성일규는 엄형 일 차하고 유배 보내라.

나머지 죄수들은 도신이 분수에 맞게 처리하라.'

110.

삼월 오 일.

필제가 새재에서 내려와 경상을 찾아왔다. 경상은 이때 대구로 다시 내려와 있었다.

"이보게 경상, 대구 감영을 부수고 선생님을 구출해야 하겠네."

경상은 필제를 달랬다.

"옥리를 매수할 자금이 마련되었으니 내가 일단 선생님을 뵙고 나서 결정하도록 합시다."

"새재 형님과 식구들이 하양에서 대기하고 있소. 여차하니 경상이 동의만 하면 내가 선생님을 빼내 새재 본채로 일단 모시려 하네."

"내가 오늘 밤 선생님을 뵙겠습니다. 부디 내일 아침 다시 나를 찾아오십시오."

경상은 필제를 보내고 직접 대구 감영으로 가 옥리에게 돈을 주었다. 옥리는 날이 저물면 들어가 만나도 좋다고 약조했다.

초경에 경상은 감옥으로 들어가 수운과 마주 앉았다.

"선생님 일단 여기서 나가 몸을 피하시는 게 어떻습니까? 준비는 다 되어 있습니다."

수운은 경상을 나무랐다.

"자네는 내가 오지 말라고 했는데 왜 여기에 왔는가? 지금 자네의 어깨가 얼마나 무거운지 잊었단 말인가? 고마운 일이나 그렇게 할 수는 없네."

경상은 서둘렀다.

"선생님 제가 그대로 보고 있을 수는 없었습니다. 말씀을 거스른 점은 용서하여 주십시오. 그러나 선생님, 여기 그대로 계시면 며칠 안에 화를 당합니다."

수운은 한숨을 내쉬었다.

"여보게 경상. 내가 서둘러 자네에게 도를 전한 이유를 아직도 모르겠는 가? 나는 천도를 받는 순간부터 한울님이 나에게 주신 소명에 순종하기로 작정했었네.

내 도는 온 백성에게 자신의 존재를 새롭게 일깨워 세상을 개벽시킬 것일세. 나라의 근본을 뿌리부터 흔들어 놓고 어찌 몸을 보전할 수 있겠나?

경신년에 한울님께 받은 도는 이미 자네에게 이어졌네. 이제 자네는 나를 대신해 홀로 도를 받들어 만고에 없는 무극대도를 온 백성에게 전하시게. 꼭 높이 날고 멀리 달려가야 하네."

경상이 안타까워 다시 물었다.

"꼭 목숨을 버리셔야 하겠습니까?"

"이보게 경상. 내가 오늘 자네와 여기서 나간다면 우리 도는 국법을 위반한 역적의 도가 되어 영영 죽어 버릴 것일세.

내가 죽어야 도가 사네. 그리고 늘 하는 이야기지만 죽음이란 실재하지 않는 것일세. 죽음이란 한 존재가 차원이 높은 존재로 바뀌는 길목일 뿐일세. 존재에게는 언제나 지금 여기가 계속되는 법일세."

"저에게는 아직 그런 깨달음이 부족합니다."

"자네에게 무거운 짐을 지워서 미안하네. 그러나 나는 자네를 처음 보는 날부터 믿었네.

자네가 나를 찾아온 첫날 나에게 물었지. 사람마다 내면에 한울님을 모시고 있다면 모든 사람이 같이 평등하고 존귀한 존재가 된다고. 그렇게 되면 사람을 신분으로 얽매어 만들어진 나라가 가만있겠느냐고 말일세. 우리 도를 길게 내다보고 그런 질문을 한 사람은 없었네.

자네는 내 가르침을 믿고 따라 열심히 수행했네. 천어를 듣고 기름 종지가 마르지 않는 경험도 얻었지. 나는 자네를 믿네."

"그러나 선생님….."

"되었네. 죽어야 사는 길도 있는 법일세. 이제, 그만 가 보시게. 자네는 할 일이 많은 사람이야. 나는 자네만 믿겠네."

경상은 눈물이 흘러 앞이 보이지 않았다. 일어나 마지막으로 큰절을 올렸다.

떨어지지 않는 발걸음을 억지로 옮겨 감옥을 나왔다.

다음 날 아침 일찍 필제는 경상을 찾아갔다.

경상은 주막 봉놋방에서 필제를 기다리고 있었다. 필제가 나타나자 경상은 어젯밤 수운이 했던 이야기를 그대로 해주었다.

필제는 말이 안 되는 소리라고 펄펄 뛰었다.

필제는 주막을 뛰어나와 동료들이 기다리고 있던 하양으로 달려갔다. 김용권과 박희성이 눈을 부릅뜨고 기다리고 있었다. 필제는 이들에게 오늘 밤에 감방을 기습해 수운을 꺼내 오자고 제의했다.

김용권이 고개를 끄덕였다. 박희성이 구출 계획을 소상하게 짠 동료들에게 설명했다. 이들은 대구 감영에서 수운을 구출한 다음 신속하게 새재로 돌아가기로 했다.

하양에서 늦은 오후 이들은 뿔뿔이 흩어져 대구 감영 부근에 모였다. 해자 지자 박희성은 동료들을 시켜 대구 감영을 포위했다.

김용권과 필제가 감방 입구로 다가갔다. 옥졸들은 밤이 되자 대부분 집으로 가고 몇 사람만 남아 지키고 있었다.

입구를 지키던 옥졸 두 사람이 창을 내밀며 막아섰다. 옥졸이 김용권을 보고 윽박질렀다.

"이 쪼끄만 놈이 어디로 들어가려는 하느냐?"

키 작은 사람 앞에서는 '작다'는 말을 하지 말랬다.

김용권은 칼등으로 후려쳐 옥졸을 넘어뜨렸다. 소란스러운 소리에 감방장이 달려 나왔다.

입구에 쓰러진 옥졸을 보자 그는 발을 떼지 못하고 벌벌 떨었다.

필제가 눈을 부라렸다.

"열쇠를 넘기려느냐? 아니면 죽겠느냐?"

감방장은 얼른 허리에 찼던 열쇠 꾸러미를 풀어 필제에게 넘겼다.

"한 사람만 데리고 나갈 터이니 너희들은 그냥 가만히 구경만 하면 된다. 서툰 수작을 하면 바로 황천으로 보내주겠다. 알겠느냐?"

감방장은 황급하게 고개를 끄덕였다. 김용권은 입구에서 망을 보고 이필제 혼자 수운이 갇힌 방으로 들어갔다.

수운은 앉은 자세로 주문을 외고 있었다.

"선생님. 제가 왔습니다. 필제입니다. 어서 저와 함께 나가시지요."

수운은 눈을 뜨고 필제를 가만히 바라보았다. 감옥 안은 바람도 통하지 않았다.

"어서 오시게. 이리 와서 좀 앉게나."

마음이 급한 필제는 수운에게 어서 밖으로 나가자고 채근했다.

"일단 조령 산채로 가 일이 돌아가는 상황을 지켜보다가 다시 움직이면 됩니다. 저희가 필요한 모든 준비를 해 놓았습니다."

수운은 빙그레 미소를 지었다.

"자네 오늘 아침에 경상을 만나지 않았는가?"

"예 만나 보았습니다. 그 사람은 나쁜 사람입니다. 알지 못할 허튼소리를 하고 있었습니다. 선생님이 죽어 도를 살리려 한다는데 저는 그 말을 이해할 수 없었습니다. 도대체 왜 죽으려 합니까?"

수운은 아무 말도 하지 않고 미소만 짓고 있었다. 필제가 갑갑해서 무릎걸음으로 수운에게 다가갔다.

"선생님, 아니 이보게 제선이, 자네 지금 제정신인가? 여기 이대로 있으면 자네는 죽네. 죽으면 아무 일도 할 수가 없네.

도대체 무슨 생각을 하고 있단 말인가? 여러 소리 말고 어서 나와 함께 여기를 나가세. 밖으로 나간 다음에 무슨 말이든 해 보게. 내가 다 들어주겠네."

수운은 숨을 크게 쉬고 나서 낮지만 단호한 어조로 말했다.

"필제, 여기까지 어려운 걸음을 해주어 정말 고맙네. 자네의 우정에 감복하네. 지금 같은 세상에 자네 같은 사람은 참으로 드무네. 자네는 훌륭한 사람이 분명하네.

우리가 새재를 내려오면서 나누었던 이야기를 나는 모두 기억하고 있네. 우리는 같은 문제의식을 지니고 있었으나 그것을 푸는 방법이 서로 달랐지.

나는 내가 옳다고 생각한 길을 걸었고 자네는 자네의 길을 충실하게 걸었네. 나는 자네가 주도하고 활약했던 거사를 주변 사람들에게 이야길 들어 대강 알고 있네.

어느 길이 진정 옳다고 말할 수는 없겠으나 자네의 길도 어렵기는 나와 마찬가지일 걸세. 언젠가 자네와 내가 걸었던 두 길은 서로 도우며 세상을 바꿀 수 있을 것일세.

나는 이제 여기서 죽으려 하네. 내가 죽어야 동학이 사네. 나는 한울님이 내게 명한 일을 다 이루었네. 튼실한 후계자를 얻어 도를 이었네.

나의 학은 내가 비록 죽더라도 사람답게 살아가려는 수많은 백성에게 퍼져나갈 것일세. 이 컴컴한 감방 안에서도 내 눈에는 그런 모습들이 환히 보인다네.

자네는 자네의 길을 충실하게 가도록 하게. 어쩌면 자네는 나보다 더 강한 사람일 것일세. 필제, 자네의 무운을 비네."

필제는 목이 메어 말을 더듬었다. 몇 년 전에 먼저 죽은 유계춘이 떠올랐다. 그도 이와 비슷한 말을 했었다.

"자네는 참 알기 어려운 사람이군. 나는 자네의 수를 읽기에는 한참 모자라는 듯하네.

자네의 뜻이 정 그렇다면 내가 구태여 억지를 부리지는 않겠네.

그렇지만 자네는 이렇게 죽기에는 너무 아까운 인재일세. 내가 말은 하지 않았지만 사실 내가 얼마나 자네를 의지하고 살았는지 자네는 모를 것일세.

그러나 어쩌겠나? 자네가 먼저 가겠다는데. 저승에 가더라도 잊지 말고 나를 기다리게. 나도 머지않아 자네를 만나러 가겠네."

필제가 내키지 않아 가까스로 일어나자 수운도 같이 일어났다.

그때 필제는 분명히 보았다. 수운의 등 뒤로 허공에 떠 있는 희미한 선녀의 영상을.

너무나도 아름답고 고귀한 그 모습이 필제에게 나타났다.

'아! 이 친구는 하늘이 지켜보고 있구나.

이 사람이 하는 일은 내가 감히 관여할 일이 아니로다.'

필제는 온몸이 떨리는 감동이 왔다.

'그렇다. 우리가 하는 이 일은 홀로 하는 일이 아니다. 하늘과 함께 하는 일이다. 그러므로 우리가 걷는 길은 결코 허망한 길이 아니다.'

그는 흐느끼기 시작했다. 눈물이 소나기처럼 흘러내려도 그냥 내버려두었다. 그는 발길을 돌려 감방을 뛰어나갔다.

이것이 두 사람이 이승에서 만나는 마지막 시간이 되었다.

111.

심문 중 물고를 당한 사람은 청하 접주 이민순과 영해 도인 박춘화 그리고 영해 사람 박생·박명여 등이었다.

백사길은 황해도 문화군으로, 강원보는 함경도 이원군으로, 이경화는 영월 소미원으로 유배 갔다. 나머지 도인은 어디로 유배 갔는지 알 길이 없다.

관에서는 일단 형벌로 동학을 처리했으나 수제자인 경상을 체포하지 못해 감시의 눈을 떼지 않았다. 관에서 수제자로 지목한 이는 최자원·강원보·백원수·최신오·최경오 다섯 명이었다. 그중 최자원·강원보·백원수는 이미 체포해 유배 보냈고, 최신오와 최경오는 체포하지 못했다.

경오는 경상의 자이다.

112.

삼월 십 일.

미시 중에 대구 남문 앞 아미산 동쪽 개울가 관덕당 뜰에서 수운은 형을 받았다.

나이 마흔하나. 대명률 제사편 금지사무사술조가 적용되었다.

감사가 장대 위에 좌정했다. 팔십 명이 넘는 포졸이 경계를 폈다.

형졸 셋이 긴 판자에 수운을 엎어놓고 묶었다. 상투를 풀어 끝을 끈으로 묶어 앞에 세워 둔 장대에 달린 고리에 걸었다.

관원 둘이 줄을 잡았다. 목이 떨어지면 잡아당겨 장대에 걸기 위해서였다.

목 밑에 나무토막을 받쳐놓고 휘척수가 칼을 내리쳤다. 그러나 칼만 팅기고 목이 잘리지 않았다.

첫맛에 가오리국인데 놀란 망나니가 잠착해 여러 차례 칼을 내리쳐 보았지만, 목이 잘리기는커녕 칼이 닿은 흔적조차 남지 않았다. 처음 당하는 일이라 망나니는 날이 빠진 칼을 만지더니 혼이 나가 다리가 후들거렸다.

감사 서헌순을 비롯한 관속들이 창황실색하여 어쩔 줄을 몰랐다.

감사가 장대에서 내려와 수운에게 공손하게 말했다.

"이 일은 내가 사사로이 하는 것이 아니오. 국법을 집행하는 것이니 순순히 응하시오."

수운이 웃으며 서헌순에게 말했다.

"여보게, 맑은 물 한 그릇만 가져다주게."

감사가 지시하자 형졸 한 사람이 급하게 물을 떠 가지고 왔다. 수운은 청수를 향해 한참 동안 묵도했다.

"이제는 안심하고 베어라."

망나니가 부들부들 떨며 칼을 내리치니 칼이 부러지며 드디어 목이 잘렸다. 몸에서 떨어진 머리는 아직도 웃는 표정을 짓고 있었다.

갑자기 맑은 하늘에 마른번개가 치고 우레가 요란했다.

시신은 관덕당에 방치했다. 머리는 남문 밖 길가에 삼 일간 매달았다.

113.

삼 일이 지났다.

서헌순은 박씨 부인과 큰아들 세정을 방송하면서 수운의 시신을 수습해 가라 했다. 도인 김경숙·김경필·정용서·곽덕원·임익서·김덕원이 이날 오시에 염습을 마쳤다.

미시 중에 대구를 떠나 사십 리를 걸어 비둘기 재를 넘어 자인현으로 갔다. 자인현 서쪽 부근의 짐못 옆 선돌배기 주막에 당도하자 날이 저물었다.

김경숙이 주막 주인에게 물었다.

"오늘 밤 머물고자 하는데 어떻습니까?"

주인은 소문을 듣고 이미 짐작은 하고 있었지만 한 번 더 물었다.

"어디서 오시는 길입니까?"

세정이 말했다.

"대구에서 왔습니다."

주인은 고개를 끄덕였다.

"흙산이 아무리 높아도 옥은 빛나고 바다가 아무리 깊어도 진주는 영롱한 법입니다. 나도 알 만한 것은 압니다. 그러니 아무 걱정하지 마시오."

주인은 시신을 방안에 들이고 그날은 다른 손님을 받지 않았다.

밤에 비가 내렸다.

다음 날 아침 비가 그치자 연못에서 장끼목 같은 쌍무지개가 일어났다.

무지개는 하늘로 이어지더니 못과 주점을 에워쌌다.

시체에 따듯한 기운이 있어 도인들은 혹시 수운이 회생할까 하여 삼 일간 영험이 있기를 바라며 시체를 지키며 기다렸다. 오색이 영롱한 무지개는 삼 일간 연못 주위를 덮다 문득 사라졌다.

무지개가 사라지자 시체에서 냄새가 나 다시 염습하여 십육 일 아침 일찍 길을 떠났다.

자인읍을 돌아 샛길로 접어들었다. 청도군 운중면 고개를 넘어 건천 가정리까지 구십 리 길이었다. 시신을 모셨기에 속도가 매우 더디었다.

십육 일.

늦은 밤중에야 겨우 가정리에 도착했다. 수운의 양사위 정울산과 조카 세조 그리고 경상의 매부 임익서가 십칠 일 새벽에 그들을 맞았다.

다시 구미산 줄기 끝자락으로 운구하다 천일지 주막 앞에 잠시 멈추었다.

일행은 먼 길을 오느라 지쳤고, 허기가 져 주막에서 막걸리를 한 잔씩 나누어 마셨다.

시신을 대릿골 밭머리에 매장했다.